中公文庫

ラバウル戦線異状なし

現地司令長官の回想

草鹿任一

中央公論新社

序

私がラバウルに着任したのは、昭和十七年十月八日で、まさに最後のガダルカナル島奪還作戦が始まろうとする直前であった。

それから約三年間、終戦になるまで、この方面を担任する南東方面艦隊の司令長官として概ねラバウルにあって、陸軍の第八方面軍司令官今村均大将と協同して、海軍の作戦を統轄したのである。

さて、本書は一連の戦記ではない。これはラバウル方面の舞台を背景として、滞陣中に起った大小いろいろの事柄で私の印象に残ったものを、思い出すままにそこはかとなく書き綴ったものである。従って、相当詳しく書いたものもあり、簡単なものもあり、直接戦闘に関係のあることもあり、そうでないこともあり、素よりまた文章もなっていないが、これにより、あの生還を期せぬ戦場で、しかも戦史まれに見る変則的な戦況下において、最後まで明朗に勇敢に戦い抜いた、私の部下でありまた戦友であった数万の人達の当年奮闘の一端を世に紹介して、多少なりともその労苦に報いることができるならば、私の喜びこれに過ぎるものはない。

なお、ラバウルがいよいよ孤立無援となった昭和十九年二月以後約一ヵ年半の苦闘は、いろんな点において生涯忘られぬ深き印象を私共の頭に刻み込んでいる。それで、ここに記するところの種々雑多の話も、自然その頃のことが多くなったことを前以てお断りする。

筆をとるに当り、当時の部下の人達の中で思いついた諸君に連絡して、資料を貸してもらったり、また思い出話を書いてもらったり、記事を手伝ってもらったりしたが、皆なかなかの名文で、それをそのまま載せたものもあり、また抜萃したところもある。お蔭で非常に助かった。ここに謹みて御厚志を深謝する次第である。

昭和三十三年夏

著　者　識

目次

ラバウル湾南東方面艦隊司令部（金剛洞）信号所より望む

出撃前に訓示する山本長官（左）と著者（奥 中央左）

整列する搭乗員

ラバウル戦線異状なし——現地司令長官の回想

整列するゼロ戦

1　まえがき（戦況のあらまし）

ラバウルはなかなかよいところである。私が着任の際に初めて飛行機の上から眺めた景色は、まことに美しいものがあった。眼下の澄みきった紺碧の海にガゼレ半島や附近の島々が盆石のように布置され、緑の熱帯樹林、白い海岸、それに静かに煙を吐く擂鉢形の山等が、戦場とも思われぬ平和な姿で私を迎えてくれた。

由来軍港はどこでも一般に地形の関係からか景色のよいところが多いようで、もし軍港などといういかめしい名前を忘れてその附近の山水を見るならば、立派な名勝地たるべき場所が随所にあるように思われる。ラバウルに対する私の初印象もこれに似たものがあった。

ラバウルは南緯四度十五分東経百五十二度十五分にあり、ニューギニアの東方ビスマルク諸島中のニューブリテン島の北東端に位置する港で、南北約六浬半東西約二浬の水域を有し、東方に港口を開き、その外は平均二、三百メートルの環丘に取り囲まれ、所々にやや高い山がそびえていて、熱帯とは言え気候も比較的凌ぎよい。かつて濠洲政府委任統治領の政庁所在地であったが、わが軍は昭和十七年一月二十三日にこの地を占領し、ここを前進根拠地として更に足をソロモン、ニューギニアに向って伸ばそうとしたのである。

当時われわれがこの方面で作戦した地域は、東部ニューギニアからビスマルク諸島、ソロモン列島を含んだ赤道以南南緯十二度まで、東経百四十度から百七十度にわたる広大なるものであった。

かくしてラバウルは一躍脚光を浴びて世界の檜舞台となり日夜数十隻の艦船輻輳して一軍港の観を呈したのであったが、それも束の間、ガダルカナル島に対する敵の反攻を契機として主客ところを変えるようになり、戦勢の転化は遂にラバウルをして前線に取り残された孤立無援の捨て小舟たらしめてしまったのである。しかしながら、この捨て小舟の乗組員は雨にも風にも少しも騒がず、心を合わせ力を協わせて、押し寄せる怒濤を打ち返し打ち返し終始一貫最後まで戦い抜いたのは、これを回顧するに何としても痛快なことであったと思う。

さてラバウルを中心とする南東方面の戦況は、大体において前段、後段の二つに分けられるように考えられる。

前段は昭和十七年一月のラバウルの占領より同十九年二月内地との交通概ね杜絶するまで約二ヵ年の間で、これはまた更に三期間に分けられる。

前段第一期は、占領後昭和十八年二月初旬わが軍のガダルカナル島撤退に至るまでの、最初の一年間である。

この間、わが軍はラバウルに引き続きニューブリテン島、ニューアイルランド島等の中の諸要地を占領し、また東部ニューギニア及びソロモン列島中の要地の攻略に着手した。即ち三月八日には東部ニューギニアのラエ及びサラモアを占領し、ソロモン方面では同三十日ブーゲンビル島のショートランド及びブカ島の上陸に成功し、次で五月三日にはガダルカナル島並にフロリダ島のツラギ港を手中に収めてここに前進航空基地の建設を始め、殆んど完成を見るに至った。

これまでは破竹の勢であったが、突如八月七日、敵が前記ガダルカナル及びツラギに反攻上陸を開始するに及んで事態は重大となった。

一方、東部ニューギニア方面のわが作戦目的は要衝ポート・モレスビーの占領にあり、わが軍は七月二十一日にブナ港を攻略し八月十八日には陸軍南海支隊の主力を此処に揚陸した。

これに呼応して、海軍陸戦隊も同二十五日ニューギニアの南東端ミルネ湾内のラビ港にひと先づ上陸を完了したが、敵の抵抗頑強で、激戦十日の後九月五日遂に撤退の止むなきに至った。また、南海支隊もその後勇躍スタンレーの山険を克服して、モレスビー港の燈火を指呼の間に望みながら、陸路輸送の後援続かず敵の反抗の前にこれまた恨みを呑んで引き返す結果となった。

このようにして、十七年の八、九月ごろには、わが南東方面の作戦は一杯に伸び切って余力がなく、もう一息というところまで行きながら土俵際で押し返えされようとする有様となった。そして、このころから彼我の地力の差が次第に現われはじめ、彼の加速度的戦力充実に対し我はジリ貧の様相を呈し、一度出足を挫かれるやいわゆる戦えば勝ち攻むれば取るというわが軍古来の伝統も最早通用しなくなって、悪戦苦闘もその効なく、遂に十八年二月に、一度占領したガダルカナル島から兵を退くこととなった。

しかしながら、この期間は戦勢日にちぢまりながらも、開戦以来の勝ち戦さの惰性による進攻の勢いがあり、ソロモン、ニューギニアと無理な両面作戦を行いつつもなおかつ五月七、八日の珊瑚海々戦、八月より十一月にわたる第一次乃至第三次ソロモン海戦、その他この方面要地の争奪を通じて行われた数次の海、空及び陸戦において、わが海軍の挙げた戦果は実に目覚しいものがあったと言える。

次で前段第二期となる。

ここにガダルカナルを撤退したわが軍は、中部ソロモンのムンダ——コロンバンガラの線に拠って敵を阻止せんとしたが、優勢なる機械化部隊をもって充分なる準備の下に一歩一歩石橋を叩いて押して来る敵に対し、不足勝の兵力をもって防勢に立つわれは、究極において如何ともすべからざる破目になって、十月初旬に至り中部ソロモンの兵力は全部ブーゲンビル島に撤退集中し、またニューギニア方面においても九月中旬ラエ及びサラモアの守備隊は北岸のシオに向け撤退を開始し、ニューギニアとニューブリテンとの間のダンピール海峡を扼するフィンシュハーヘンの要港も、わが海軍陸戦隊の四百をもって五千にあたる異常なる奮戦にもかかわらず、十月初旬遂に敵手に落ち、かくして、一時は南方遠く進撃の気色を示していたわが勢力圏は著しく圧縮され、あたかも亀の子が手足を甲羅の中に縮めたような形になってしまった。

かくなっては、明らかに今までの主客は転倒して、こちらが受け身の立場となり、敵は進攻につれてその偉大なる機械力をもってたちまち随所に飛行場を急造し有力なる航空作戦を展開するので、味方水上艦船の活動が非常に制限されるに至り、遠隔の前進地に対する人員、物資等の補給輸送が極めて困難となった。わが前方要地撤退の原因は実にここにあったのである。また策源地たるラバウルも遂に敵戦闘機の行動圏内となったため、昼間多数の戦闘機の掩護下に有力なる爆撃機隊の来襲が十月中旬以後、のべつ幕なしに始まり、わが在泊艦船の被害が急増し安んじて港内におられなくなって、かつては幾十隻と数えられた輸送船団の壮容も今は見られなくなり果てた。

この敵の進撃に対する阻止反撃の作戦に際して、わが高速艦艇や潜水艦は、その本来の戦闘任務以外、人員、兵器、弾薬、糧食等の前線輸送任務に不断従事し非常なる労苦をなめた。その外、機帆船を多数、内地から遠路わざわざ回航し、それによる隠密輸送も計画されるなど、前方要地の守備部隊に対する補給ということが勝敗を決する重要なる鍵とされ深刻なる問題となったのである。しかしてこれは要するにわが航空兵力の不足が主たる原因であった。

かようにして、困難な状況の下に前線部隊を支援するための輸送作戦及び敵に対する反撃作戦を続けつつ各部隊よく奮戦して敵を悩ましたが、その受けた損害も亦少くない。ことに駆逐艦の損耗甚しく、このまま行くと日本海軍の駆逐艦は全滅しやしないかとまで心配され出すようになった。

水上部隊の作戦が困難を極めるに従い、航空作戦が一層主要となり、航空部隊は不充分なる兵力を善用して敵基地の爆撃、敵艦隊及び輸送船団の襲撃、あるいはわが船団の護衛、基地の哨戒、防衛等、文字通り昼夜不休の活動を続けたが、敵の底知れぬ物力には支えるすべもなく、わが方の執ような攻撃も焼石に水で如何ともできず、じりじりと押される形となった。

なお、この激闘の最中に起った、最重大にして不幸なる出来事は山本聯合艦隊司令長官の戦死である。

さて、前段第三期。すなわち十八年の秋ごろともなれば、ラバウルを中心とする南東方面のわが無力化は時期の問題と見られるに至り、九月中旬には大本営においても作戦方針の大変換を決定され、絶対国防圏を遥か北方カロリン群島の線に後退せしめ、その線の防衛力整備の完成期日を翌十九年六月と予定し、それまでの余裕を得るために、われわれは持久作戦に出で、極力持ちこたえて時をかせぐべく訓令を受けた。まことにこの情勢では、好むと好まざるとにかかわらず、かように防勢に立たざるを得ない次第であった。

しかし、思うに、持久戦だからといって、われわれの戦さ振りにこれまでと左程変りはないはずである。否この際あってはならぬ、と私は考えた。もし、なるべくわが兵力を温存して、出来るだけ長く持ちこたえるために、ほどよく敵をあしらうんだなどと、普通教科書に書いてある通りの考えで、この物力甚大なる相手に対する熾烈なる戦場に臨むものがあったとしたならば、それこそ持久どころかひとたまりもなくやられてしまうであろう。そんな一人よがりの甘い考えではこの難局は切り抜けられぬ。「何時でも全力を出して捨身で敵に当る。これがこの際にとるべき唯一の道である。徒らに持久戦という名にとらわれて迷いを生じ、多少なりとも闘志を失うが如きことあらば、一歩をゆづるものは百歩千歩をゆづることになる。それはかえって持久戦を行う所以ではない。何時でも敵を見たならば火の玉のようになって飛んで行け、そうすることが結局一番長く持ちこたえる方法である。」これがわれわれの信条であった。

かくして、日を逐うて増す悲況のうちに麾下全軍の将士は、以前に変らぬ明朗溌剌さをもって頑敵に対して常に死闘し、結局持久の目的を曲りなりにも達成したのである。

一方敵は勢に乗じてラバウル奪取を呼号し、北部ソロモン及びダンピール海峡両側地帯より逐次包囲圏を圧縮し、十月二十七日にはモノ島に上陸、次で十一月一日ブーゲンビル島西岸タロキナの要地を大挙来り犯すに至り、これを反撃せんとするわが海、空軍との間に約一ヵ月にわたる激争が繰り返されたのである。いわゆるブーゲンビル島沖海戦、次で第一次乃至第六次ブーゲンビル島沖航空戦と称せられるものがこれである。

しかし、結局敵はタロキナ占取に成功し、ここに堅固な飛行基地を急造して、ラバウル及びニューアイルランド島北端のカビエン港等、従来余り手を伸ばし得なかったわが中心部及び北方要地にまで容易に空襲を強化することが可能になってきた。

既に北部ソロモンの要域を手に入れた敵は、十二月十五日遂にラバウルの存在するニューブリテン島の西部にあるマーカス岬に上陸し、さらに同二十六日にはツルブに上陸して、西方より陸つづきにわれわれに迫らんとする態勢となった。そして十九年に入り二月十四日にはラバウルの東方僅かに二百キロ余りにあるグリーン島が敵の掌中に陥り、ここにまた飛行場が建設されるに至り、同時に敵海上機動部隊がしばしば近海に出没するあり、ラバウル方面敵機の跳梁はいよいよ甚しく、水上艦船による内地との交通はまさに杜絶の一歩手前に差し迫った。

これに対してわれわれは、既に予めかくなるであろうことを考慮して、自給自活の対策を根本的に研究準備しつつあったので、早晩来るべきものが来たとして別段驚きもせず、劣勢ながら専ら所在の航空隊の活躍に期待し、ラバウル健在なる限り航空戦を主体として何とかわが持久の任務を全うせんと意気込んでいたのであったが、時しも北方カロリン方面において、二月十七、十八両日にわたる敵機動艦隊のトラック島空襲により、わが聯合艦隊直属の基地航空部隊が潰滅に近い打撃を受けたため、それの補充として南東方面の全航空兵力を突如招還され、二月二十日以後われわれは急転直下、飛行機零で戦わなければならない破目に落ちた。

その後、残った破損機を懸命に修理して、つぎはぎながら戦闘機約十機、艦上攻撃機二機を作り上げ、また僅か数機だが水上機隊はそのまま残留していたので、極力これ等の活用に最後まで努めたのであった。もちろん、これでもって本格的の航空戦は思いもよらないが、その後この僅かな海軍機の戦機に応じた奇襲的奮闘は実に目覚ましく、しばしば上司よりも賞詞をいただき、また上聞に達して御嘉賞の御言葉を賜わったことさえあった。しかしこの粟粒ほどの兵力では残念ながら何としても大局にそれほど影響する仕事ができなかったのは、またやむを得ないところであった。

これまでを前段とし、それからの後段は孤立無援の情況下における籠城戦で約一年半を終始したのであった。敵もまた、ラバウルの手剛いことを知って、これを敬遠して後方に素通りして行ってしまった形となったが、もしわれわれに相当数の航空兵力を引き続いて保有することができたとしたならば、彼もそうは行かなかったであろうと思う。

ともあれ、その後も敵の爆撃はやはり毎日いよいよ盛んである。また上陸軍も一挙に決戦には出て来ないが、じりじり迫る気勢は示している。そこでこちらは、あらゆる手段をつくして邀撃態勢を整備するとともに、極力反撃の気勢を示して、一機でも一艦でもこちらに引きつけて、本土近くに展開されつつあったわが主作戦に及ばずながらも助力したい、という考えで努力をしていたのである。

この後段の如き場合は、今日までのわが戦史においてまず例のないことで、私としては兵術上のことは申すまでもなく、その他いろいろの点で人間としてまことによい経験をさせてもらったと思う。

この期間中、われわれにとっては、自給に努めること、ことに食うための毎日の農耕と、洞窟陣地及び居住の完成と、いまひとつ、教育訓練と、この三つはいずれも欠くべからざる要件であった。殊更われわれ海軍では、概ね海上戦闘のために教育し訓練された人々を、新たに陸上戦闘の猛者たらしめんとするのであるから、なかなか骨が折れたのである。その他の穴掘りにせよ、農耕にせよ、元来軍人としてはお門違いの仕事であるが、どうしてもやらなければならぬ。それも、まづ一方を片づけてそれから次をという悠長なことは許されない。何でも彼でも一時に皆やらなければならぬ。そこへもってきて、マラリヤは流行する、薬はなくなる、随分な過労であったが、とにかくやり通したのであって、気分の持ち方と仕事の仕方で、やればやれるものであると、つくづく思う次第である。

2　明朗豁達一意邁進

私は終戦後内地で、あるアメリカの戦史を研究していた人から、次のような質問を受けたことがある。

「ラバウルの如き長い滞陣の間には、軍隊の士気を保ってゆくことは非常にむつかしいことで、あなたも、そのためにはいろいろと苦心されたでしょうが、それについてどんな方法をとられたか承わりたい」

これに対して私は
「私は部下の士気について心配したことは一度だってなかった。私はただ司令長官としての自分の職責を完全につくすべく真正直に一生懸命に努力したのみでありました」と答えたのである。事実それよりほかに何もなかった。これは実に、かつての日本軍隊の伝統、組織等、さらにその源をただせば、日本国の国柄のしからしめたところであったと、今更ながら感慨の深いものがある。

そのころ、私はただ一心に自分の仕事に邁進した。そして部下も皆よくそれぞれの仕事に努め励んでくれた。それで士気は自然に保たれたように思う。

私は着任後しばらく様子を見ているると、皆よくやっているので、その心持をそのまま表

現し、かついやが上にも伸ばすために、簡単明瞭なる標語を作って一同に示したいと思い、自分の心にうつるままに

明朗豁達一意邁進

と作った。

ああいうどたん場では、大いに悲壮な訓示が心の底から出る場合も当然あるが、余りしばしば偉そうなことを作為的に言っても駄目であるように思われる。例えば、生死の問題等に関し、あの頃流行した堅いきまり文句を無暗にならべるのは、かえって逆効果を来すおそれが多い。ことに、それは進撃作戦の景気のよい場面とは逢い、隠忍の持久戦となっては、ますますそうである。それよりも自分の正しいと信ずる真情を吐露するのが一番よいのであると思う。

それについてこんな話がある。

内地帰還後ある日、かつての部下であった元海軍少佐の美濃部正という人が鎌倉の拙宅に訪ねて来た。この人は戦闘機乗りで赫々たる武勲を立てた歴戦の勇士である。ラバウル以来初めて相会うてまことに懐しく「よく来てくれた」というわけで、はなしに花が咲いたが、そのとき同君はこんなことを述懐した。

私は随分空中戦をやり、敵も相当にやっつけましたが、生れつき臆病なためか未だかつていわゆる死を見ること帰するが如しというような安心した心境をもって戦場に向っ

たことは一度もありませんで、何時でも出発の際には生死に対し何となく不安な気がしました。端的に言えば命が惜しいのであります。しかし、いよいよ敵と相見えるに及んでは、間髪の心のひるみも直ちに勝敗を決するのであるから、その場合にはただもう一心に敵に向って突進するのみである。私はただそれだけを守ってどうやらやって来ていました。

しかるに、部下の下士官、兵達を見ますと極めて平気な様子で、十七、八の若年兵でもまるで物見遊山にでも行くような顔をして飛び出し、また平気な顔をして帰って来る。時には不幸にしてそのまま帰って来ない人もあるが、そのためにさほど士気に影響するとも見えない。この点彼等は実に偉いものであると常々思うておりました。

たまたま、ある時一同を集めた際に、そのことを率直に述べて、「お前達はまことに偉いと思う。おれは生まれつきの臆病者であるのか、どうしてもお前達のように平気になれないのはまことに残念であるがどうも仕方がない。しかし、お前達も大勢のなかには、あるいは多少おれと同じ気持の者があるかも知れぬと思うから、そういう人達の心得のために言っておくが、いよいよ敵と取っ組んだ際には万事を忘れて、とにかく敵に向って遮二無二突進することである。逃げたらやられるぞ」という意味のことを懇々注意したのであります。

ところが、その晩に一番先任の下士官が私のところに来まして、「今日の御訓示はまことにありがたく存じました。私は海軍に入ってから今までにこんな訓示を聞いたことがありませぬ。

実は、私どもも皆内心命は惜しいのであります。しかるに、今日まで士官方の様子を見ておりますとまことに立派であって、さすがは高等の教育を受けた方達は違ったものだと思うておりましたが、今日隊長のお話を承わり、初めてあなた方もやはりそうであったのかと判って、何とはなしに安心したような楽な気分になりました。これからは御訓示の意を体して全員ますます確りやりますから御安心下さい」と非常に喜んで礼を述べて行きましたが、それ以来さらに一層皆よく団結して愉快に戦いました云々

この事は当時私は知らなかったが、なかなか面白い話であると思う。かようなことは、訓示する人聞く人そして、その時々の状況によって何時も同じように行くものとは限らないから、あまり形に拘われないで見なければならぬと思うが、この場合においては、隊長の純潔なる報国の精神と、また一方われわれ凡人として容易に抜けきれない生への執着との、矛盾した心の中の悩みを、何の飾りもなく自然にありのまま吐露したその偽りなき人間の真情が、期せずして部下の心に非常な感動を与え双方ピッタリと一つになって、美しい気分が湧き出たものであって、その企まざるところに真実のものがあるのであろう。士気というようなことについては、かかる機微の点があるようだ。

少し話が理に落ちたが、当年ラバウルの私の部下達は、こんな気分で一致団結し、あら

ゆる困難にもめげず、明朗に豁達に一意自己の職責に邁進してくれたのであった。

民政部の人と漫画をみる現地の子ども

飛行場建設に協力する現地人

3　陸海軍の協同戦線

　私が第十一航空艦隊司令長官としてラバウルに着任したのは昭和十七年十月であった。その時、陸軍の最高指揮官は第十七軍司令官の百武晴吉中将であったが、ガダルカナル奪還作戦のため既に現地に進出されており、ラバウルの陸軍司令部には少佐参謀が二名で留守をしておられ、それに私より二日前に同じくラバウルに着任されたばかりの第十七軍の新参謀長の宮崎周一少将がおられた。

　この人とは、私はかつて支那方面艦隊にいたころに旧知の間柄であり、早速訪ねて来られて互いに久濶を叙べ種々協議をした。

　差しあたり、奪還作戦の計画は既に決定されており、ガダルカナルの百武司令官の許にはこれまでの参謀長がおられるから、新任の宮崎君はしばらく手薄な留守司令部に留って海軍との重要なる連絡にあたられることになった。これは非常に好都合であった。

　しかし、不幸にして、その後この作戦が失敗に終る徴候が見え初めたので、同少将は機を失せず前線に行ってしまわれた。そして第十七軍司令部はそのままソロモン方面に奮戦しラバウルには帰って来なかった。

　間もなく昭和十七年十一月にこの方面全般の陸軍部隊を統轄する第八方面軍司令部が編

成され、今村均大将が軍司令官として着任され、十二月には海軍も同様南東方面艦隊司令部が編成されて私がそのまま司令長官を拝命し（第十一航空艦隊司令長官を兼務）、爾来終戦に至るまで、この方面陸海軍の最高司令部はラバウルにあって協同作戦を行ってきたのである。（海軍は十八年夏約一ヵ月ブインに進出）

ラバウルに於てわれわれは、海軍としてはかつて経験しなかった変則的な長期持久戦となり、しかも次第に孤立するに及んで、何よりも先ず食糧の欠乏に悩んだ。これは陸軍も同様であったが、しかし何といっても完備せる輜重機関を有する陸軍のことであるから、食糧の如きは海軍に比較すれば多量の蓄積があったわけで、今村さんはこれを極力均等に配分するようやかましく指令され、お蔭でわれわれは非常に助った。

海軍で陸軍よりも特別多量に持っていた唯一のものは航空燃料で、これは航空隊の盛んに活躍していた当時に基地に蓄積してあったものが、そのまま残ったので、それを自動車に転用して陸上各方面の交通、運搬を確保しなければならぬ必要に迫られ、これは海軍から分配した。

その他、戦闘生活に必要とするすべての自給計画についても、陸海双方の各担任者が連合研究会を設けて隔意なき意見を交換し、着々実行に移すべく所要実験等もしばしば行われた。私もよく今村さんと共に視察に行ったものである。

初めて両司令部が出来てからしばらくして、双方の参謀副長以上が一週一回会食して懇談しようという話が起って、毎週水曜日だったと思うが、支障ない限り昼食をともにしていろいろと話し合った。これは十九年二月ごろまで続けられたが戦況日々に緊迫し、敵の空襲も一層烈しくなったので、遂にやめることになった。その後洞窟生活の初めごろには両司令部ともに港北に聳えるラバウル第二の高山――といっても僅かに四、五百メートルくらいのものであるが――たる姉山の麓にあって隣り同士のつき合いをしたが、作戦指揮の必要上、陸軍は間もなく港よりやや離れた西方の高地の谷間に司令部を移転し、そこを図南城と称し、海軍はそのまま姉山々麓に残ってこれを金剛洞と称し、これまでよりは少し離れたけれども、常に互いに往来して緊密なる連絡をとっていた。かくして同心協力、時にはザックバランの議論をしたこともあるが、それはそれだけのもので、終始円満に協同作戦の実を挙げて行ったのである。

ラバウルで終戦後戦犯容疑で今村さんも私も一所に収容所にいたが、二十一年の七月二十一日であったと記憶する。私一人だけ急に飛行機で濠洲の方へ送られることになった。そのとき今村さんが私にちょっと来てくれとのことで、収容所のなかでは何処も二人だけで話す場所もないので、運動場の真中でしばらく立話をした。その時に今村さんが「今日までお互い苦楽をともにして来て、今かような有様になってお別れするのはまことに残念です。あなたとは時に議論をしたこともあるが、あなたは得な性分で口角泡を飛ばしてやってもその次に会った時にはケロリとして何もかも忘れた顔である。ところが私はいろいろ努力してても性格上どうしてもそうは行かぬのでつい失礼をしたこともあると思う。どうか悪しからずおゆるし下さい。これからあなたも何処へ行かれるか知れず随分御苦労なさることと思うが、決して短気を起さず、御自重あって無事に帰還され、国家のため一層尽されるよう祈ります。……僕は何だか悲しくなった……」

と言われて涙を流された。

これを聞いて私はまことに恐縮し急に悲しくなって言葉も出なかったが、しばらくして、

「それはこちらからお詫び申し上げなければなりませぬ。私こそ生来の短気でつい先輩のあなたに対しても時々失礼なことを申し上げたりしましして、まことに相すみませんでした。しかしただ熱心の余りで、もとより他意のないことはあなたもよく御承知のことと存じますから、どうか悪しからずお許し下さるようお願いします。あなたもどうか御健康に御注意下されて、御無事御帰還のほどを祈ります」

と答えて、堅い握手を交してお別れしたのであった。

そして、私は昭和二十二年に無事帰還したが、今村さんは衆知の通り、その後一時帰られたのも束の間、再び御自身のたっての希望によって遠くマヌス島の旧部下達と一所に服役されることとなり、老齢の身を以てつぶさに辛苦を嘗められたのであって、実に御気の毒に堪えなかった。

まだラバウルの戦い酣なるころ、ある日私は作戦打ち合せのため今村さんを軍司令部に

お訪ねしたときに、昼飯の食卓でたまたま蘭印占領のころの思い出話を承わったが、あの際における今村軍司令官の敵国人捕虜等に対する態度、処置は真に武士道的であって、往年の乃木将軍の心事をしのばせるものがあると思った。

ラバウルにおける陸海軍協同がうまく行ったのは、今村軍司令官のお人柄によるところ大であると今でも感謝しておる。

4　火山研究所と科学者の良心

昭和十七年一月ラバウル占領後、わが海軍はここに火山研究所を設け、内地からその道の専門家達を迎えて研究に従事せしめた。

私がその年十月に着任した時には既に仕事を始めており、所長は気象技師兼海軍技師の木沢綏というまだ二十八歳の青年で、この人は終戦までラバウルに残り、その後また気象台にもどり、大島、室蘭の測候所長を経て、現在は気象庁の地震研究部長である。まことに温厚な紳士であるが、学術に関してははっきりした一個の見識を有し、強い信念の持主である。私は何時の間にか懇意になり洞窟生活の苦しい時にも折々同氏の所を見舞いかたがた訪れ「学問の在り方」などというような問題で話し合ったこともある。

これから述べる話は主として木沢君から寄せられた資料によるものである。

研究所は最初ラバウル華やかなりしころには、港の東岸の温泉が湧くので俗に温泉クリークと称していた入江に臨み、切り立った丘陵の上にあって、そこは原住民の話では以前英系の某夫人の住宅の跡だったそうだ。

丘の麓を通ずる美しい榕樹の並木道から横に折れて、両側に青々とした芝生のある広い舗装の緩やかな坂道を登りつめると、一面に赤や黄のアイ、ビスカスの花が常時きれいに咲き乱れている約五千坪の庭園の中央の小高い所に、ラバウルではまづ堂々たる建物が聳えていた。前からあった住宅は敵の爆撃により無慙に破壊されていたので、適当にこれを改築してコンクリート二階建の地震計室兼防空室を完成し、その他事務室、寝室、附属室等を設備したものである。

木沢君等はここに陣取って熱心に火山やら地震について研究されていて、私の着任後間もなく同君の報告の講演を聴いたことがある。

元来この港は火山に囲まれているようなもので、その中には現に噴煙を上げつつあったTavarvar 火山（われわれはこれを花吹山と呼んでいた）があり、また Vulcan 火山（西吹山）と称したのは現在休んでいるが、かつて数回に及んで活動し、最後の一九三七年の噴火はラバウルの街に最大の被害を与えたものであると言われている。その他五、六ヵ所旧火山が存在し、それ等は大体既に草や木が青々としてきれいな山になっているが、考えてみると何時何処かでドカンと来るかも知れず、万一そんなことが起った時に港の入口を塞がれてしまうと、内にいる艦船はたちまち旅順艦隊の二の舞とならねばならぬわけで、これは一応なおざりにできぬ問題であった。

それで、占領当時の海軍指揮官であった第八根拠地隊司令官金沢正夫中将は早くからこの点を慮り、海軍大臣に意見具申をして「速かにその道の権威者を派遣して現状の調査、噴火の予知等に着手しまた併せて学術的研究を実施する要ある」旨を述べたところ、この意見が容れられて海軍大臣より、文部大臣を介して中央気象台長藤原咲平博士の人選により木沢君が所長として派遣されたのである。

所員は

宮前経吉技手（後技師）、西尾技手、花沢技手、小川善朗技手、中台敏夫技手、吉本技工士、坂本篤造技工士、細井喜一技工士

の八名で、その後

和田技手、諸岡技手、河瀬技手が加わった。一行は五月下旬にラバウルに到着し、種々努力をして前記の場所に研究所を設立し仕事を始めた。

既に述べた通り、火山爆発の予知ということは、この際軍事上重大なる意義を有する問題であるので、木沢君はこれに関して非常に心配され、任命と同時に内地出発前からいろいろと苦心研究をされた模様で、それについて左のように述懐しておられる。

この命を藤原台長から受け、責任者として任につくことになった。これは全世界の学会でも今だに成し得る段階に達していない問題である。その上充分なる施設もない第一線で、若年の私が多くの部下の生命を預かっていろいろの世話をしながら、しかも相手は軍の人々でこの道の学問の認識は恐らく少く、結論のみ要求されるであろうし、また気象台から行くのだから気象予報の事も聞かれるであろうと言うので、自分の最も不得意な気象のことも、本台や横浜の飛行場へ行って実地に勉強した。また火山については

日本の刊行物はもちろん Supper Wolf 等ドイツの権威の書いた火山学や、イタリアの書物も集め、ラバウル火山の文献の抜粋を作り、一方では当時考えられたあらゆる学者の意見を聴いたが、火山爆発や予知について充分納得できる材料は得られなかった。最後に藤原博士著の「鹿角氏の為に弁ず」(図書館の古本で大正四年の気象集誌で発見した)を読むに到り始めて私にある目安が得られたような気がした。それで自分の求めた最高のものを得られたと実に嬉しかった。因みに、火山に関する予言は古来多くの名論卓説があるが、予知となると未だに未解決な問題である。

それから出発準備の諸器材整備に忙殺されながら検討を重ね、横須賀を五月七日に出て二十一日船がラバウルに着くまで、毎日船室でいろいろと考え続けた。云々

このように一方ならぬ苦心をもって事前研究を重ねたる上着任後現地における精密な観測をなし充分な確信を得て、木沢君は次の如く明確なる報告をされた。

ラバウルの火山は、ここ二ヵ年はわれらの全機能の停止する如き大爆発はしない。今の活動も程なく終る。故に如何なる施設をしても差支えない。もしここ二年間に人命及び各機能に関するような爆発のある時は一週間前に必ず通知出来る。(以上)

当時木沢君の腹では、一週間前に通知出来るというのは地盤傾斜と火山地震と微動の観測を続け、これによって予知し得る自信があったから、徒らに躊躇することなく思い切ってはっきり言ったとのことである。それにしてもかかる場合責任者として、かく速かに確

信をもって明確なる断言をすることはなかなかむつかしいものと思うが、この点本当にえらかったと敬服する。われわれは、この報告により一応安心するとともに、万一の場合には予報を得て速かに避難する方策を決めていたのであるが、それは杞憂に終り、木沢君の報告の通り私の着任当時盛んに活動をしていた花吹山の噴煙も次第に収まり、終戦のころには殆んど休止の状態となり、何事もなくすんだのである。

これは余談だが、花吹山の噴火が初めのころ夜になると真紅に見えて、夜間爆撃にやって来る敵機にとっては好い目じるしであると思われたが、ある夜のこと、敵が殆んど全機の爆弾をこの噴火口に落して行ったことがあった。一体何のためにそんなことをしたのであろうかということが、われわれの間に問題となって、「それは奥まで進入して来るのがいやなので、入口にある山へ落して行ったのだろう」とか「目標を間違えたのだろう」とか、さまざまの所見が出たが、中に「噴火を一層大きくして、出来れば大爆発を誘起させるためにやってみたのではないだろうか」というのもあった。結局敵の真意は判らなかったが、そんなことでは山は依然として動かず、敵も二度とはやらなかった。

とまれ、前線のラバウルにおいてわが海軍は、軍事上の要求とともに、余力をもって併せて純学術の方面からも、この文化的な仕事を続けていたのであって、木沢君はじめ各所員は日々の観測に努力するかたわら、機会あるごとに周辺に聳える各火山の実地踏査、測量及び温泉の温度の変化等詳細な調査を行い、主任務の完璧を期するとともに、広く学術的研究を進め「火山微動と地盤傾斜」等に関してもいろいろ発見するところがあった。そしてこれら観測研究の結果とか採集した岩石標本等の資料は、毎月海軍省、中央気象台、水路部等に送っていた。

しかるに、戦況日を逐うてわれに利あらず、敵の空襲が一層烈しくなりだした十八年の秋ごろに、この文化的建物も遂にその難を免れず、直撃弾数発を受けて破壊されたので、やむを得ず他に移転し作業も一時中絶したが、その後さらに再起を計り、木沢君等は非常な苦心努力をして、まず破損した器械類を修理し、それを市街地よりかけ離れたジャングル内の峡谷に洞窟を作ってその中に本式に装備した。これについては、基礎工事とか装備法とか技術上洞窟内の作業はまことに困難であった。そして、戦況がこうなってくると自然斯様なことにまで手が及ばなくなり、これ等難工事は施設部、設営隊員等の暇をぬすんでの好意ある援助の下に、主として木沢君以下所員の必死の努力により辛うじて成功したので、私もその竣工を祝いかたがた視察に行ったことを覚えている。

かようにして、終戦後も十月半ばごろまで観測の仕事を続けていたが、いつまでもやるわけにゆかず、器械類はそのままにして、研究所の人々は新しく編成された集団キャンプに移ることになった。その際に木沢君が私の所に来て言われるには、

この由緒ある器械類をこのまま放置して立ちくされにするか、またはその価値を知らない人達のために一般兵器と一緒にされてたたきこわされるのは、私どもとしては何とも

忍びないところです。それで私どもの考えとしましては、説明書を添えて、これを進駐の濠洲軍を経て濠洲政府に寄贈したらば一番よいと思います。そうすれば今後もこれらの器械は世界文化のため大いに役立つことになるでしょうし、また一面においてわが日本軍がこの最前の戦場において終始綽々として、かような学術的研究を続けて来たということを世界に紹介するのもまたよかろうと存じますから、さようお取り計らいを願います。

私はこの若き科学者の清き志に感じ、その意見には全然同意で早速そのように取り計うことにした。

しかし、その後どうなったかよく知らなかったが、帰還後木沢君から聞いたところによれば、同君等はあの思い出深い洞窟を去るに臨み、器械類をよく調整、整頓し、次のように英文で書いて掲示しておいた。

（来るべき時代のために）

これらの器械は戦の始めから終りまでを通じて、世界の文化のためと自然科学の発展のために各々その役目を果して来たものである。

今私がこの職務を去るに当り、これらを来るべき時代の人に呈し度い。

一九四五年十月十五日

日本海軍火山研究所長

内　容

一、ウィーヘルト式地震計水平動　二〇〇kg　八〇―一〇〇倍
一、同　　　　　　右　　上下動　八〇kg　八〇―一〇〇倍
一、大森式地動計　水平動（二台）　二〇kg　二五――三〇倍
一、中央気象台型微動計　水平動　一八kg　二〇倍
一、之等の記録器及び附属品

以上

そして、地震計室の扉を閂で厳封し、その表に次の英文の貼札をして、記憶すべき土地を立ち去った。

注　意

この部屋の中の器械類は濠洲軍に進呈すべきものである。何人といえども無断入室し、内部の器械類を取り去り、または破壊する者は厳重に罰せらるべし。

火山研究所長

その後、器械類は全部先方へ渡されたが、程経て彼よりの通知により木沢君が濠洲軍司

令部に出頭したところ、副官が二階へ案内して丁寧にとり扱い、占領軍司令官イーサー少将よりの言葉として、

木沢技師は極めて良心的な科学者で、数年間ラバウルで実施した観測の成果やまたこの度の器械の処置に対しまことに敬意を表する。濠洲本国からもさよう伝えて来ているが、心から将来の成功を祈る。

木沢技師

という意味の謝辞が伝達されたそうだ。

話はこれで終るが、なお一言附け加えたいのは、兵馬倥偬の間で、かような仕事は時日のたつに従いつい閑却されるものであるが、とにかく最後まで研究を続けたのみならず、その結末も立派についたのは木沢君をはじめ所員達の熱意が物を言ったのである。そしてその蔭には、主務参謀の松元秀志大佐の大乗的見地に立つ一方ならぬ尽力があり、また器械の修理、洞窟研究所の建設等に対しては、施設部長の奥村敏雄少将をはじめ熊沢忠広技術少佐、荒谷俊司技術少佐、川原竹蔵技師、長尾技手等その他技術関係者の理解ある協力があった。それからまた洞窟に移転後は、遠く海軍部隊と連絡も不充分で食糧自

給にも大分困ったそうだが、附近に駐屯していた陸軍の聯隊長の貫名大佐が「あなたの隊は学問的研究をする目的でラバウルに来たのだから、畑を作ることは余り心配せず、火山と地震の観測を続けて下さい。それがお国に尽す道です。」と言われて、最後まで食糧を分配し、時には映画を見せたり医療をしたり、まことに深切に面倒をみて下さったそうで、私も海軍指揮官として感謝に堪えぬところである。

木沢君は前記の人々から受けた御恩は終生忘られないと言っている。

5　嗚呼山本元帥

昭和十八年四月三日、わが聯合艦隊司令長官山本五十六元帥（当時大将）は空路将旗をトラックからラバウルに移された。その前日の二日には第三艦隊司令長官小沢治三郎中将の指揮する艦上機隊が到着していた。これは次のような作戦の経緯による。

これより先にガダルカナル及びブナ等のソロモン及びニューギニアの要地に進出した敵は、続いて所々に前進基地を設け、次第に兵力を集結し、この頃に至り多数の輸送船団をもって、まさに我に向って北上来攻せんとする気勢が濃厚となった。これに対し、この方面を受持つ南東方面艦隊としては、機先を制し、航空戦をもって敵を彼が港内に先制撃滅し、是が非でも食いとめなければならぬと、大に努めたのであるが、如何せん麾下の航空兵力は、それ以前からの連続した困難なる作戦のために逐次に消耗され、補充は足らぬ勝ちの有様で、結局兵力不足のためにどうしても決定的の打撃を敵に与えることが出来ず、日夜焦慮苦心を重ねていたのである。

これを見てとられた山本長官は、一大決意をもって、海上主作戦のため重要なる聯合艦隊の虎の子の小沢部隊をも一時ラバウル方面に投入し、もって一挙に敵の出端を挫かんとして、自ら全般の指揮を執られるために出て来られたのであった。

作戦期間は約二週間の予定で、その間三つの艦隊の司令部が私の司令部の建物内に同居して執務することとなり、これがために多少の増築をしたが、皆相当の不自由を忍んで仲よく仕事をしていた。

山本長官のために私の室を少し拡張して長官公室というようなものを造り、そこに小沢と私とが御相伴して三人一緒にいることにした。ただし、夜は山本さんは少し離れた山の上の閑静なところに設けられた宿舎に帰って休まれた。

ラバウルにおける山本長官は、作戦の寸暇を割いて出撃部隊の送迎とか、各方面の巡視とか、席温まることもなく、非常な活動を続けられた。よく雑誌、書籍等に載せられ、また映画にも出た私共も一緒に写っている写真は、ある日飛行場に攻撃部隊の出発を見送りに行かれた時のものである。

作戦は極めて順調に進み、大成果を挙げて十六日に終った。そして十七日に研究会を行い、十八日には、山本長官は幕僚を従えて、日帰りに飛行機でブーゲンビル島のブイン方面の前線部隊を視察慰問され、翌十九日にラバウル発トラックに引き揚げられることになっていた。

この数日前の十三日に、たまたま私と小沢の外に、第八艦隊司令長官の鮫島具重中将と、それから武田哲郎、柳川教茂の両輸送指揮官と計五人の兵学校のクラスメートが艦隊司令部で顔を合せたので、お互いまことに懐しく思い、その日はちょうど天候の都合でわが攻撃隊の出撃も無かったので、クラス会というと大げさだが、くつろいで夕食を共にした。

山本さんは、われわれが候補生の遠洋航海で濠洲に行った時の練習艦宗谷の分隊長として御指導を受けた御縁で、クラス会の名誉会員であったので、御招待申し上げるつもりでいたところ、早速あちら様から先手を打って「おれは名誉会員だが招待するだろうな」との催促で、「もちろんしますよ」と言ったら、夕方に上等のウィスキーを一瓶下げて来られ「名誉会員たるものは、これくらいのことはせねばなるまい」と、頗る上機嫌でわれわれ当時の候補生共と打ちとけて思い出ばなしに興ぜられた。しばらくして「おい、寄せ書きをして送ろう」と言われるので「そう沢山も書けませんが誰々に送りましょうか」と尋ねたら、「鈴木さんと古賀とに送ったらどうか」とのことだった。

鈴木貫太郎大将はその時の宗谷艦長で、候補生一同まことに忘れることのできぬ深き御薫陶を受け、また古賀峰一元帥（当時大将、横須賀鎮守府司令長官）は、そのころ中尉で、候補生の主任指導官補佐として直接手取り足取り、御指導を被り随分鍛えられたものである。

そこで山本さんが達筆を振って巻紙に挨拶の文を書かれ、「元宗谷分隊長、聯合艦隊司令長官山本五十六」と署名され、一同これにならい署名をしたが、山本さんは「鈴木さんや古賀はこの寄せ書きを見て、あのころの候補生どもがこうやって、それぞれ前線で頑張っているのを非常に悦ばれるだろう」と感慨深げに言われた。そしてなお、「鈴木さんは、きっとこの手紙を神棚に上げて置かれるだろう」と附け加えられた。

ところが、これはその後小沢中将から聞いた話だが、元帥戦死の後、代って聯合艦隊司令長官となられた古賀大将がトラックの旗艦に着任された際に、同地にいた小沢が伺候した時、古賀さんが特に話さるるには「内地出発前に鈴木さんをお訪ねしたところ、あの寄せ書きの手紙を非常に悦んでおられ、チャンと神棚に上げてあると言われて、案内して見せて下された」とのことで、小沢は両雄の心事おのづから相通ずるものがあるのを、深く感じたそうである。

さて、四月十八日早朝、予定の通り山本長官は、宇垣纏参謀長以下大部の幕僚を従え、攻撃機二機に分乗九機の戦闘機に援護されてブインに向いラバウルを発進されたのである。

その朝、山本さんは私に、「これは鮫島から頼まれたのだが、彼が帰って来たら（鮫島中将はその日麾下の艦隊を率いて出動中であった）渡してくれ」と言われて、二葉の短冊を残して行かれた。それには明治天皇の御製が一首ずつ美しく謹書されてあった。計らずもこれが絶筆となったのだが、後日私は鮫島にねだってその一つを割愛してもらい、常に座右に飾っていたところ、終戦後ラバウルで収容所に移された際に、携帯品の調べに来た濠洲の士官が、調査上の必要からか、およそ紙に書いたものは一切取り上げ、何と説明してもきかないで、遂に没収されてしまったのは実に残念だった。しかし鮫島はあらかじめ内地に送っていたので助かった。ここに揚げたのはそれである。

やがて、午前八時にはブインに着かれるはずのところ、その約十五分前に彼の地に空襲警報の無電が発せられ、何か敵機の来たことが察せられ心配したが、そのころよく敵の偵察機が一機来ても空襲警報があり、また長官一行は恐らく既に飛行場に着陸間際であろうから、その中に着電が来るものとそれを今か今かと待っていたが、なかなか来ない。不安の念が次第に募ってくる。しかし状況がわかるまで、こちらでは騒いでも仕方がない。そうこうする中に、十二時ごろになって援護の戦闘機が帰って来てその報告があり、またこれに前後してブインの指揮官から「陸攻二機〇七四〇ごろP―38十数機と交戦二番機モイラーポイント海上に不時着参謀長主計長（何れも負傷）操縦者一名救出一番機ブインの西約十一浬の密林中に火を噴きつつ浅き角度にて突入せるものの如く捜索手配中」との電報が来たので、さてはとドキンとした。

しかし、まだ絶望というわけではない。先方では無論全力を挙げて捜索しているから、こちらからは取り敢えず、この日今後の作戦打合せのためラバウルに残っていた聯合艦隊参謀の渡辺安次中佐と、私の艦隊軍医長の大久保信軍医大佐とを派遣することとしたが、折悪しく大スコールがやって来て、飛行機の準備が遅れたため、時間の関係上やむを得ず翌十九日早朝渡辺参謀等は出発した。

その後の捜索の経過を、渡辺参謀は大要次のように語っている。

午前八時ごろにブインに着き、早速、負傷して航空隊の防空壕の中に寝かされている宇垣参謀長に会った。参謀長は顔を見るなりハラハラと落涙して、「長官の乗機はモイラ岬の西の方のジャングル内に突入したが、まだ生きておられるかも知れぬからすぐ探しに行ってくれ」とのことで、それだけ聞いただけで他の話もせず、すぐにそこを出て根拠地隊司令官と打ち合せをし、急いで水上機に乗って、上空からジャングルの地形偵察をしたところ、樹木の焼け跡が見えて、はっきりとその場所が判ったが、上から判っても、さて下に降りて来て海岸からジャングル内に入ろうとすると容易に見当のつくものでないから、そこで、ちょうどその場所の西二キロ許りの所を流れて海に注いでいる川があったので、それを辿って川口から川を遡って行き、その川が曲りくねって流れている幾つ目かの曲り角の附近から東に入れば、大体確実に現場に行けるという見当をつけて着水した。そして根拠地隊司令官との打ち合せにより、予めそこに待っていた約六十名の陸戦隊員を引き連れ、救護品、糧食等を積んだ二隻のカッターに分乗して、午後四時半ごろに奥地に向かい出発した。

ところが川が浅くて、カッターの底すれすれでなかなか進まないので、一同川の中に入ってカッターを押しながら川上へと進んで行った。こうやって大分来たと思ったら、今度は川の真中に大木が倒れていて、どうしてもそれより上流に舟をやることが出来なくなった。しかし、もう大体この辺から東にジャングル内に入ればよかろうと思ったから、いよいよ陸岸に上ったのはよかったが、飛行機で上空から見たとき川岸の芝生だろうと思ったのは、高さ三米もある籐の密生したもので、容易にわけ入ることもならぬ始末。銃剣でこれを薙ぎ払い切り払い進んで行くと、漸くにして籐はややまばらになって、幾分歩きよくなったが、つぎには十五米もある大木の密林が果てしもなく拡っていた。一刻も早く見届けたい一心で、勇を鼓して無二無三に突進したが、何時の間にか夜は更けて正午を過ぎ、全員ヘトヘトになって、遂にその辺に腰を下したまま、死んだように寝込んでしまった。翌朝になって眼が覚めてみると、手袋をはめたり、頭布を被ったり、相当の防禦はしていたのであるが、それを潜って浸入して来た無数の蚊軍のために、誰も彼もみな顔や手が一面に腫れ上っていた。

このようにして、非常な苦労をして捜索を続けて行ったが、その朝味方飛行機が頭の上に来て、それからの連絡により、他の方面から向った捜索隊が御遺骸を発見収容したことを知ったので行動を打ち切り、集合地であるもとの川口に戻り、ここで午後四時ごろに発見部隊から長官をはじめ十一体の御遺骸を受取り、掃海艇で根拠地隊に運搬安置し、その夜は一同でお通夜をし、翌二十一日に御葬儀を執行し、夕方に附近の適当なる地をトして荼毘に付したのであった。

最初に現場を発見したのは、その附近のアコ村という部落に幕営していた陸軍の道路設定隊で、十八日に友軍機が墜落するのを見て捜索をはじめ、翌朝発見したもので、指揮官は陸軍少尉浜砂盈栄(ハスナミツヨシ)という人である。

同氏の語ったところによれば、山本長官は軍刀を左手にて握り、右手をそれにそえ、飛行機の機体とほぼ並行に、頭を北に向け、左脇を下にした姿勢で、飛行機の坐席のクッションの上に横たわり、少しも火傷を受けておられず、左胸部に敵弾が当ったようで、血が流れていたとのことである。この外に、いま一つ左のこめかみから右の眼にかけて貫通銃創があり、恐らくこれが致命傷で即死されたものと認められる。

この捜索に当った陸海軍部隊は、みな渡辺参謀一行と同様に、非常な困難を冒して懸命に奔走したので、何しろ深いジャングル内の捜索はそう簡単なものではなく、それに時々敵機が附近に来て爆弾を落すのみならず、その爆音でジャングル内のさまざまな動物どもが、何事が起ったのかと驚いて不意に飛び出すやら、川へ入れば鰐に襲われる危険もあり、一通りや二通りの苦労ではなかったそうである。渡辺君は五尺八寸五分、二十貫という堂々たる体軀の持ち主で、当時海軍における剣道の第一人者であり、山本長官の下に四年間いて、一度も病気をしなかった豪の者だが、この行動後ブインに帰着するや否やデング熱にかかり、約二週間苦しんだとのことである。

かくして山本元帥は逝かれた。

思えば私がラバウルに赴任の途中トラックに立ち寄り、旗艦大和に伺候した時に、折し

基地を指揮する山本元帥（左）と著者（右）

も作戦会議に参集中の各司令長官等と共に晩餐の馳走になり、食後雑談の際、何かの話のはずみに山本さんが戯談のように「どうせおれなどはその中にギロチンか、さもなくばセントヘレナへでも流されるよ」と微笑みながら言われたことを今でも覚えている。

明敏達識なる山本元帥は、開戦当初から、戦局の前途をひそかに察しておられたのであろう。元来開戦に極力反対であった元帥が、事志と違い、遂に彼の大戦となり、しかも、運命の定むるところ、身はこれ海軍の総帥として、全国民の与望の下に皇国の興廃を双肩に担い、神謀勇戦遠く閫外の大任に当る。鴻毛の微軀素より論ずるに足らず、唯わが国家を奈何せむ!!

想うて往年元帥の心事に到れば、悲絶壮絶、至厳至粛、千古の正気凛として胸を打つものがある。

6　南東方面艦隊の歌

前にも述べた通り、鈴木貫太郎大将は、私どもが候補生の遠洋航海の時の艦長で、一同が一方ならぬ御指導御薫陶を被り、大いなる感化を受けたのであるが、私がラバウルに行ってからも時々御懇篤なる激励のお手紙を頂戴して、まことに有りがたく思うとともに一そうの奮闘を誓っていた。

あの山本さんとの寄せ書きに対しても早速返書をいただいた。その中に、「君の今日ラバウルにおけるは、ちょうど楠公の千早城におけるようなものだ。ぜひとも、しっかりやってもらいたい」とあった。その時の私の日記を見ると、「われ、もとより楠公の智略なしと雖も志楠公に劣るものにあらず……」と感想を記している。

この気持は一人私のみならず、ソロモン方面を死守した麾下将兵数万の覚悟でもあった。こうして、懸命の奮闘を続けたのであるが、無限の物力にものをいわせて押して来る敵の前に戦勢日を逐うて悪くなり、十九年の春には殆んど孤立の有様となった。

一同が困難なる状況の下にありながら志気いささかも衰えず、ひたすら邀撃（ようげき）作戦の準備にいそしんでいた此頃、一日その姿を見ながら鈴木さんからの激励のお言葉を思い浮かべ、にわかに「南東方面艦隊の歌」を作ってみたくなった。詩藻に乏しい頭をひねって出来上ったものが、この歌である。

南東方面艦隊の歌

㈠　ソロモン沖のここかしこ
天晴れ敵を悩ませし
南東方面艦隊の
将士のほまれぞいや高き

㈡　戦機次第に変転し
進撃しばしとどまれど
鋭鋒銹びず今もなお
虎視眈々と時機(とき)を待つ

㈢　歴史にしるき千早城
大楠公の忠誠を
鑑(かがみ)と仰ぐますらおが
身をつくしてや君のため

㈣　あしたに励む諸訓練
ゆうべに築く各陣地

花吹山を眼下に一式陸攻

銃爆撃下営々(えいえい)と
邀撃(ようげき)態勢すでになる
(五) 千辛万苦なんのその
鉄の心に鉄の腕
火にも水にもおかされず
来れ！　砕かむ敵の軍

作曲は出来ないので、いろいろの軍歌をうたってみた挙句「楠公父子」という曲が一番ぴったりしたようだったから、その節を借りることにした。

日曜日の夕方など、敵の空襲のひまをみてはよく軍歌をやったものだが、椰子の木の下に司令部の兵員達が円陣をつくって、この歌をうたっているのを聞き、何とはなしに快くなったこともあった。

7　武功抜群

今は靖国神社に祭られている市丸利之助中将が、航空戦隊司令官としてこの方面に在任中、ある時ニューギニア方面の状況視察から帰って私に報告に来られたが、その腰間の軍刀の先が折れているので、どうしたのかと尋ねたら、「飛行機で来る途中敵機に出遭い、射撃されて機銃弾が軍刀の先にあたってこのようになりました」とのことで、ちょうど私が二振持っていたので一つ贈ったところ非常に喜んでくれた。

それから気がついて、こんな前線でいろいろのことで軍刀を折ったり海に沈めたりして、急に補充のできぬ人もあるだろうから、補充用として艦隊司令部に若干の軍刀を用意して置こうと思い、たまたま艦隊機関長の本多伊吉大佐が用務を帯びて内地に出張するのに命じて、鎌倉の天照山で造っていた軍刀を機密費で買えるだけ買って来ることにした。その時に本多大佐が、「私の中学時代の親友で神戸の実業家に江口功という人があり、その人は日本刀にたいへん関心をもっていて、現在自費で然るべき刀匠を招聘して造っていますから、そちらからも少し寄附してもらうことに頼んでみます」とのことだったが、それからしばらくたって、江口氏から立派な白鞘の日本刀が数振り届けられた。同時に天照山の軍刀も送って来たので、補充用にはこれをあて、江口氏の分は同氏の好意に報いるために、麾下将兵中特に顕著な働きをした人に、これを表彰するために私から授与することに定め、深甚なる感謝の意をこめてその旨を江口氏に申し送った。ところが、それからも同氏から数振ずつ度々送り届けられてまことに恐縮したが、士気の振作に少からず役立った。私はこの鞘に「武功抜群」と書いて署名して渡した。

これをもらった人、及びそれに準ずる表彰を受けた人は、士官から軍属まで相当の数に上るのであるが、今日そのすべてを記憶していないし、またその記録書類も残っていない。それで私の印象に残っているもの、及び関係者から集め得た資料により、以下書きつらねて麾下一般奮戦の模様を想像願いたいと思う。（記事が精粗まちまちであるのは諒とされたい）

四百の寡兵をもって五千以上の敵に対し、悪戦苦闘十日に及んでなお屈しなかった、海軍陸戦隊「フィンシュ・ハーヘン」の守り。

指揮官海軍大佐続木禎弌、副官海軍中尉村上光功。（後に大尉）

この話は主として村上中尉の手記による。同中尉は人も知る沖縄の海軍指揮官太田実中将の女婿であって、昭和十七年十二月フィンシュ攻略陸戦隊指揮官として同地を占領、引き続き警備に任じ、翌十八年秋戦況切迫に備うるため、部隊が増強され、続木大佐が着任するや、その副官としてこれを補佐し、敵上陸後の守備戦に活躍したのである。

いま、同氏の詳細なる手記の中から、その要点を述べることにする。

昭和十七年十二月十七日、二百七十名の海軍陸戦隊は駆逐艦朝潮、望月に分乗、ラバウルを出発してダンピール海峡の要港フィンシュに向い、十九日払暁敵の備えなきに乗じてこれを無血占領した。そして、その年の中にはすっかり警備駐屯の形に入った。

其後約十ヵ月の間、防空壕の整備、陣地の増強に努め、これが進むに従い隊員は一段と落ちつきと自信とを増した。陣地の決定に当っては敵戦車のことは充分考慮に入れてあったが、陣地外縁は小密林で地形錯雑し、視界が悪いので、敵も非常な努力をした後でなければ使えないと判断されたから、やはり、わが主要なる目標は敵の歩兵であり、これは身軽にどこへでも侵入して来られるから、これに対応してわが兵力を自由に移動し得るよう陣地間の交通路も完成した。

所在原住民の宣撫には、上陸時から鹿児島県出身の古田通訳が大いに活動した。彼等は温厚で、若干の綿布などと交換に野菜や豚、鶏などを時々持って来ることもあった。しかし、われわれは彼等を労役には使わなかった。彼等の態度は、この土地が濠洲のものであろうと日本のものになろうと、自分等に余り干渉してくれないことが望ましいのだというように見受けられた。ここには三十年に亘って独逸人が住み、教会があったのでその影響は見逃せない。われわれが上陸後も相変らず日曜の礼拝は行っていたし、また讃美歌も上手であった。彼等はわれわれの戦闘に関しては終始大した役割を演じなかった。

敵の来るまでに訓練の期間があったことは幸いであった。密林戦闘の特質として、大部隊の火力集中は困難なので、まず数名を一組とするいわゆる遊撃戦法に習熟するように努めた。銃隊以外の各隊も結局銃隊として戦わねばならぬので、その線にそって教育した。そして任務、兵力、装備等の関係で防禦戦闘に重点を置いた。

上下親和し挙隊一家の感があった。殊に中堅をなす下士官級がしっかりしていたことは心強かった。

かくして、十九年の秋まで無事に過ぎたが、同年九月十二日ラエ及びサラモア所在の陸海軍部隊は作戦上の要求により、標高四千メートルのサラワケット山を越えてニューギニアの北岸シオに向い、従ってフィンシュは名実共に第一線となり、戦機が切迫したので、守備隊は不充分ながら至急増強させることとなり、九月十七日に伊一七八潜水艦にて第八十五警備隊司令の続木大佐が二十名を率いて進出し、村上中尉は副官となる。その後兵力は少しずつ補充されて計四百十名となった。

九月十九日、二十日はそれぞれ戦爆連合百機及び六十機の攻撃を各二時間にわたって受け、敵機乱舞の下にあったが、二十二日払暁、敵は駆逐艦、駆潜艇約二十隻、大型輸送船数隻、LST数隻、上陸支援艇二十隻、大発四、五十隻をもってフィンシュの北方六キロ半のアント岬北方に押し寄せ来り、午前十時頃までに第一次兵力約五千名を揚陸し、次いで夕刻より第二次上陸を開始した。

当時敵の上陸地点には、陸軍第二十師団第八十聯隊の一個中隊が配備され、フィンシュの海軍部隊とは常時連絡があり、またフィンシュ南方二キロのブブイ川附近には陸軍第一船舶団長の指揮する三千五百がいた。そしてシオ方面から第二十師団主力が急遽来援中であったから、その到着まで現地のこれ等陸海軍部隊が協力して、この要地を持ちこたえんとしたのである。（註　戦闘の必要上、第八方面軍と南東方面艦隊と直ちに協定して、フィンシュの海軍部隊は一時陸軍の指揮下に統一することにした。）

さて、敵の上陸を知るや午前六時、一個分隊の兵を上陸地点附近に出し、偵察をなしつつ敵歩兵の南下につれて密林中からゲリラ戦を実施せしめ、また別に一個分隊をもって遊撃戦を行う等、僅かな警備部隊の兵力にて為し得る限りの手段を尽したが、この日は敵もその一部がわが陣地前に姿をあらわした程度でそれほどの戦闘はなかった。しかし、翌二十三日には早くも敵はわが陣地正面のブミ川の対岸に現われ、百米の近距離において対峙し、陣地を急造し山砲八門をもって砲撃を始め、ブミ川を渡ろうとしたが、われはこれに対し僅かの歩兵砲、機関銃しか持っていなかったけれども、地形を利用した堅固なる陣地により、またしばしば小部隊を出して遊撃、奇襲を行うなど十倍の敵に対して一歩も譲らず。二十六日に至り、敵はフィンシュ北方四キロ附近に飛行場の整備を終り、観測機を利用して砲撃を集中するが、われなお屈せずして川を渡るを許さず。二十七日、敵はわが正面陣地の突破困難なるをみて、次第に西方、左翼方面に迂回しはじめ、これに対しわれは二十八日挺身隊の夜襲を敢行したが成功せず、腹背に敵を受けて二十九日遂にブミ川の守りは破れた。しかし殺到した敵の一部は陣地を活用せるわが十字砲火を浴びて袋の鼠となり大打撃を受けた。

かくして、三十日には、わが一線の一部は文字通り乱戦となったが、われは第二線陣地を固守し、敏活なる機動遊撃戦を併用して奮戦した。ある小銃手の如きは巧みなる狙撃によってよく二十人を斃し、またある軽機銃手は神出鬼没数十人は確かに仕留めたと報告している。この際機智に富み豪胆なる戦闘を展開した中隊長後本中尉（熊本県出身）の働きは深く賞讃に値する。にもかかわらず雲霞の如き敵は如何ともなしがたく、十月一日夜が明けると更に激戦再開各所に手榴弾戦が始まり、敵はわが陣地の間隙を縫って浸透し、正午頃には本部の百メートル附近に出没するようになった。戦いは正に最高潮であるが、われにはこれ以上の兵力なく、この上敵の圧力が加わらば崩れてしまう限界まできた。しかし続木司令のこの地を死守せんとする決意は鉄の如く、今夜斬込みを決行し、組織的抵抗は一応終るとするも、生き残りたる者はなお附近ジャングルによってゲリラ戦を続けんとした。十日間の死闘。指揮官以下隊員一同は胸中実に感無量であった。

しかるに、午後三時三十分頃陸軍少尉某が九月二十九日附、所在陸軍指揮官の命令を携えて連絡に来た。曰く「ブブイ川河口附近に在りたる陸軍兵力は爾後の攻撃を準備する為フィンシュ西北方十粁のサテルベルグ高地に転進し在り。又数日前ラバウルに於ける第八方面軍と海軍南東方面艦隊との協定に依り海軍部隊は陸軍の指揮下に入ることとなった。

依って海軍部隊は現陣地を撤収陸軍に合同せよ」と。

そこで続木大佐も命令ならばとその旨承知し、急に部隊を立てなおし夜をまって脱出し、サテルベルグ高地に向い、引き揚げたのであった。

この戦いにおいて、わが方の死傷百十名、敵に与えたる損害は少く見積っても数百名に達するものと推定される。


中型陸上攻撃機の部隊長として奮戦せし野中五郎少佐のこと。


野中少佐が海軍中型陸上攻撃機——一般に陸攻とか中攻とかいっていた——の一個中隊を率いてラバウルに進出して来たのは昭和十八年の七月上旬であった。

この部隊はそれまで幌筵島に配備されていたもので、アッツ島の敵攻撃等北方の霧深いところで戦闘する部隊として技倆極めて優秀なる搭乗員をもって編成されていたものであるが、時あたかもソロモン方面ではガダルカナル撤退後、わが防衛前線であった中部ソロモンに敵が侵攻の鋒先を向け初めたところで、私も一時ブインに進出して作戦を指揮し、全力を尽してこれが反攻阻止に努めた。しかし、わが航空兵力はその前からの引き続く作戦にて相当減耗していたので、聯合艦隊から各種飛行機の増援隊が新しく麾下に参加した。

野中部隊はその中の一隊であった。

七月より八月にわたるこの攻防戦は、実に中部ソロモンにおける天王山であって、結局衆寡敵せず優勢なる彼のためにまことに残念ながらわが目的を達することが出来なかったのだが、この間作戦の主要兵力であった各航空部隊が極めて困難な情況の下に必死の奮闘を続けたことは賞するに余りあり、敵に与えた損害に至っては莫大なものがあったと認める。

野中部隊はしばしば悪天候を冒して敵の艦船、飛行場、陣地、物資集積所等の、昼間及び困難なる夜間攻撃を行い、また遠く周辺の哨戒にも当るなど奮戦激闘大いに戦果を挙げたが、われもまた相当の損害を受けたのはやむを得ない次第であった。

その後われは引き続いてソロモン、ニューギニア両方面からの敵の進攻を攻撃するために、不足勝なる航空兵力をもって死闘を繰り返していたが、十一月初旬、敵がブーゲンビル西岸のタロキナ岬に迫るや、ここにいわゆる第一次乃至第六次ブーゲンビル島沖航空戦が展開され、わが野中部隊もこれに参加して大いに活躍した。

野中少佐の潑剌たる指揮振りについて、当時の艦隊航空参謀であった吉富茂馬中佐は左の通り述べている。

彼は小柄な男で闘志満々、隊員の掌握も実にみごとでありました。彼が攻撃に出発する際部下に与える命令は最も簡明直截なるを常としていました。曰く「みんなついてこい」。指揮官先頭でこれから死地に向って突進しようとする際これだけの命令で、指揮官は部下を信じ、部下はまた指揮官を信頼しきって、千変万化する戦場に一隊の中攻隊がよく協同の実を発揮して戦果を獲得しえた自信のほどは、野中部隊が如何に高度の錬成の域に達していたかを窺えると思います。

当時の航空部隊の戦力は一般に、開戦当初のものとは比べものにならないほど低下しておりましたし、連日連夜の戦闘に搭乗員も整備員も疲労困憊していた実情でありましたが、野中部隊の如きは当時にあって確かに心強き存在でありました。云々

夜間戦闘機を着想実現し画期的に敵の夜間爆撃を阻止した小園安名大佐の働き。

昭和十七年十月私がラバウルに着任したころには未だ敵機の昼間来襲はなく、ただ夜間は殆んど毎日やって来た。

そのころガダルカナル方面では彼我鎬を削っており、その後も引き続いて中部ソロモンで激戦が展開していたので、敵も遠くラバウルまで大挙手を伸ばす余裕は当時はなかったらしく、また昼間は味方の戦闘機が活躍し、高射砲も夜よりは利くし、来にくかったのであろう、十七年から十八年秋ごろまでは、ソロモン方面には昼夜強烈なる空襲があったにもかかわらず、ラバウルには昼間は殆んどこれという空襲はなかった。ところが夜になると欠かさずに大型爆撃機が悠々とやって来る。それも一度にそう多くは来ないで、五、六機が一機ずつ、次ぎから次ぎとやって来て、夜通し爆弾を見舞うので甚だうるさい。爆弾の災害も相当にあるとともに神経戦をも狙っていたようでもある。ちょうど私の着任の夜

には、大空襲があった。なんでも今までにない烈しいものであったそうで、それに市街の中心部に来たのもこれが初めてであったそうだ。司令部近くにあった軍需部倉庫もやられ、私どもの五十メートル附近にも一発落ちた。一、二ヵ所猛烈な火災が起って明け方まで続き、約六十名の死傷があった。その次の夜も同じように来た。皆が冗談に「新長官に敬意を表しに来たのです」と笑っていた。その後時々この程度のものが来たが、多分偶然の一致で、このころから敵のラバウルに対する夜間爆撃が強められるようになったものだろう。

しかし、こちらもその中に探照灯の数も次第に増し、またその操作にも目立って熟練してきた。探照灯の照射指揮官は、大部分内地から来たばかりの大学出身の予備士官で、従って最初のほどはうまくゆかなかったのは当然であったが、毎夜現地で鍛えられ、それに元来頭もよく、張り切って、研究心も旺盛で熱心に努力するので、設備の強化と相まって間もなく照射技能は目立ってよくなった。

けれども、全般的に言って、その当時の日本海軍の兵器、技倆をもってしては、探照灯と高射砲だけでは夜間敵機に対し、損害を与えることはなかなか困難であった。これは敢えて日本海軍のみならず、世界のレベルがこの程度であったと言える。そこでどうしても戦闘機が飛び上ってやっつけなければならないのだが、昼間と違って夜間無暗に多数が飛び出しても有害無益であり、その攻撃法も異るものがあって、適当なる型の夜間戦闘機を必要としたが、未だその解決がついておらず、困っていたのである。

小園安名大佐は当時戦闘機隊の司令で、勇猛果敢なる薩摩隼人であり、また通称「小園のあんちゃん」をもって衆人から親しまれていた人であったが、実戦の経験に基き熱心に研究の結果、一つの着想を得てその意見を提出した。

それは、夜間は昼間と違い、単座戦闘機をもって横転、逆転、宙返り等軽快なる運動で敵に迫り、その機首に装備してある機銃で撃墜するというやり方は出来ないから、その運動法を簡単にして、来襲する敵大型機の後下方からこれと平行に追いかけて行き、下から斜上方の敵に向って撃ち上げる。もしくはまた敵機の前上方に出て、やはり平行に行き過ぎながら、上から斜下方の敵に対して撃ち下す、という方法を採るのがよい。そのために夜間戦闘機は操縦者と銃手との二座機とし、前上方及び後下方に向け各二十ミリ機銃二基を備えることとする。そして、その当時出来が余りよくないので評判の悪かった二式陸上偵察機という二座偵察機があったが、とりあえずこれを改造して所要の武装を施し、それでやってみたい。これにより、殆んどかえりみられないこの偵察機を生かして大いに活用することになり一石二鳥である、というのであった。

右の意見が採用されて航空技術廠により試作された。その新案の夜間戦闘機をもって待ち構えていたが、時あたかも十八年五月二十一日の夜、それとも知らず、例によって図々しくやって来たB一七に対し、初めての戦闘において美事に二機を撃墜したのを手始めに、それから後、夜毎に一機、二機とやっつけたので、遂に敵の夜間爆撃は一時跡を絶つに至った。

ところで、この夜間戦闘法において、まず大切なことは、暗い上空でうまく敵をつかまえることで、白昼と違ってなかなか困難な問題であった。敵も絶えず動いているのであるから、広い空中でやみくもに探しても捕えることはむつかしい、しかも敵がわが要所に爆弾を落す前に捕えて、これを撃墜しなければ満点とは言えない。

そのころは、飛行機にレーダーの装備もなく、ただ地上よりの電話による指揮と、探照灯による誘導とによって敵を捕えなければならず、探照灯との関係位置によっては眩惑されてかえって不利となることもある。それ故に、充分綿密なる研究訓練を重ねなければそう簡単に成功するものではない。しかし、一方において味方の縄張りの内の戦闘であって、ラバウルの地形の関係上、敵の侵入路やその行動は自然一、二の型が定っており、また爆撃目標たるべきわが重要施設等の位置も定っているのであるから、敵の出現方向により、われの採るべき行動も大体のところは凡その標準が立てられるので、これを昼間の飛行場の現地でよくよく研究し、咄嗟の場合にあやまらぬよう演練することが最も大切なことであった。

そこで、小園大佐は飛行場内の一部にそのための現地兵棋演習場を設け、彼我の距離、速力等適当なる縮尺法を用いて、昼間現地において実際の通りの兵棋演習を実施することを計画し、毎日これを励行した。これにより、搭乗員をしてよくそのやり方を理解せしめたのである。

だから彼は、昼は暇さえあれば兵棋演習を統裁し、夜はこれを活用して戦闘指揮をつかさどり、実に文字通り不眠不休の大努力を連日続けていたのであって、私は時々飛行場を訪ねて、この演習を見たこともあったが、よく続くものだと彼の旺盛なる体力気力と、職務に対する熱心さに感じていたのであった。

これで、敵機はラバウルには余り来なくなったが、ブイン方面の夜間空襲の被害がかえって続出したので、小園部隊はまたその方面に進出奮戦して大成果を挙げた。

この夜間戦闘機の出現は、当時にあっては画期的のものであり、作戦上寄与するところ極めて大であった。これは全く小園大佐の経験と熱意とに負うところのものであった。

ソロモン群島ベララベラ島沖の夜戦において駆逐隊司令として寡をもって衆敵を破り、よくその任務を完うした原為一大佐始めその他の人々のこと。

昭和十七年秋ごろのガダルカナル争奪戦以来、翌十八年十一月ごろに、ソロモン群島方面の彼我の死闘が一応けりのつくまでの間において、わが駆逐艦、潜水艦が本来の戦闘任務の外に、この方面独特の輸送作戦とか、あるいはまた、わが軍利あらずして逐次に行われた撤退作戦等に終始使われ、弱まりゆくわが制空権下に、レーダーその他優秀なる装備をもつ敵を相手として、ただ年来の猛訓練によって鍛えに鍛えた心と腕とにより、撃ちつ撃たれつ一歩もゆづらず、否しばしば敵に大打撃を与えて血みどろの決闘を続けた労苦のほどは、到底筆舌のよくつくす能はざるものがあった。

この話は、その終りに近い昭和十八年十月初めに行われたベララベラ島からのわが撤退の際に起ったことである。

駆逐艦松風及び大発小発数隻より成る撤退軍の輸送部隊を掩護するために、駆逐艦五隻で夜戦部隊が編成された。その指揮官は伊集院松治少将で、同少将は自ら漣、磯風、浜風の三艦を率いて第一部隊となり、第二部隊は原大佐が時雨、五月雨の二艦を率いて従ったのである。

十月六日午前五時ラバウルを出撃したが、この日天候曇りで時々晴れ、海上穏かであるが濛気があった。途中ブーゲンビル島北方海面で、早くも敵大型爆撃機十数機の空襲を受け、一時混乱したが、幸いにして折よくきたスコールのために危うく難を免れ、午後四時過ぎ、ブーゲンビル水道を無事に通過した。ここで第一部隊は先に進み、原大佐の第二部隊は、輸送部隊を直接護衛しながら情況を見て進出するために、しばらく西の方に退いて機を待っている中に日は暮れたが、味方の水上偵察機の通報により、敵巡洋艦四隻、及び駆逐艦三隻が近づいて来るのを知った。そしてまもなく伊集院指揮官により合同を命ぜられ、直ちにその運動を執ったのであるが、全く合同しきらない中に敵艦七隻がわが両部隊の間に突っ込んで来たのであった。

そこで、勇敢機敏なる原大佐は臨機独断で合同を断念し、咄嗟の間に極めて適切なる運動をもって襲撃対勢を整え、二隻を提げて敵の七隻に迫り、機を見て魚雷を発射した。敵はレーダーによる射撃をもってこれに応じ、われもまた砲戦を開始して激しく戦ううちに、わが魚雷が相次いで敵に命中し、砲撃の効果と相まって、忽ちにして先頭の敵駆逐艦三隻を轟、撃沈したので、残りの巡洋艦四隻は意気地なくも後を見せて暗中に消え去り、惜しくも取り逃した。しかしこの働きによりわが陸上部隊の撤退は無事に行われたのである。

この戦闘でわが方は、敵の弾片による数名の軽傷者を出したのみで他に損害なく、凱歌を奏してラバウルに帰港した。

なお、時雨駆逐艦長は山上亀三雄少佐、五月雨駆逐艦長は杉原与四郎少佐であった。

また、原大佐の話によれば、司令駆逐艦時雨乗組の山下上等兵曹は、見張長として常々勤務精励であったが、当夜も衆に先んじて敵を発見し、適時適切な報告をして戦闘実施を極めて有利に導き、功績が顕著であったとのことである。

そのほか両艦とも、砲員、発射機員、電信員、信号員、機関員等乗員一同の奮励努力により戦いはまことに円滑敏活に行われ、何の故障も錯誤もなかったのである。

小部隊にて寄せ来る敵の上陸舟艇を撃破駆逐した、マーカス岬基地隊の奮戦。隊長海軍兵曹長古志野兵吉。

ラバウルからソロモン、ビスマルク、乃至は遠く東部ニューギニア方面各要地の駐屯部隊に対する補給は、あらゆる手段を尽して輸送に努めたが、戦況熾烈となるに従い、大きな運送船は使用不可能となり、専ら夜陰を利用する小型機帆船が多く用いられた。そのために、数十隻の機帆船がはるばる内地から集められたのであるが、それ等の乗組の人々の献身的努力は別に書くとして、その円滑なる実施を期する上において、必要とする地点に次から次と連綴補給基地が設けられ、そこに少数の部隊が配置せられた。

ラバウルの南西方約二百五十浬、同じくニューブリテン島の西端に近いところにマーカス岬という突角があり、その附近がちょっとした泊地になっているが、ここにも基地と見張所が設けられ、古志野兵曹長（後、少尉）の指揮する陸戦隊約一個小隊数十名が、若干の小口径砲と機関銃を擁して駐屯していた。

時しも昭和十八年の十二月十五日の朝まだき、敵はこのマーカス岬に押し寄せて来たのであった。

この一ヵ月半前の、十一月一日には、ブーゲンビル島西岸のタロキナ岬に敵が上陸を開始し、わが陸海軍との間に約一ヵ月にわたり激闘が展開され、いわゆる第一次乃至第六次ブーゲンビル島沖航空戦と称せられるのもこの際に起ったのであって、十二月に入って、敵は余勢を駆って大挙ラバウルのあるニューブリテン島にも上陸を企図するかも知れぬ、ということは概ね察知されていたが、東西三百浬以上にわたる細長い島の沿岸の、果して何処に来るかはよくわからない。これは防勢に立つ者の弱点であって、ただわれわれは警戒を一そう厳重にし、飛行機、潜水艦等による日々の索敵を励行していたのであったが、果然敵のニューブリテン侵攻は遂に開始され、その第一の鋒先はマーカス岬に向けられたのである。

多少余談になるが、これについて終戦後に私がある確実なる筋から聞いたところによれば、最初連合軍の計画は、もっとラバウルに近接した場所に上陸を企図していたのであったが、そこに向った輸送船団がわが航空隊の発見襲撃するところとなり、これでは到底近寄れぬと思い、上陸地点を急に西方のマーカス岬に変更し、また結局このようなことが動機となって、多大の損害を予期しなければならないラバウル攻略は取り止められたとのことである。果してそうだとすれば、先に野中少佐の話でも述べたような、あの当時のラバウル海軍航空隊の奮戦は、一時完全に連合軍の戦略意図を打ち砕いたものであったといわなければならぬ。

さて、十五日未明、敵輸送船団マーカス岬に向うとの水上偵察機の報告により、時を移さずわが攻撃機隊はラバウルを発進して、午前七時ごろにこれを捕捉襲撃し、船団に大損害を与えたが、敵上陸部隊はこの時既に多数の舟艇に乗り陸岸に向い進航中であったので、これをも見逃すことなく銃爆撃によりその三十隻以上を粉砕した。

これより先、わが攻撃機隊来着以前から、陸岸に待ち受けていた古志野部隊は、巡洋艦や駆逐艦の掩護射撃下に突進し来る敵の上陸舟艇に対し、死力を尽して応戦し、その数隻を撃破炎上せしめた。この猛射にたじろいだ敵は、方向を変えて他の海岸に向わんとして、隊形しどろに乱れ立ち、損害さらに甚しく、その困難しているところへ前記の如くわが攻撃機隊が来着し、壊滅的打撃を受けたのである。

かようにして、初日の敵はさんざんであったが、その後有力なる増援部隊を注ぎ込み、他の海岸に上陸して次第に地歩を固むるに至った。その数日間、古志野部隊は優勢なる敵の策動に対し陣地を固守して一歩も譲らず、その守備する地区には遂に寄せつけなかった。

敵はマッカーサー将軍の直率する米第六軍の精鋭で、上陸兵力一個師団を下るまいと推定されたが、当時敵自身がその兵力の半分を失ったと称するところを見れば、それはわが航空部隊の活躍によるものが主であるとはいえ、またもって陸上において、寡兵よく衆敵をむかえ撃った古志野部隊の阿修羅の如き奮戦の有様をも察することができるのである。

しかし、僅か一小隊ぐらいの兵力で、これ以上既に上陸した敵の大軍に対抗することはこの際無意味であり、ちょうど折りよく十九日に陸軍の一個大隊が応援のためマーカス岬の北方に到着したので、命じてこれに合併せしめた。

その後西部ニューブリテンにおけるわが戦線の縮小により、古志野部隊はラバウルに引き揚げ、海軍地区のある重砲陣地を受持ち、終戦に至った。

空襲下に左脚切断の手術を受けつつ、艦橋を去らずして戦いし、皐月駆逐艦長飯野忠男少佐のこと。

前にも述べたように、昭和十八年の秋ごろには、南東方面のわが戦勢はおいおい孤城落日の様相を帯びようとしていた。しかし、後方の国防圏が確立するまでは、何としてもこの線を持ちこたえるために、これまで手薄であった、ニューアイルランド及びアドミラルチー方面に陸軍兵力を急速増勢する計画が立てられ、暮から正月にかけて実施されることになった。

昭和十九年一月四日未明、わが第二艦隊に護衛された陸軍輸送船団は、トラックからニューアイルランド島北端のカビエン港に無事入泊し、午前六時ごろには早くも揚陸を終り、大急ぎでまた北方トラックに向い帰りつつあったが、入れちがいに、午前七時十分ごろ、敵機約七十機が港の空に押し寄せて来た。まさに危機一髪の時である。

幸いにして、輸送部隊はやや遠くに去っていたため、敵の発見するところとならず、辛うじて虎口を逸れ得たが、たまたま、これもこの揚陸作業援助のためラバウルから派遣されていた岡中佐の率いる第二十二駆逐艦文月、皐月の二艦が、任務を終り帰らんとして水道の南口附近を通航中であるのを見つけて、全機がこの二艦に蝟集して来たのであった。あるいは、敵が初めに近くのこの二艦を認めたために、それに気を取られて北方の輸送部隊の大群を見落したのかも知れない。

味方の護衛戦闘機も大いに勇戦したけれども、数において格段の差のある敵は、わが間隙を潜って艦側に殺倒し、雷撃銃撃応接にいとまない。この間に処して、わが二艦は実によく戦った。操縦自在の妙を尽して敵の攻撃をかわしながら、射撃により敵機十一機（内、不確実六機）を墜し、われは比較的軽微なる損害をもってラバウルに引き揚げて来たのである。

この戦闘最中に、皐月艦長飯野忠男少佐は、敵機の機銃掃射にて左脚を破砕され、切断の必要に迫まられたが、艦の運命に関する危急の場合、艦長として運用を人に任せることはできないとの堅い決心をもって、病室に下らず、そのまま艦橋にあって椅子に腰をかけ、切断手術を受けながら、自若として引きつづき自ら「面舵（おもかじ）」「取舵（とりかじ）」を令し、無事に危機を乗り越えた。その豪勇無双の態度はまことに称嘆するに足ると思う。なお私は艦長も偉かったが、手術をした若い軍医長もなかなかよくやったと思う。ただその名を逸したのが残念である。

翌五日早朝、二艦はラバウルに入港し、負傷者は陸上の病院に収容されたので、早速私は見舞に行き、飯野艦長に「武功抜群」の日本刀一振を贈った。彼は思ったより元気で非常に喜んでくれた。その後貧血のため一時危険となったが、夕方にはまた持ち直したとの知らせでやや安心していたが、六日の朝遂に逝去の報に接した。強い人だから何とかして助かるだろうと祈っていたが、まことに惜しいことをした。

なお、この戦闘で、私が兵学校長の時に生徒であった文月砲術長の平柳育郎中尉も胸部及び腹部に貫通銃創を受け、入院後間もなく戦死し、私が病院に行った時にはたった今息を引きとったばかりであった。同じクラスの士官が数名ラバウルにいたので至急知らしてやったところ、みな火葬場に集って告別したそうである。この日の私の日記には次の通り書いてある。

七時病院に行き文月、皐月の負傷者を見舞ふ。皐月艦長飯野少佐左脚切断の手術を受け乍ら艦橋に在りて椅子に坐したる儘指揮を執りたるは勇敢なり。軍刀一振を贈る、貧血のため一時危険なりしも夕方持ち直す。文月砲術長平柳育郎中尉胸部及腹部貫通銃創にて重症入院後間もなく戦死し見舞に行きたる時には方に火葬場に送らむとする間際なりしが拝礼の後副官を九三八空に派し級友に通知せしむ。佐々木中尉直に病院に行き他は火葬場に集る可く信号せし由なり。彼れ七十期の首席として晴れの卒業式の光景尚ほ記憶に新なり、駆逐隊に於ても大に司令以下の信頼親愛を受け居りし由なるに惜しむ可し。

ブーゲンビル島北辺の守り――加藤栄吉大佐の指揮した第八十七警備隊の働き。

敵は、昭和十八年十一月一日、ブーゲンビル島中部西岸のタロキナ岬に上陸以来、その根拠地が整備するに従い、北方に向いおもむろに圧迫を加えはじめ、同島の北辺は次第にその勢力範囲に入るような形勢となってきた。

加藤大佐麾下の第八十七警備隊は、ブーゲンビルの北端に連る小さなブカ島に本部を置いて、この地域の守備に当っていたのであったが、敵はその頃の常套手段として、物力にものをいわせて、余り無理をせず、水の浸透するようにヂリヂリと押して来る。それに対し味方は絶えず油断なく厳重な警戒をして小競合をつづけたのであったが、この幾月かのあいだ、わが警備隊は主に地雷を活用した奇襲により、まことにねばり強い、そしてすばしこい活動を繰り返し、ほとんど毎日敵を痛めつけていた。ただ受身に立つだけではなく、ある時はこちらから敵の拠点を襲撃する等、いわゆる攻勢防禦の妙を遺憾なく発揮したのであった。

その顕著なものを挙げてみると、二十年六月十二日に対馬中尉の率いる特別攻撃隊（同中尉の外下士官兵九名）はカヌー三隻に分乗してブカ水道（ブーゲンビルとの間の狭水道）を出発し、夜暗を利用して附近の島づたいに南に下り、十八日の午前一時四十五分、下サポサ島という小島にある敵の舟艇碇泊場を奇襲し、海上トラック（約四百トン、貨物満載）一隻を爆破炎上させ、その他大発艇二隻小発艇二隻を爆沈し、凱歌を奏して無事に帰って来た。ところが、その仕返しのためか、二十日に突如として敵の約二個大隊が七隻の大型舟艇に分乗してブーゲンビル北部のわが勢力圏にあるポートンというところに上陸し、一時桟橋附近を占領して橋頭堡を築きはじめた。この方面には下方徳次郎大尉の指揮する防空隊約百二十名がいたが、この僅かの、しかも対空を主とする兵力では昼間まともな戦いはできぬので、しばらく我慢し、夜になるのを待って猛烈果敢な夜襲を仕かけて大損害を与え、一挙に撃退したのみならず敵舟艇二隻（と記憶する）を捕獲したのであった。

このようにして、北部に孤立し、主隊との連絡も充分にとれず、椰子を食べ野草を噛りながら、装備充分にして優勢なる敵の不断の圧迫に抵抗して一歩も譲らなかったのである。

沖縄出身漁撈隊員の手柄。

日時は忘れたが二十年ごろだと思う、こういうこともあった。沖縄県の人達が相当数軍需部の軍属として、あるいはまた機帆船の乗組員として従軍していたが、みな漁撈の道に堪能なので、食糧自給のために、この人達にて軍需部の漁撈隊が編成され、よく丸木舟を操って出かけていた。

たまたまある日のこと、海上に乗り出していると、折悪しく敵の空襲があったが、どうやら無事に逃れてほっとしているところへ、味方の戦闘機かまたは高射砲により打ち墜された敵機の搭乗員が一人、落下傘で附近の水面に降りて、沖の方に向って懸命に泳ぎ出した。敵はよく空襲隊の後から、海上発着のできる飛行艇を伴って来て、このように落下傘で海に降りた味方を救助していたから、放っておくと逃げおおせるかも知れぬ。

そこで「御座んなれ」とばかり、腕に覚えのある漁撈隊の一人は、直ちに海に飛び込んで抜き手を切って追いかけ、たちまちつかまえたところ、彼もさるもの、死にもの狂いで抵抗をしてきたので激しい水中格闘となった。彼は体力も強く、また泳ぎも可なり上手であったそうだが、何といっても水の中ではこちらのもので、大分骨を折った末、遂に降参させて丸木舟に収容し捕虜とした。

これはこれだけの話だが、籠城戦となって敵機跳梁下の海上で、挺身これだけの働きをして大男を生捕りにした勇敢なる行為と不撓の気魄とは、そのころ噂の種となったもので、痛快な話であり、まことに琉球男児の本領を発揮したものと、愉快に思った。

多数の軍属工員の中には、こんな勇敢なのが沢山いた。

ラバウル在住の邦人にして海軍嘱託として従軍した田代恒助君の活躍。

同君は和歌山県大島の出身で、大正六年一月まだ十六歳の時に、単身ラバウルに渡航し、椰子園、造船所等の勤めを振り出しに、漁業、海上運搬業、採貝業、コプラ売買業等彼の地におけるあらゆる仕事の経験を一通りなめ尽し、昭和十三年六月に南洋貿易株式会社のラバウル出張所長となり、開戦の日に及んだ。

そのころ、社用のために内地帰還中のところを早速海軍に嘱託として徴用され、横須賀海兵団に入り、しばらくして出征、第八特別根拠地隊司令部とともに昭和十七年一月二十三日ラバウルに上陸し、占領当初の根拠地隊司令部の設置、飛行場造営等のため原住民の労力利用のことに奔走し、続いてブーゲンビル島のブイン及びキエタ等南部要地の攻略、またマヌス島攻略にも参加し、専ら占領地所在の原住民工作に当り、その独特の経験を活かして活動したのである。

昭和十七年八月下旬、わが海軍陸戦隊が東部ニューギニアの南東端のラビ港に一時上陸したことは、「まえがき」のところに書いたが、当時この作戦に参加すべく大発にて発進した一部隊が、途中敵機に発見襲撃され、やむなく附近の島に上陸し、困苦二ヵ月の後松山光治少将の指揮する第十八戦隊の巡洋艦に救出されたことがあった。これは、ちょうど私が着任前後にわたるころで、今なお記憶に新なるところであるが、わが田代君はこの部隊に従って九死に一生を得られた。いましばらく同君の手記をかりて当時の模様を詳かにしたいと思う。

八月二十四日東部ニューギニアのラビ攻略作戦に参加する佐世保第五特別陸戦隊に配属のまま、大発機動作戦に参加しブナ出発、途中二十五日正午ラビ北方洋上のグッドエナッフ島寄港中敵戦闘機十機の攻撃を受け、大発の全部七隻と共に食糧、弾薬、医療品及び通信器の大部を焼失し、十余名の戦死者を出す。以来全員三百五十名の将兵は島中に孤立し、連日にわたる敵機の銃爆撃に見舞われつつ、現住民の僅かな農作物によって体力を保持する一方、島内の調査、敵情報の蒐集に努めつつ、カヌーに依って百三十浬を隔つる後方のブナ本隊との連絡を計画し、約一週間の後現住民よりカヌーの寄贈を受け三名よりなる決死伝令隊を出発さす。

然るに一週間を経過するも連絡なき為め、第二回のカヌーを派遣す。この頃より隊内に粗悪にして僅少なる食事による体力の消耗と、薬品の欠乏とに原因する悪性マラリヤ患者続出し、次ぎ次ぎと戦病死者を生ず。依って陸戦隊司令は第三次決死隊としてカッター帆走による最後の連絡を準備中、味方戦闘機一機飛来して通信筒を投下し曰く「頑張れ」続いて光（煙草）二個を受ける。これにより前二回の伝令隊の内の何れかが連絡に成功した事が確認され全隊狂喜す。

しかしこれより敵の警戒益々厳重となり、敵機の銃撃掃射は夜明より日没迄絶え間なかりしも、その後味方機も度々飛来して通信連絡あり、又物量投下による弾薬ビスケット等の補給を受ける。

一方マラリヤ患者は日に増加し、その病死者を夜間敵哨戒機の隙を見てジャングル内で火葬にするのは最も悲痛で且つ困難な作業であった。

その中に味方潜水艦が来島し、通信機、海図、白米、大発一隻など到着し、負傷者、重症患者等六十名を送還す。次で第二回潜水艦来着せしも不幸にして敵の夜間哨戒機に発見せられ、大発一隻の他揚陸の暇なくそのまま空しく引き返した。

その後第十八戦隊と引揚げに関し無線通信に依り打合せ中、十月二十四日早朝敵濠洲軍の上陸攻撃を受け、二日にわたり交戦し中隊長、小隊長以下十余名の戦死者を出せしも、遂に敵を撃退し、二十六日夜九時大発二隻に分乗し一旦隣りのノルマンデー島に避退、二十七日午後十一時同島東方洋上において軍艦天竜に収容され、十月二十八日朝総員二百名ラバウルに帰港す。（以上）

爾来田代君はブーゲンビル島とラバウルとの間を往復して、航空基地の建設調査、現住民の労力利用、宣撫工作等に寧日なく、時には単身原住民部落に赴いて一千名の住民を募集し、滑走路予定地の伐採、道路拡張、橋梁の架設、資材置場及び陸揚施設の設置等の諸作業に従事した。昭和十八年十一月、敵がタロキナに上陸をした直前にも、同君はタロキナの北方のブカ島に派遣されて、単身同島を一周して約八百名の現住民募集に成功したが、既にして敵のタロキナ作戦が始まり、峻烈なる空襲のため相次いで犠牲者が出たので、やむを得ず現住民を解散してラバウルに帰り、民政部において原住民関係の業務を担当した。

十九年春籠城態勢となるや、新たに民政部員をもって編成された特務部隊の労務隊長として梶山隆次書記、会田定義理事生とともに終戦まで引き続いて住民の宣撫、保護に当った。こうして、一軍属として終始南東方面の前線において余人をもって代うべからざる重要任務に従事し奉公の誠を尽されたことは、実に感謝に堪えないところである。

8 漂流記

戦闘で艦船が沈んだり飛行機が洋上に不時着したような場合に、行衛不明となって既に絶望視された人達が、漂流潜行幾日かの後突然帰って来ることが時々あった。まことに喜ばしいことであるが、これらの人達に聞いてみると、辛苦艱難、饑渇を忍んで生死の境を彷徨する際、結局は気力が物を言う。気力の弱いものは参ってしまう。ことに指揮者となった人の強烈なる気力と、これに伴う機敏なる頭の働きとが、絶望の底からよく多数の生命を救い出したことがしばしばあった。

その一例。

昭和十八年の中頃、彼我航空戦の酣なころに、ある日、ラバウルから長駆ニューギニアのポート・モレスビーの爆撃に向ったわが海軍中攻機隊が、凱歌を奏して続々帰還した中に、篠崎真一中尉の搭乗機が何時まで待っても姿を見せなかった。それから数日間、百方手を尽したけれども遂に発見出来ず、残念ながら思い切る外はなかった。

ところが、約二週間経ったある日、篠崎中尉以下数名の搭乗員がヒョッコリ帰って来たとの知らせがあって、われわれ一同は夢かとばかり喜んだものである。

同中尉の報告によれば、モレスビー爆撃後、敵戦闘機との交戦で損害を受け、帰途ニューブリテンの南方洋上に不時着のやむなきに至った。直ちに救命の浮舟を準備して全員これに移り、応急用の携帯行糧等を積み込んでいる中に飛行機は沈んでしまった。中尉以下七名の乗員は一路北に向って漕ぎ出したが、その日は暮れて、一日、二日、三日、と経っても陸地にたどりつかない。風や潮のために小浮舟の歩みはなかなか渉らぬ。気は焦るばかりであり、それに日中は照りつけられて焼けるように暑い。そこで各員かわるがわる海中に入り、舟べりにつかまって泳ぎながら舟を押し進めつつ暑熱を避けるという妙案を考えた。

しかし、幾日もたたぬ間に僅かの食糧も水も無くなり、そんな元気も出なくなった。時折流れて来る海草や、それについている小さな魚を食べたり、またどうかすると魚が舟に飛び込むこともあったが、それくらいで空腹が充たされるわけもない。それよりも一番苦しかったのは喉の乾くことで、しまいにはとうとう海水を飲んだこともある。こうやって五日たち六日たつ中に一同の希望は次第に薄れ、心の焦りと体の衰えとが目立って見えてきた。

ここで、これを救うべく、指揮者たる篠崎中尉の超人的な精神力が発揮されたのであった。彼は不眠不休で絶えず励声叱咤し、軍歌をやらせたり、水を振り撒いたり、また時には冗談を言ったり、もうすぐ陸地だと励ましたり、あらゆる手段を尽して全員気力の保持に努め、虚脱放心に陥らぬように導いた。こうなると一同はただ指揮者にのみ頼るものである。そしてまた、各人の体力気力の違いもはっきりと現われて、最後まで中尉を助けて元気よくやった者も一人二人はいたし、またそれと反対に、この言語に絶した苦難に堪えかね、心身ともに消耗し尽して哀れにもこと切れた者も一人いた。

それでも、絶望の中に最後まで希望を失わず、驚異に価する人間の努力は遂に報いられて、十数日目にニューブリテン島の南岸ジャキノット湾と覚しい所にたどりつくことが出来たのであった。

無我夢中で上陸するや、皆そこの海岸に倒れて半ば気を失って終った。幸い原住民達がこれを見つけて一同を部落に運び、非常な好意をもって手厚い介抱をしてくれた効あって、ようやく生気を取りもどしたのであったが、中に一人、翌朝になって姿が見えぬ。何処へ行ったかと心配して八方探したところ、どうも海に入った形跡がある。いろいろ考えてみると、あるいは前日来漂流中の炎天の酷熱を夢うつつに見て、夢遊病的にフラフラと出て行って海の中に飛び込んだのではあるまいか、あるいは他に何かあったのか、よくは判らぬが、とにかく異常な苦しみの後に異常な喜びと安心とが来たので、精神に異常を呈したものらしい。篠崎中尉も「あの男は一番弱っていたので注意はしていたのですが、私がついうっかりしていたために、せっかく助かりながらこんな始末になりまことに申訳ない」と大変に残念がっていた。

篠崎中尉は後にサイパンの戦闘で名誉の戦死を遂げ、大尉に昇進した人である。私は直接詳細に漂流の報告を聞いたのだが、今日その記憶も薄らいでしまい、また記録もないので、ここに思い出すままにその大体の話をしたのである。しかし、茫々たる酷熱の洋上で殆んど飲まず食わずの十数日の苦闘に打ち克ち、よく多数の生命を救い得たのは、全く彼の絶大なる気魄意力の賜であったという、その時に受けた深い印象は、今もってはっきりと私の心に刻まれている。

かような例はまだいろいろあるが、次に挙げるものは松本亀太郎大佐の手記によるもので、同大佐が輸送艦野島艦長として輸送作戦に従事中、不幸沈没して九死に一生を得た時の漂流記である。

その一

昭和十八年三月始めに、ラバウルからニューギニアのラエへ海軍の護衛の下に陸軍船団の大輸送があった。私（松本大佐自身を指す、以下同じ）は輸送船団の一つである野島の艦長としてこれに参加した。

三月一日夜、船団は護衛戦隊の援護下にラバウルを出港し、ニューブリテン島の北方海面を経てダンピール海峡を通り、ラエに向う予定で二日夜ダンピール海峡に進入し、三日午前八時ごろ、クレチン岬を右に見て針路を西に転じラエに向った。しかるにあと六十浬くらいでラエに到着するという所で、南方から数百機の敵機が来襲して、わが護衛戦闘機、駆逐艦等の奮戦も効なく、見る見る中に船団は全滅した。

私の艦も十数機の来襲を蒙り機関室をやられ火災が起り、遂に沈没したが、護衛駆逐艦朝潮に全員が救助された。朝潮には駆逐隊司令の佐藤康夫大佐（後に二段進級して中将に昇進）が乗って指揮されていたが、危険なる海面に最後まで残って、他の陸軍の輸送船と私の艦と二隻の乗員を救助されたのである。そして三時間以上もかかってようやく救助を終り、全速力でラバウルに向け航行中、再び敵の大空襲に遭い、爆弾が汽缶室に命中して駆逐艦は大火災とともに敢えなく沈没した。

私はこの時に佐藤司令とともに艦橋にいた。司令は総員退去を命じてから私に対し、「君はお客さんだから早く艦から脱れて海中に入りなさい」と再三すすめられた。私は「司令もかくなっては致し方がないのだから、捲土重来を期して一緒に海に入りましょう」と幾度かすすめたが、司令は頑として聴かず、私に入水をすすめるのみであったから、今はこれまでと覚悟して固く握手を交して司令と訣れ海中に身を投じた。その時艦橋甲板は既に水に浸っていた。艦を離れること五十メートルぐらいで艦は艦尾から沈没を始めた。司令は如何されたかと沈没しつつある艦を見たら、前甲板の構造物に腰をかけ、両腕を胸に組み艦橋を見つめつつ艦とともに悠々姿を没せられた。私は海中から頭を下げ最後の訣れをした。今もなおあの時の勇敢沈着な司令の姿が目に残っている。

この森厳な光景にしばし呆然としていたが、フトわれに返ってみると、まだ軍刀も帯し靴も穿いていたことに気づき、軍刀を捨て靴を脱いだが、別に助かりたいとも思わなかった。その中に浮舟が近づいて来て私を救い上げてくれた。浮舟には既に三十人ほど乗っていたが、中に火傷をして瀕死の人も数名いた。小舟は超満員で今にも沈没しそうなほどになっていた。風が強くなり海上は波立って来てようやく暮色が迫った。この夜は珍しく満天曇って真暗で、自分の乗っている小舟の外は何物も見えぬ。舟の中では負傷者の手当をする者、浸水を防ぐため鉄兜で交代に水を汲み出す者、まことに忙しい。三日の夜はこうして過し、ようやく夜が明けて周囲を見渡したが、自分達の小舟の外には何物も見えない。静かな海上にはこの浮舟一つしかいない。だがよく見ると遥か水平線上に黒いものが一つある。それを見て私の頭に閃めいたのは、野島が曳航していた一隻の大発艇のことで、それは昨三日の未明に、ダンピール海峡を南下中に曳索が切れてそのまま流失して終ったのだが、位置の関係からみてあの時の大発であるかも知れぬと思ったので、ともかくも全力を挙げてその黒いものに取りつこうと思い、皆を励ましてその方に向った。距離は四、五千メートルでそう遠くはないのだが、悲しいことには櫂が一挺もないので、鉄兜で水を掻きながら少しずつ前進し、また舟のともから海に飛び込んでその反動を利用して前進を助けるものもあった。かようにして朝から夕方までかかってやっとそれに取りついた。それはやはり大発ではあったが、私の想像した前日に捨てたものではなく、陸軍のもので、軍属二名が乗っていて、機械の故障のため漂流しているのであった。私どもは早速これに乗り移り状況を検べた。幸いに機関科の遠藤中尉が一しょにいたので、同中尉が機械を調整し、間もなく故障は復旧したが、燃料が五時間分ぐらいしか残っていない。しかし昨夕は確かに陸地が見えていたのだから、五時間も走れば何処かに行ける希望があった。機械は調子よくかかり、艇は北に向って快走し始めた。今まで乗って来た小浮舟は万一を慮って曳いて行った。だが、五時間たって燃料が無くなったが、まだ陸地に着かぬ。しかし、もう近いはずだと一同元気を出し、幸い艇にオールが二本あったのでこれを使い、力を合して漕いだ。その中に夜が明けたので陸地を探したが一向見えぬ。あいにく、北の方は乱雲に覆われ視界が悪かったのでよく見えないのだろうと思って、なお一心に漕ぎ続けたが、八時ごろになって都合よく南の風が吹いて来たから、私はこの風を利用して足の軽い浮舟に帆を作って揚げ、一部の者が乗って早く陸岸にたどりつき、陸上の味方部隊とも連絡をとって再び艇に残った人達を迎えに来るのが良かろうと思い、一同と相談の上海軍の兵員十名を選抜し、これとともに今まで曳いて来た浮舟に乗り移り、大発の艇内にあった丸太棒をもって帆柱とし、陸軍兵の携帯天幕をつぎ合して帆をつくり、どうやら帆走の仕度を整え、折から可なり吹き出した南東風に乗って滑り出した。一刻も早くさほど遠くもない陸地に取りついて味方と連絡をとり、残っている大発艇の連中を助けようと勇んで出掛けた。残った連中も「よろしく頼みます」と互いに手を振って別れた。しかし、この希望も長くは続かなかった。正午ごろになって風がバッタリ止んでしまったからだ。その時向うから陸兵の乗っている浮舟が近づいて来て「ラバウルはどこの方向か」と聞いた。こちらの兵隊は「こっちへ来い、ここには艦長さんがいるぞ」と叫んだら一しょに連れて行ってくれと言うので、私は陸軍の浮舟をも併せ指揮した。その舟には陸軍の大尉もいた。艇尾にエンジンがついているが、燃料がないので二挺のオールで漕いでいた。風が全くなくなって帆が使えないから、われわれは陸軍の浮舟に移って今までの舟を曳きながら夕方まで北上したが、陸らしい影も見えないでこの日もまた暮れた。風のない静かな夜である。一同大分疲れた様子だ。三日に朝食をとってから、二昼夜半何も食べていないのだから無理もないが、少しでも早く行きたい気持ちから終夜漕ぐのを止めなかった。その中に六日の夜明けが来た。まだ薄暗いころ舟がゴツンと何かにぶつかったので、よく見るとドラム缶だ。引き上げたところガソリンが一杯入っている。そのうちにまた別のドラム缶を発見した。これはモービル油の缶だ。燃料が手に入ったから大喜びでエンジンをかけたら具合よく動いてくれたので、漕ぐのを止めて一同気持のよいエンジンの音を聞きながら、しばしウットリとした。安心したせいか空腹と渇を覚え出したが、食糧も水もない。時々海水を呑んでは吐き出して渇をまぎらそうとしたが、こんな時に椰子の実でもあったらどんなに助かるかも知れんと思った。こんなことを考えている中に、前の方にスコールの大積乱雲がやって来たので、その中に突っ込むように舟を向けた。これはいうまでもなく雲の進む方向、速度とそれから自分の速力を考えてうまく出遇うように向わなければならぬので、初めから雲に真直に向えば外れてしまうのはわかりきったことだが、陸軍の兵隊さん達はよく知らぬとみえて、なぜ早く雲に向かわないかと大騒ぎをして、これを納得さすのに一苦労した。何しろ水の呑みたい一心で死にもの狂いだから骨が折れる。だが舟はだんだんスコールの区域に入って来かかったので、皆なる程と喜んで雨水を収める準備に急いで取りかかった。油だらけの天幕を拡げたりして待つ間程なく、天来の大スコールがやって来て雨水が一杯溜った。われわれはその油だらけの水をガブガブ呑んだ。その上に軍服の袖の雫まで吸っている者もあった。水筒、飯盒にも一杯満水した。そして一同真に蘇生の思をした。

しばらくして雨は去り、再び灼熱の太陽が輝き出したが、その時エンジンがバッタリ止った。雨に濡れたためかも知れぬ。幾度かけても駄目なので分解修理にかかった。また遠藤君がその主役を務めてくれたが、夕刻になってもなおらない。遂に日が暮れてしまったから、部分品など海中に落しては大変だから、仕事を中止してまた漕ぎ出した。七日の夜が明けて来たので、また修繕に取りかかったが、研究の結果パッキングが悪いのだろうということで、その代用品として、だれか厚紙を持っているものはないかと聞いたら、一人の陸兵が新しい貯金の通帳を持って来てくれた。遭難の時その通帳と財布をゴム袋に収めて携帯していたので、濡らさなかったそうだ。この表紙をパッキングに代用し、エンジンを組み立てていると、南方に富士山のような高い山が青く見えて来たので、陸兵等はあの島に行ってくれと言い出した。私はその島は敵地であると思うから断じて行かれぬと反対したが、きかない。しまいには陸軍の大尉さんまでこれに賛成し、どうしても今見える島にやってくれと強硬に申出て来たが、どこまでも反対した。あまりうるさいので、眠くなったからと言って舟底に横たわり仮睡をしていたところ、「潜水艦が見える」と叫ぶ者がある。舟底から立ち上りよく見ると、正しく潜水艦がこっちへ向って航行して来るではないか。一同は喜んで総立ちになったが、私は皆を制して「あの潜水艦はまだ敵か味方か判らない。もし敵だったら大変だから、皆は舟底に伏せておれ、私一人見張をして敵味方の判別をする。もし敵であったら一突きに私を殺せ」と銃剣を持った兵一名を私の傍に置き見張を続けた。その中潜水艦が近づき、艦橋から「オーイ」と叫ぶ声が聞えて来たので「味方の潜水艦だ皆立て」と号令したら、一同舟底から総立ちとなり、手を挙げて万歳を叫んだ。そして間もなく全員潜水艦に救助された。時に三月七日午前七時ごろで、遭難以来まる四昼夜であった。潜水艦に上って聞いてみたら、夜明ごろ一隻の大発が漂流しているのを発見したので、艦を止め検べて見たが、帆布の覆をかけたままの大発で一人も乗っていなかったから、そのまま帰えろうと思っていたとたん、われ等の小舟を発見したので、近寄って見たがこれも人の乗っている気配がない。あきらめて変針しようと思ったが念のため「オーイ」と呼んでみたところ艇内から大勢立ち上ったので急いで艦を止めて救助したのだとのことであった。その大発こそ前に述べた三日未明ダンピール海峡で曳索が切れて捨てた大発であった。先に捨てた大発が機縁となり、われらが救助されたのはまことに不可思議なものである。

潜水艦で現在の位置を検べたら、キリウイナ島の西方六十浬ばかりのルサンサイ諸島の環礁の中であった。潜水艦も戦場附近を捜索していた積りであったが、こんな所まで流されていたことに驚いていた。遭難地点クレチン岬からここまで、四昼夜に百八十浬流されていたことになる。即ち一昼夜四十五浬の南東海流に流されていたことが判った。今朝南方に見えたあの山はエントレカストー諸島のグッドエナッフ島の山（二五〇〇メートル）であった。もう一日も漂流を続けたら敵地に漂着するところであった。

九日朝、ラバウルに帰り長官に報告するとともに、残して来た大発の連中を急いで捜索救助方を懇願した。早速飛行機を出して捜索されたが、遂に発見出来なかったという通知を受け、実に残念でたまらない思いがした。今でもあの大発の連中の行衛が気にかかって仕様がない。

その二

同じく野島乗員であった高橋二等兵曹と児玉一等水兵の漂流談もまた苦難に対処する気魄そのものである。これは、両君が内地帰還後入院中に前記の遠藤中尉が見舞いに行って聞いたところによる。

高橋二等兵曹は朝潮の沈没した三日の夜は筏に乗って漂流したが、四日の午前十時ごろ一隻の空浮舟の漂流するのを認めこれに乗り移った。同乗者二十一名で、舟の中には撓一艇、乾麺麭一箱、米三升、ミルク八缶、時計十数個、マッチ若干があった。そして敵機の機銃掃射をしばしば受けたが損害はなかった。その中に流木を拾い、撓七挺をつくり西の方に向って漕いで行った。

五日西方はるかに陸地を認めた。

六日払暁ごろ陸地に近づいたところ、敵の商船三隻が碇泊しているのを認め、敵地であることを知ったが今更白昼マゴマゴ引き返すわけにも行かず、やむを得ず思い切って上陸してジャングルに身を隠した。ここはわれわれの目的地ラエの南東約二百五十キロにあるブナの更に南東方らしい。昼間はジャングルに隠れていたが、夕方再び元の浮舟に乗って夜陰に乗じて沿岸を北に上った。

七日もまた夜明けとともに上陸してジャングルに隠れ、日が暮れるとまた浮舟で北上を続けた。

かくして、十日の朝にラサベル附近で、海岸から三十メートルくらいの海上で二隻の敵舟艇から機銃と小銃の射撃を受け、追っかけられたので急いで上陸し、ジャングルに逃げ込んだが、日が暮れるとともにまた図々しく浮舟に乗って北上した。

十一日未明に上陸した所は敵の電話線があり、敵機がわが上空椰子林をすれすれに通ったが発見されなかった。この時携帯の米を全部煮て食べ、一同は元気大いに回復した。昨日の敵舟艇が三百メートルほどの近くを北進していたが、われわれは日没とともにまた浮舟に乗って北上した。

十二日未明にマンダレーの南方五里くらいと覚しい所に上陸したが、食糧がないのでパパイヤを取って食べたりした。七時ごろ敵舟艇四隻が陸戦隊約三百人を乗せ、前方約六百メートルを北進するのを見た。その中に十時ごろに敵に発見包囲され、射撃を受けて、緒方海軍大尉（野島砲術長）と陸兵一名が戦死され、わが方には小銃を一挺だけ持っていたが、弾丸がないのでジャングルに隠れた。そして遂に浮舟を捨て山路を前進することとした。

十三日の夕方に食物を得るために海岸に出たところ、敵の哨兵がいるのでジャングルに引き返したが、その際に射撃を受けて西島機関兵長が戦死した。夜中の十一時ごろに、またジャングルを出てコッソリと敵哨兵の前を匍伏前進して虎口を逃れ北に進んだ。児島一等水兵とここでお互いにはぐれてしまった。

十四日は一日中、山の中を歩き、敵哨兵に発見されて射撃を受けたこともあったが、死傷はなかった。夕方にマンダレー河に到着し、ここで泊る。河の東には八糎砲の陣地があり、河上には哨兵を配置してあるのを見た。

十五日夜明を待って河を泳いで渡ろうとしたが、敵船一隻上って来たのでまた山中に隠れ、やりすごして八時ごろに出掛け、無事に河を泳いでマンダレーに着いた。ここで味方の兵三名とめぐり遇った。マンダレー河は幅八十メートルもあり流れも相当強かった。夜浮舟一隻見つけたのでこれを拾って乗り出した。

十六日の朝、敵機一機が頭上五十メートルを通り機銃射撃をやられ、山下兵長が戦死した。そこでまた浮舟を捨てて上陸し、歩いて行くうちに夕方わが陸兵十一名（神愛丸遭難者）に出遇ったが、この一行のなかに先に別れた児玉一等水兵が加っていたので互いに再会を喜んだ。そして総勢十六名、夜になるとともにまたその辺にあった浮舟を拾いこれに乗って北上した。

二十一日午前三時、遂にブーソウと言う所に着いた。原住民の話により、そこの少し先に味方のいることを知り、私（橋本兵曹）と陸兵三名とが原住民の案内で、彼等の舟にて夕方陸軍部隊のいる所に到着し、隊長に報告するとともに海軍部隊にも電話で連絡し、翌朝ブーソウに引き返して、待っていた残りの人達を案内して、夜の十一時ごろに全員陸軍部隊に収容され、直ちに陸軍の大発二隻に分乗して出発し、二十五日午前十時に遭難以来二十二日目に、九死に一生を得てラエのわが海軍部隊に到着したのであった。

さて児玉一等水兵は、先に十三日の夜自分だけ一行とはぐれたが、足が痛くて歩行に耐えかねたので、海中を泳いで行くことに決心した。彼は余程水泳に自信があったらしい。

十四日の午前二時ごろにマンバレー湾に上陸したところ、飛行場があったので、そのなかを偵察している中に敵の哨兵に発見され、小隊長の所まで引張って行かれる途中彼の油断をねらい、その携帯していた拳銃を奪って射殺し、海中に飛び込んで危きを逃れた。

十五日未明にマンダレー河附近に上陸してジャングルに身を隠し、一息してやがて河を渡ろうとした際、敵戦闘機から機銃射撃を浴せかけられたので、急いでまた隠れ、二時間ばかりしてから再び河を泳ぎ渡り、夕方遂に対岸の砂浜に着いたことは着いたが、そのまま気を失ってしまった。(註、これは橋本兵曹等一行の渡った時から二時間ほど後のことになる。)

翌早朝にフト気がついてみたら砂浜で寝ていた。それから勇を鼓して北の方に向い、歩いている中に、十時ごろ神愛丸遭難者の陸兵十一名に遇い、更に夕方橋本兵曹一行と再会したのであった。

こんな具合で、この人々はニューギニア東岸ブナの南方にたどりついてから、昼はジャングルに隠れ、夜は舟に乗り、あるいは歩いたりあるいは泳いだり、食うものも碌になく、絶えず敵襲の危険にさらされつつ、大胆且つ巧みに危機を切り抜けて、二十日余りに二百五十キロを踏破したその苦労は実に言語につくせぬものがあったろう。

9　気象観測

天候、気候は人間日常の生活にとっても極めて関係の深いものであるが、殊に作戦上重要なものであることは元冠の神風を説くまでもない。それであるから、艦隊には気象隊があって、昼夜気象の観測に当っていたのである。

巻頭に述べた如く、われわれの作戦地域は南東方面膨大なる水陸を含み、その間に大小幾多の島嶼が散在し、また数千メートルの高峯を有する山脈も存在する等、気象的に言っても甚だ複雑性があるので、絶えずその変化に注意しておらぬと思わぬ不覚をとることがあり、特にこの方面の作戦の主体をなしていた航空作戦では、その影響が大である。例えば出発の時は天気がよくても、途中急に悪化してくることがしばしばある。あるいはまた、ラバウルは快晴でも、ニューギニア方面の高い山脈のある所は雲深くして突入不可能というようなことはよくあって、気象の予断には常に少からず頭を痛めたものである。

この重要なる作戦気象の観測は第八気象隊が担任していたので、観測員は常に最前線にあって、地味で大事な仕事に人の知らない苦労をして、日夜不断の観測に努め、よくその任務を尽してくれたのである。そしてまた、これがため、今まで赤道方面の気象のはっきりしなかった多くの原則的事項が発見せられ、一般学界にも大きな功績を挙げたということである。

第八気象隊には、兵員以外中央気象台や水路部の有能な技師を始め、年若い技工士連が多数徴庸配属されていて、これらの人々は一般軍人と少しも異るところなく、身命を賭して観測に、予報に、研究に最善の努力を続けた。また気象観測船も多数あり、それは小型汽船と機帆船を利用したもので、その乗員は殆んどすべてが一般船員から徴庸された軍属の人々であったが、劣弱なる小船で単独に遠く出動し、敵機や潜水艦の出没する所で勇敢に洋上の気象観測を行い、まことに涙ぐましい奮闘を続け、その任務中に失われた船も人も数多い。このような縁の下の力持ちをした尊い犠牲者に対しては、深き感謝の念を捧げ、その冥福を祈る次第である。

10　民政部の人々

ラバウル占領直後昭和十七年四月上旬に、海軍はここに海軍民政部を設けて受持占領地域内の第三国人及び原住民の保護、宣撫等の仕事に当らしめた。

これは従来占領地における軍人による、いわゆる軍政というものとは趣きを異にし、民政部長は第八根拠地隊の先任参謀であった松永敬介大佐、松元秀志大佐が相次いで兼務し、その後馬場正治大佐が引きついだが、その他の部員は専らその道に経験のある文官、民間人等をもってこれにあて、若い理事生の如きも拓南塾その他諸学校の卒業者等より採用して、前線の現地住民達に対してもできるだけ平和的に穏かに彼等を取り扱うことを主眼としたのであって、それまで戦地で一般に使われていた軍政部という名前を民政部としたことについても、深い意味があったのである。

当時、本部をラバウルに置き、支部をニューアイルランド島のカビエンに置いて、最初に占領したこの方面の工作を進め、着々とその実績を収めていた。

ニューアイルランド島民政支部長としては、海軍司政官山田誠君が着任され、敏腕を振って宣撫工作に立派な成果を挙げ、また食糧増産も非常に適切で、農耕の他に現地の事情に適した牧畜も大いに奨励し、ラバウルのわれわれにまで時々上等の肉を送られ、その恩恵に浴したことがあった。

文士浜本浩君も、初期に報導班員として私よりも前からラバウルの民政部に来ておられ、常に第一線の部隊、艦艇と行を共にし、砲爆撃下に身を挺して報導の任務に尽された。余談になるが、同君と私とは支那事変以来の知己であったが、私も着任早々作戦に忙殺されお会いする機会もなく、ラバウルに来て居られることもよく知らなかった。その中に十八年の春ごろ、病院船氷川丸が傷病者送還のため来たので、その出港の際に私はいつものように見送りに行き、各病室を見舞っていた時に、偶然甲板上で浜本君にバッタリ遇った。私が驚いて「どうしたのです」と尋ねたら、「私は報導班員として昨年からラバウルに来ていて、今度内地へ帰ることになったのでこの船で行きます」とのことで、始めてその消息を知り、緩り旧交を温めたく思ったが、出港間際で残念ながらどうも仕方がなく、取りあえず船長室を借用して二人でウイスキーの杯を挙げ、十五分ばかり談笑して名残を惜んだものであった。

さて、民政部の事業は、戦況に伴い時機をみて更にソロモン群島、またニューギニア方面までも進出の予定であったところ、そこまで及ばない中に状勢逆転し、進出どころか、遂に昭和十九年四月に至りこの方面の民政部組織は廃止のこととなり、職員は皆ラバウルに集結してそのまま籠城作戦に参加し、主としてこれまでの仕事に関係のあることを担任した。

この時の文官職員の先任者は海軍司政官（後、司政長官）の長野一馬君で、同君はかつて米国の大学に学び、植民政策を研究されたことがあり、その後、明治屋商事の取締役であったのを辞めて従軍された、柔道四段の猛者である。

いよいよ、籠城となって間もなく、長野君から、

「籠城作戦中原住民の向背は重大なる影響を及ぼすから、旧民政部員をもって一部隊を編成して、海軍地区にいる原住民と華僑とを保護すると同時に、適当に日本軍に協力させるように指導したい」との意見具申があったので、これを採用して海軍特務部隊なるものを編成した。

以下はその活躍状況である。

元石川県大聖寺町の署長をしていた山本久君が主任となって警察、裁判、刑務所関係のことを担当し、原住民の中からも巡警を募集してこれを訓練し、彼等同士の治安の維持に当らしめ、非常によい成績を挙げた。原住民同士の間に窃盗とか男女関係とかさまざまのトラブルが起った場合、これを公平に裁いて正邪曲直を明かにし、適当な処置をとることは彼等の保護上、そしてまた我海軍地区の治安維持上極めて必要なことであった。

山本主任の下に片山文彦、清水喜久の両理事生が補佐となり、明るく正しい指導をしたので、自然彼等も悦服して、戦場化したラバウルにおいても愉快なる生活にいそしんでいたのである。

少しく余談になるが、後に終戦となり、濠洲軍が進駐してから、この善良にして職務に忠実で一般原住民からも親しまれていた人達が、原住民虐待の罪名により、戦争犯罪者として山本主任は死刑に、片山理事生は四ヵ年の刑に処せられたのは、かえすがえすも残念なことであった。これは、原住民中でもわが民政部裁判により刑務所入りをするような者は、彼等仲間でもつね日ごろから爪弾きされ、それは当然のことだとされていたのであるが、濠軍の進駐と同時に一応皆釈放されたところ、彼等は入所中の逆怨みを晴すために、でたらめの讒訴をしたからであった。

そのため、濠軍により調べられ、山本君の如きは事実無根が立証されて一度無罪放免されたのであるが、再び呼び出されて同じことを調べられ、一方的裁判により無理矢理に死刑を宣告されるに至ったとかで、これに対し、私どもはもちろん、前からラバウルにいた西洋人宣教師で山本君をよく知っている人までが特に人物証明をし、かつ事実無根なることを力説した歎願書を提出してくれたにもかかわらず、遂に認められなかったのである。こんな例はまだあるが実に気の毒で口惜しい思いがした。

海軍地区内ここかしこに原住民の部落が散在したが、戦況が次第に烈しくなったので、敵上陸の場合をも考慮して、彼等部落を、前もって戦闘の被害から遠のいた安全地帯に移転するよう取りはからってやろうとの親切心から、特務部隊で適当な地域を選定して数ヵ所に彼等の防空壕を作り、その近くに協同農耕地を定めて、そこに移転するよう勧誘した。ところが新しい移転地は戦域となるような所を避けたのであるから、自然、海岸とか市街地区とかから遠ざかった山の中の、比較的不便な場所なので、日常生活には余り好ましくないために、最初は彼等の中に移転を喜ばないものもあった。しかし、こちらが充分によく説明してやったので、殆んど全部が了解して素直に移転したが、なかに一ヵ所、何とか彼とか言っていつまでも動かないのがあった。それは松島と称した、港の入口にあり、狭い地峡によって市街方面と続いている小さな島の部落であった。ここは生活上便利な所で、彼等の物資の集散地をなしていたが、同時にまた兵術上の要点でもあったから、堅固な陣地が設けられ、高射砲その他相当数の火砲が備わり、城廓式の一拠点が形づくられていた。しかし、土地が狭く、また砂の固りのような土質で洞窟陣地を造るのに非常に困難をした。

島内原住民の部落は軍事施設地域の外に存在したが、彼等の防空壕などは土質の関係上とても碌なものが造れないから、いまにひどい目に遇わねばよいがと思っていた。その中に、果して猛烈な空襲がこの島を見舞い出したために、とうとういたたまれなくなり、始めて目が覚めてわが方の指定した山地に移って行った。

こうして十九年七月一日に、これら原住民の移転が全部完了して、何時敵が来ても彼等は直接戦禍を被る心配のない所で安んじて生活を楽しめるようになった。ここまで持って行くには、わが特務部隊の人々がずいぶん説得に骨を折ったもので、もちろん命令で強制的に移転させることはできるけれども、極力お互いに了解して、納得づくで万事円満に処理しようという元来の方針に基いて、この場合も無理のないように指導したのであった。

彼等の移転集合地区は五ヵ所に別れ、山の奥の住居に適する場所を選定し、且つそれをそのままやり放すのではなく、直接世話をやくために、各地区毎に若きわが隊員が一人乃至二人、指導員として駐在した。これらの指導員は、われわれ海軍主力部隊のいるところから遠く離れた、交通不便な、日本内地で言えば「酒屋へ三里、豆腐屋へ五里」といったような寂しいところに、原住民なみのささやかな小屋を作って、彼等と日常生活を共にし、親身になって何くれとなく指導したのである。そのため皆安心してよくこちらの言うことを守り、彼我の間は極めて円滑に行ったのである。

これら指導に当った民政部の人々は左記の通りである。

第一地区　桂田利男　（海軍嘱託、通訳、法政大学出身）
　　　　　馬場　巧　（理事生、拓南塾出身）
第二地区　小林光雄　（海軍嘱託、通訳）
　　　　　田中寿亀哉（理事生、拓南塾出身）
第三地区　大川泰男　（海軍嘱託、元台湾銀行員）
第四地区　白土得三　（理事生、拓南塾出身）
第五地区　岸本辰雄　（海軍嘱託、外語出身、元日立製作所員）

会田定義（理事生、元海軍省勤務）

次に、万一の場合原住民自身でその部落を守り、秩序を保たしむるために、彼等だけからなる防衛隊を編成した。われわれは、この防衛隊を鉄士隊（色が黒いので）と名づけて、海軍嘱託の外語出身で元交通公社にいた松田清君と、理事生で元海軍省にいた大森喜八郎君とが主任及び補佐として教育訓練を行い、終戦のころには約二百名を養成するに至った。私もその模様を見に行ったことがあるが、彼等は投鎗の技に長じており、その武器である竹の柄の先に刃物をつけた鎗を、三、四十メートル離れたところから小さな的に向って投げるのが百発百中、実にうまい。また弓術にも巧みである。そして、跣足で真黒な裸体の上に草や木の葉のカムフラージをして、ジャングルの中を縦横に活動すること野獣の如くである。ある時、試みにこれを伝令に使用してみたところ、日本兵の三分の一の時間で行きついた。

医療のことも心配してやり、民政部の農園が奥地にあったので、この中に病棟三棟を建てて、元香川県衛生課にいた衛生技手の田佐利夫君と、理事生の坂和一郎君とが主任となり、終戦まで引き続いて彼等の治療につとめた。医師は常任の人がないので、他の海軍部隊の軍医官と看護兵が時々出張をして診察とか看護の指導をした。

陸軍からも、その地域内の原住民に対する通訳その他一般宣撫工作のため、海軍から民政部の人を借してほしいとの申出があったので、高橋敏郎、中田聖、岩見是、玉木五郎、まで留められてしまった。

森山愛治、米里鶴三、加藤勝喜、石川勇治、高山美文、加藤政美等いずれも拓南塾出身の若い張り切った連中が派遣され、陸軍受持正面の前線部隊に配属して大いに活躍した。ちょっと一時だけ派遣の約束であったのが、重宝がられてなかなかはなさず、とうとう終戦まで留められてしまった。

拓南塾出身の人達は最年少の連中で、理事生として二十数名いたが、皆生き生きした素直な気分で非常によく働いてどこでも評判がよかった。このなかに、渡部永則という人がいた。ニューアイルランドの陸軍部隊に派遣され、憲兵隊を助けて華僑宣撫の仕事を取り扱い、その保護に尽力して特筆すべき功績を残したが、不幸病を得て彼の地において不帰の客となった。その際には全華僑挙って深甚なる哀悼の意を表したということである。

このように、民政部の人々は困難を極めた籠城の時期になってからも、長野一馬、浜名政雄、曽我力三、平石利夫等の主脳者を始め、今述べた拓南塾出身の若い人達も皆非常に活動され、その本来の任務であった平和的の仕事をうまく運用して、よく作戦と調和せしめ、有形無形に寄与するところが少なくなかった。特に原住民との間はまことによく行って、彼等も悦服していたようである。

マヌス島から来ていた原住民で、民政部の巡警長をしていた男は、終戦後も常に民政部のことを褒めたたえて止まなかったために、何時までも進駐軍の刑務所に残された。また民政部農園に働いていたニューギニアから来た移民労働者達は、やはり民政部を褒めてばかりいるので、遂に進駐軍の命令で全部ニューギニアに送り還され、新しい者と交代せしめられたそうだ。

終戦後民政部が姉山附近の本部を引き払って他に移転する前夜に、各部落の邑長達を招いて別れの会合を催したことがあったが、その時彼等は皆「この次には何時日本はラバウルに来るか」などと言って泣いて別れを惜んでくれた。

彼等は、民政部員で終戦後収容所に入れられた人々に、夜間ひそかに果物を持って来てくれたり、また作業中は、今度は彼等がわれわれ邦人の監視を命ぜられたが、そういう際にも煙草を喫わせてくれたりして好意をもって取り扱い、監視兵が見ていない時には、あちらからよく敬礼をしたものだそうだ。

もし彼等が平素から多少なりとも怨みを持っていたならば、終戦後はこの時とばかり随分乱暴を働いたに違いないが、そのようなトラブルは一つもなく、かえって右に述べた通り、以前に変らぬ親しみを示してくれたことは、その純真なる志に感謝するとともに、民政部の人々の正しいやり方が、かような空気を醸成したものと、まことにうれしく思ったことである。

11　洞窟生活（陣地構築）

月冴ゆる被爆のあとの陣営に
　　すだく虫の音いと静かなり

敵のトラック急襲直後、聯合艦隊命令により、飛行機の殆んど全部がラバウルから引き揚げて行ってから幾日もたたぬ間に、地上施設の大半は敵の空襲下に姿を消した。この腰折れは、当時の日記に書きとめてある私の実感である。

かくして、昭和十九年の春早々から、われわれの穴居生活がはじまったのである。雲霞の如くにやって来る敵機に対しては、地上の防空銃砲火だけではどうしても防ぎきれない。こちらに相当の戦闘機があれば両々相まってそう簡単に彼等を寄せつけないから、われわれは曲りなりにも人間並の地上生活を営み、防空壕は必要に応じ使用すればよいのだが、それが急にそういかなくなって、俄に土蜘蛛の真似をしなければならなくなった。

もっとも、以前から早晩このことあるを予想して洞窟移動の準備をなしつつあった。艦隊司令部も姉山の麓のジャングル内に地をトして、地下移住の計画を立て、既にその工程の半ばはできていたので、急速にピッチを上げて工事を進め、三月三十一日には本拠をここに移し、司令部員約千名が終戦まで居たのである。

海軍では司令部所在の艦船、部隊には、その指揮官の階級に応じた将旗を掲げることになっており、司令部を移動することを一名将旗を移すといっていたが、姉山洞窟の入口に将旗を掲げるについて、下手に高くすると敵機爆撃の目標となるおそれがあるので、ちょうど一本、都合のよい所に可なりの木があったので、これを楯にして余り長くない旗竿を立て、目立たぬように将旗を掲げた。この木はシャシャップという木で、形はちがうが夏密柑ぐらいの大きさの実がなり、甘酸っぱくてなかなか良い味がするので、われわれの愛木となった。

それから、この司令部の場所に適当な名前をつけようというので、幕僚達がいろいろ頭をひねくった挙句、五つ六つ予選に入ったのを書いてきて、どれか決めて下さいと言うから、やはり名前も縁起ものでいい加減にはできぬと思い、一晩考えて「金剛洞」ときめた。これは楠正成公にちなんだもので、予選のなかには、金剛洞とか千早城とか楠公をしのぶものがあり、由来われわれ日本人、殊に武人の胸中には公を敬慕し私淑する精神が脈々として流れていて、幕僚諸君の情意もまた期せずしてここに一致したものと感じて、その中の一つを採択したのである。

金剛洞内春風久　　身在陣中心悠々
帷幄良弼人済々　　神謀可貫予章忠

そのころ、陸軍の参謀から作詩の本を借りて勉強しはじめていた私の、拙い処女作である。

各部隊もそれぞれ工事を急ぎ、天長節のころまでには一応皆土蜘蛛式に落ちついた。しかし、それはまだ穴を掘って、そのなかで寝起するという形だけが出来た、極めて不完全な応急的のものであって、これを次第に完全な永久的のものにして、愉快に起居し、また事務を執り得るように仕上げなければならず、逐次にそれを進めながら、なお延長工事を続ける一方、居住のみならず倉庫、弾薬庫、後には病院までも地下に設けるに至った。

それから、完全に制空権を失ったのだから、敵をむかえ撃つための陣地はよくそれに応じ得るよう総て完全なる洞窟式に急速改造を計り、陣地と陣地との間には四通八達、文字通り蜘蛛の巣の如くに、交通壕、それも通り一ぺんのものではなく、できれば洞窟式とし、そうでないものは空から発見されぬように草や木や土でカムフラージしたものをめぐらし、さらに進んでは居住即陣地の構想の下に、陣地と居住との関連を持たせるべく工夫をした。

穴の中は掘り方と地形により風通しのよい所もあるが、またとても悪い所もあり、土質によっては天井や壁からジクジク水が流れ出して湿気の多い不衛生な場所もある。そういう所は風抜きを作るとか、排水の溝を設けるとかいろいろ工夫をして、保健衛生上の手段を講じなければならぬ。はじめ金剛洞に移った当座、私は毎週一、二回軽いめまいを感ずることがあり、どうしたのかと変に思っていたが、その後しばらくして、洞内の別の所に立派な長官室がつくられて、今まで通路の一側にあった私の寝台を移したその跡を見ると、それまで気がつかなかったが、寝台に接していた壁のところが水が浸み出し湿気でかびが一杯生えていたので、「ははあ、これだったな——」と思ったが、それ以来めまいは何時のまにか起らなくなった。倉庫でも陣地でも同様に温度、湿度、通風に対する注意が最も必要で、あらかた大急ぎで作ってからあとで、これらの設備をつけ加えるのがなかなか大変な仕事である。

この穴掘りの作業はハッパも多少は使ったが、それはそんなにないので、大部分は人力の手掘りによる約十ヵ月の昼夜突貫工事をもって、春から始めて歳の暮近くまでかかり、まず一段落つげた形となった。もちろん、この間敵の空襲は日課的で、こちらもこれに応じて戦闘行動をとる。またこの空襲の間隙を縫って諸訓練や自活のための農耕もやる。全員一丸となって何でもやった。

かくして、昭和十九年の十一月ごろには、われわれの掘った穴の長さは延べ海軍七十キロ、陸軍八十キロ合計百五十キロ（これは大体東京駅から東海道岩淵、蒲原辺までの距離）であると、当時軍司令部作戦部長に転任した富岡参謀長は、東京に帰って報告しているが、その後二十年に入ってからも引きつづいて陣地の増改築、居住、倉庫の拡張等に努めたから、終戦時には恐らく前記の倍近くの長さになっていたろうと思う。

洞窟生活の模様をわかり易くするために、金剛洞における艦隊司令部の簡単なる略図を前頁に書いてみた。

こんな話もある。

木山辰雄少将の第八十一警備隊で、六百人くらいの炊事ができる大防空壕を造り、中に井戸を掘ったところ、偶然一部から温泉が湧き出たので、そこへ風呂場を設けたから一度入りに来て下さいとの招待があった。穴の中の風呂だから、定めしうす暗い湯気の濛々たる陰気くさいものだろうと想像して行ってみたら、どうしてなかなか大したもので、きれいなタイル張りの湯舟の中には、透明な、ちょうどよい加減な熱さの温泉がこんこんと湧いて、煌々たる電灯下で案外湯気もたたず、蒸し暑くもなくまことに気持のよいのに感心した。その上空襲があっても裸で死恥をかく心配もなく、至極のんびりと出たり入ったりして温泉気分を心ゆくばかり味わった後、やはり穴の中につくられてある二畳敷ばかりの休憩室に案内され、サイダーを御馳走になって帰って来たが、とてもいい保養になった。これは病院の近くであるので患者の治療にも利用されていたそうだ。

病院は官邸山と称えられ、もと濠洲総督の官邸のあったところに設けられて、港の東方にある小高い丘陵の、見晴しのよいところに数棟建ちならび、屋根の上には大きな赤十字のしるしが画かれてあり、そのためか敵の空襲も受けずに過してきたが、附近には砲台もあり、いつまでも無事というわけにも行くまいし、またその峠の向う側はすぐ外海に面した海岸で、敵上陸の場合にはたちまち戦場と化するおそれがあって、場所の関係からいっても面白くないので、洞窟生活のはじまった十九年の四月ごろから、市街地の南西方約二

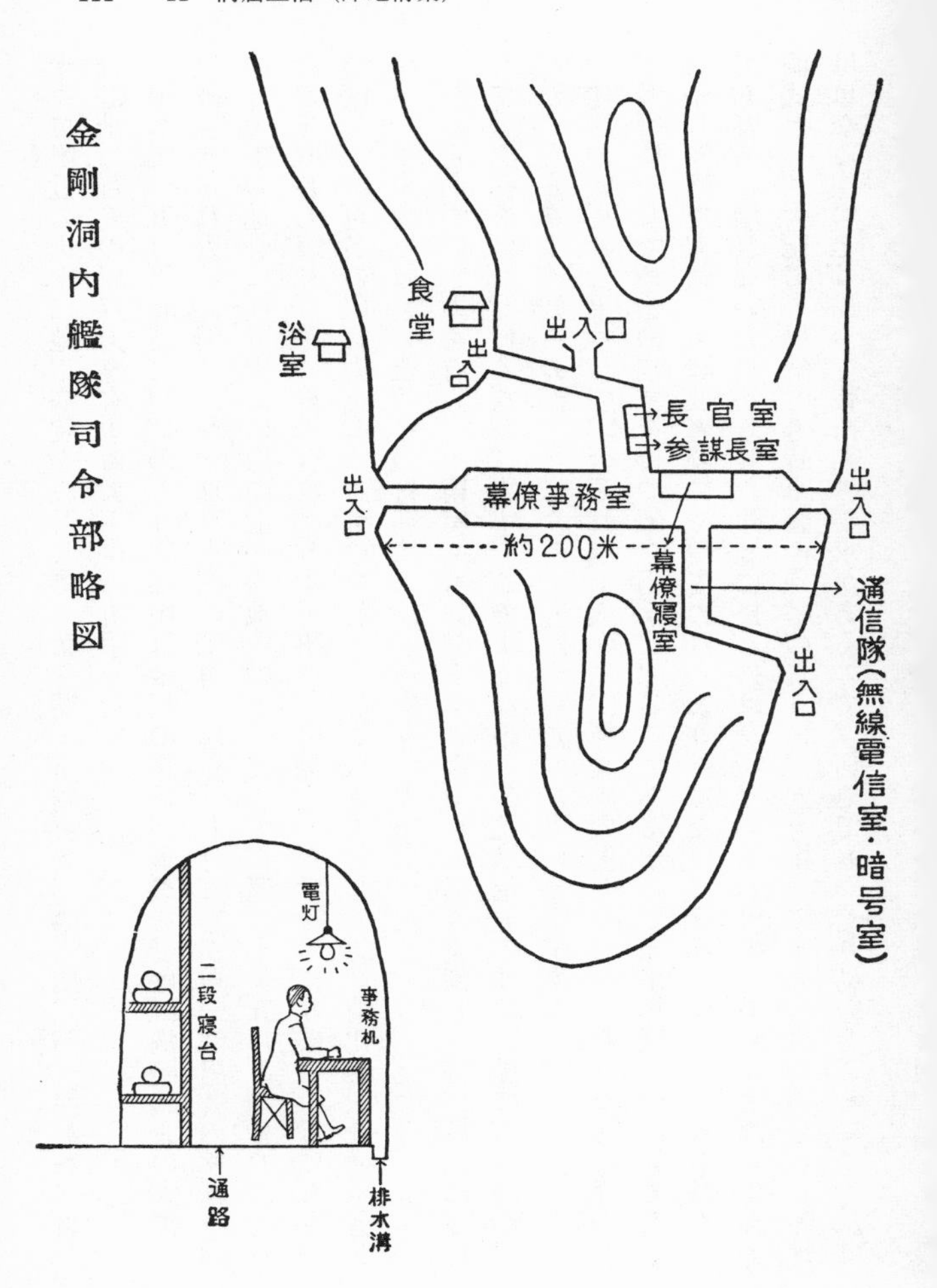
金剛洞内艦隊司令部略図
食堂
浴室
出入口
出入口
長官室
参謀長室
出入口
幕僚事務室
出入口
約200米
幕僚寝室
通信隊(無線電信室・暗号室)
出入口
電灯
二段寝台
事務机
通路
排水溝

十キロ附近の山中に地下病院を設計して、第一期工事四百名、第二期、第三期も各四百名、合計千二百名の収容力を有する大工事に着手した。

果して、五月下旬三日間にわたり官邸山は敵機の無差別爆撃を受け、病院施設の大部分は破壊せられ大いに困ったが、地下病院の工事を急ぎ、七月ごろから一部患者の移転を始め、工事の進むに従い次第に山の上から地中の下へ移して、翌二十年五月ごろまでに約四百名を収容し終り、その後都合により本工事を一応停止した。その代りに、附近にもう一つ同じく四百名の収容力を有するものを造り、ここには主として急性消化器伝染病患者とマラリヤ患者を収容した。その外別に一つ、医療品倉庫を造った。

約八百名の収容力を有し、手術室でもレントゲン室でも一通り完備し、特に換気に注意して通風孔を多数設けるなど、まず、このような地下病院は世界の他の戦場にあったか、なかったかをよく知らぬが、とにかく大したものだったといえるであろう。

住居の穴掘りと平行して、否それ以上速かに、陣地の穴掘りをしなければならなかった。飛行機なしで最強の空軍を持つ敵を相手とするのであるから、元来無理なはなしである。しかし無理でも何でも我武者羅にやってのけるより外はない。それには、いくら爆撃されても容易に壊れないしっかりした陣地に拠る外はないというわけで、あらゆる陣地は極力洞式とし、大砲でも機銃でも皆軍艦の砲塔のように、穴を掘ってすえつけた。しかし陣地は単なる住居とは違って戦術上の要求があるので、何処でもつくり易いところにつくれば

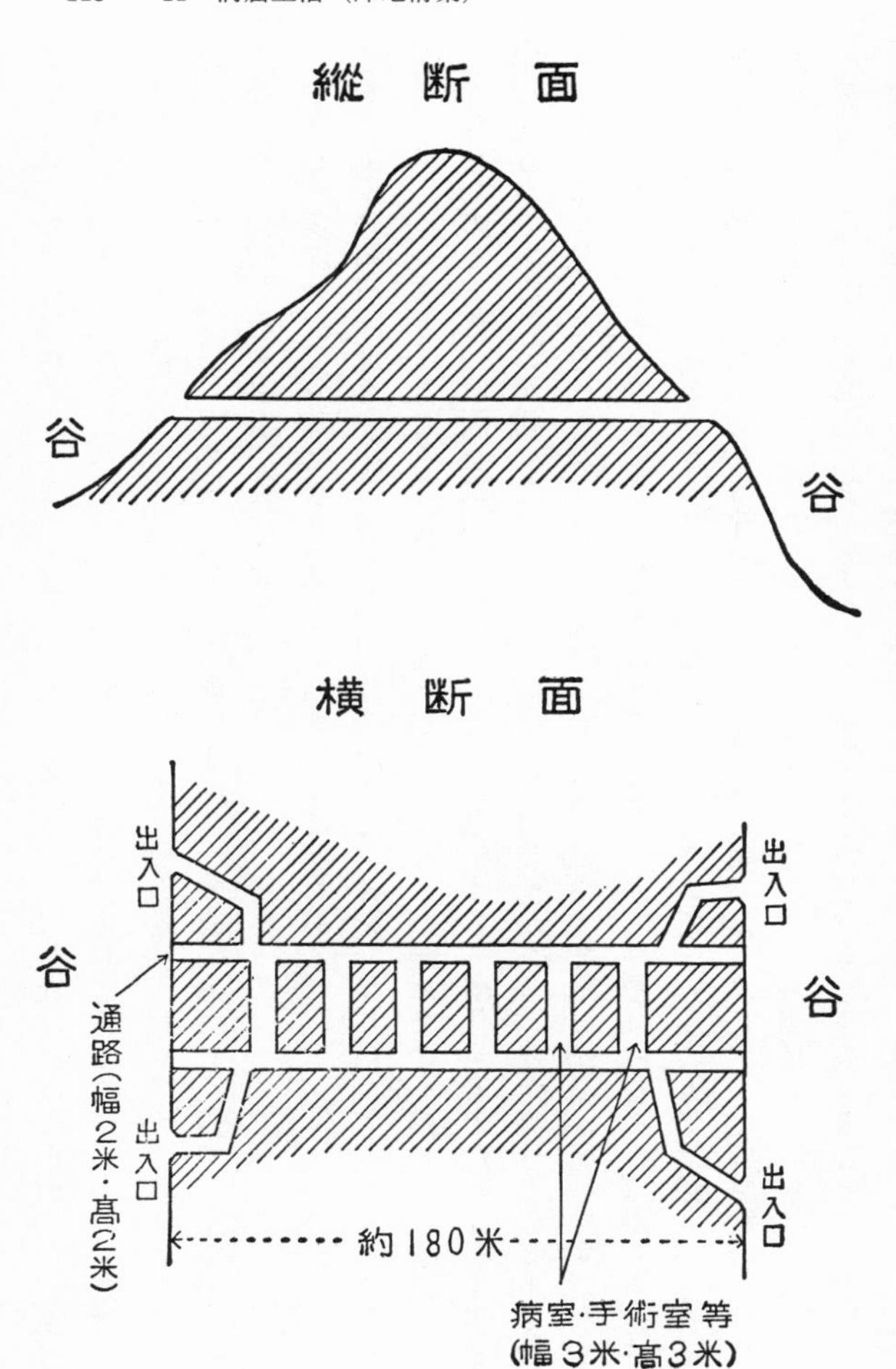
縦 断 面
谷
谷
横 断 面
出入口
出入口
谷
谷
通路(幅2米・高2米)
出入口
出入口
約180米
病室・手術室等
(幅3米・高3米)

よいというわけにはいかぬ。また大砲や機銃を撃てるようにしなければならぬから、木材とか鉄板とか土石とか、いろいろの材料を利用して地形に応じてうまくつくらなければならぬところに苦心がある。その辺のことは海軍でも一通り心得てはいるが、何といっても陸軍が家元であり、殊にその道の大家の岩畔陸軍中佐が参謀でおられたので、よく来てもらって指導を仰ぎ着々堅塁が築かれて行った。

しかし、実際やってみると思わぬ故障につき当ることもある。

ある山砲の洞窟陣地を立派につくり、実験のために実弾を可なり撃ってみた。ところが、約一時間三十発も撃ったころに砲員が気持ちが悪くなり、頭痛めまいを感じたり吐気を催したりしたので、その原因を調べたところ、発砲の際生ずる一酸化炭素のため瓦斯中毒を起したものであることが判った。軍艦の砲塔には換気装置があり、また高速力の艦上では風が相当吹き払ってくれるが、陸上の穴の中では場所によってはなかなか発散せず、しまいに中毒を起すことになる。考えてみれば当然なことだが、あまり囲むことばかり考えて、そういう大事なことをうっかり忘れていた。一時間くらいでそんなことでは戦さができぬ。そこで敵に対して背面にあたる部分はなるべく外気に開くようにし、また旋風機を装備したり、排気管を特設するなどして、ようやく良くなったことがあった。

さて、一通り居住も陣地も整ってくると、今度はその双方を結びつけることに着手した。敵が来た場合、陣地についてそのまま幾日も張り合っていることを考えると、どうしても陣地即居住でなければならぬ。そのため住居に近い陣地は地下道で自由に交通ができるようにし、また普段住んでいる洞窟から離れた場所に設けられた陣地とは、その銃、砲座のある戦闘陣地の下底に居住、休息用の室を更に設け、地下に二階、三階のアパート式施設をつくり始めたのである。

それからまた、地下の間道も造った。

もし、やむを得ずして一時敵に上陸進撃を許すことがあっても、決してそのままペチャンコにはならぬ、むしろこれを引き入れておいて撃滅する。そのために、海軍受持ちの防禦線のなかで、海岸から市街地に通ずる主要なる峠道が二ヵ所あったが、そこに峠の地下に内外に通ずる間道を掘り抜いて、万一敵が物力にものを言わせて峠の関所を突破して来た場合には、こちらから遊撃部隊がこの間道によって不意に敵の背後に出で、挟み撃ちにして一人も残さず打ちとるという構想であった。

これは一ヵ所約二百メートルのものが竣工して、私が通り初めに行った。他の一ヵ所は約五、六百メートルの長いもので、その上土質が堅くて作業が進まず、半途にして終戦になった。

最後に、姉山の頂上に洞窟式の指揮所を完成した。

姉山は、前にも書いたように、ラバウルの北方港の正面に屹立する五百メートル余りの鬱蒼たる山で、艦隊司令部の所在地たる金剛洞はその麓にあった。私もこの山に幾度も登ったが、頂上のやや平坦な樹木の余りない所から下界を見下すと、港の周辺、海軍の受持防禦地域の殆んど全部が手に取る如く眼にうつる形勝の地である。ここに洞窟式の指揮所をつくり、無線、有線の通信装置を完備して、いざという時には長官自ら登って、親しく戦勢を観察し、全作戦を指導しようというのである。これは施設関係の主務参謀碇壮次大佐の着想で、海軍施設部が数ヵ月かかって造り上げ、三十人くらいの居住設備を有する立派なものであった。

それは、昭和二十年の六月ごろであったと記憶する。施設部長奥村敏雄少将の主催で、山の上の木蔭につくられた工事事務所のバラックで竣工式が行われた。真昼間であり、山の頂上でもあり、空襲を顧慮して、多くの人を集めるわけに行かないので、主なる工事関係者と、私以下数名の艦隊司令部の者だけで、ささやかな、しかし厳粛なる式を執行し、終って簡単な祝宴を開いた。私は「姉山指揮所の完成を祝す」と題した例によって自作の拙詩を、皆が望むにまかせ美声？　を張りあげて祖国にまでも聞えよかしと高らかに吟じたものである。

施設部員寔力行　　姉山高処築堅城
朝暾残月群峯色　　茲督三軍砕敵兵

12　施設作業の苦労

海陸設備の建築、飛行場の造営、その他万般の施設作業のために、各設営部隊が入れ替り立ち替り南東方面に来た。最後にそのままラバウルに残った部隊は左の通りである。

第八海軍施設部　（指揮官　奥村敏雄　少将）
第二十八設営隊　（指揮官　江成五郎　少佐）
第二百十一設営隊　（指揮官　板橋　清　中佐）
第二百十二設営隊　（指揮官　浅野直政　大佐）
第百一設営隊　（指揮官　熊沢忠広　技術少佐）
第三十四設営隊　（指揮官　高橋　忠　少尉）

これらの部隊は、大部分正規の軍人ではない徴用の軍属の人達から成っていて、その中には若い人もおれば相当の年輩者もおり、種々雑多で、軍隊教育を受けた人が少なく、体格も比較的劣っていたようだ。それに持っている作業用の機械類は一般に貧弱であったから、一方ならず仕事に骨が折れたのである。この点相手のアメリカ等とは較べものにならず、飛行場をつくるにしても、彼は上陸して来るや否や、どんなジャングル地区でも、機械にものを言わせてドンドン切り開いて、たちまちにしてらくに立派なものを造り上げてしまう。これに引きかえ、こちらはまず場所の選定に少なからず制限を受け、いよいよ着手してもそう簡単には行かぬ。半年とまでは延びなくても、大体二、三ヵ月はかかる。甚だ残念で気ばかり焦るがやむを得ないことであった。

こういう編成、こういう機械をもって、作戦上重要なるいろいろの設備を次ぎから次ぎとつくり上げた幹部の苦心と隊員の労苦とは、普通の戦闘部隊と違った意味において、それに劣らぬ骨折りを大いに感謝しなければならぬのである。

その一例を第二十八設営隊にとり、少しく述べてみる。

隊長の江成五郎君は高等商船学校出身の大尉（後、少佐）で、新編成の部隊を提げて来着早々ラバウルのトベラ新飛行場の造設に従事した。ところが作業半ばにして内地に転任が発令され、勲章をつけて私の許に帰国の挨拶に来た。その時に私は、今この有能なる隊長に去られては、この設営隊の作業力は非常に低下し、作戦にも大きく影響すると思ったので、「いま君に行かれては本当に困る」と言ったところ、彼は、「私もそう思います。また情としてもこの際部下だけを残して行くことは忍びないところでありますから、何とかできればこのまま此処に居ることにしてもらい度いと思うておりました」との、熱意をこめての希望であったから「それならば特に中央に電報を打って、転任を取り消してもらうように願ってみるから、そのつもりでしばらく待っていてくれ給え」と話したら、彼は欣然として去った。

一度中央から発令された転勤命令が取り消されることは、原則としてまずなかったことであるが、この場合は中央でも、重大なるラバウルの戦況下における特別の事情を考慮されたものか、当方からの希望通りに取り計らわれて、江成君は転任を取り消され、そのまま設営隊長として残留し、トベラ海軍飛行場を完成した。これは十八年の夏ごろのことであるが、その後、年を越えていよいよ籠城の有様となった頭初、私は、海軍主力の駐屯する市街地区から遠く離れて、飛び地になっている同飛行場守備隊数千人の指揮官を彼に命じた。

この方面に、陸軍は第三十八師団が駐屯していて、師団長はかの汪精衛政権樹立の立役者だった影佐禎昭中将であったが、江成君は海軍部隊の指揮官としては対等の立場にあった。そして幸いなことには両指揮官の間は階級、年齢を超越して意気投合した模様で、物の判った立派な師団長は、若輩の江成君に対し、海軍指揮官として立てながら、いろいろ懇切に指導され、作戦の協定その他万事まことにシックリといったことは、本当にうれしかった。もっとも私としては、必らずそういくと思ったから彼をその位置に置いたのである。

江成君はその手記の中に、影佐中将の思い出を簡単だが、しんみりと左のように書いている。

実に師団全員から信望のあつい名将軍だった。何の御縁か知らねども、この若輩にも実に親切にしていただいたものだ。幾多の思い出のうちの二、三をひろってみると、いわゆる支那事変時代の当事者だけに、たまたま話が中国問題になると、時の移るのを忘れしむるものがあった。

私の誕生祝いにと、当時としては極めて貴重品なるシェリー酒を届けて下さったこともある。

爆撃には絶対まいらないと豪語して出来上った、地下南雄城（註、江成部隊本部）の落成祝いにとて、艦隊司令長官と共に来訪せられ、大いに歌い談笑にふけったこともあった。云々

つい話が少しそれたが、以下江成君の記録の抜萃を掲げて、それを例にとり、当時の一般施設作業に従事した他の各部隊の苦労をもしのびたいと思う。

その一

昭和十八年二月、寒い冬の最中のある日、江田島の西岸大君の宿舎という処に行き、これから縁あって死生を共にする我部隊に着任して一場の訓示をした。

「気ヲ付ケ」の号令一下水を打ったように静まりかえって、燃ゆる眼ざしで皆私（江成、以下同じ）を見つめていたようであったが、ひょいと遠くの列の後の側をながめると、遠い田舎から来たお父さんやお母さんであろうか、当時としては極めて貴重な幾個かのあん

ころもちを、これから遥けき戦線に出かけて行って、二度と帰らないかも知れない整列員中の一人であるわが子に、この大まじめな訓示最中をも意に介せず、盛んに食べさせている。と見るとまた一方には、こんな小僧の部隊長の話なんか聞いてもと思うてか、プカリプカリうまそうに煙草を喫い始めている者もある。

壇上の自分も、この時ばかりは当時の一般軍隊とは余りかけ離れた有様に実に唖然とした。これは手荒い部隊が出来るぞと思う反面、たまらなく何だかわからないが涙腺を刺激するものがあった。

その二

二隻の大型商船に約一万トンからの資材と、一千有余の隊員とが分乗して、母国を後に南下した。行手は戦雲急を告げるというと体裁が良いが、実は状況極めて悪化しつつあるラバウル方面だ。

グアム島沖を過ぎたある日、何だかわからないけれど無性に、本船に積込んである大発（上陸用の舟艇）の整備がしたくなり、「本日中に完成のこと」と厳達した。やがて夜に入り、見張りに立っていた一徴用工員が、「何かランプらしいものが見えます」と報告したが、不幸にも余り問題にされず、そのまま平穏な南洋の航海が続けられ、夜は次第に更けて行った。と突如地震のようにドシンと来た。

自分はハッと眼を覚したが、生来の寝坊助で起きようとせず、今にも本船が傾斜するかと考えることしばし、だが異状なし。「後続船がやられたな」と鈍い頭にようやく感じ、同室の山田主計長に「潜水艦にやられたぞ」と言いおいて船橋に駈け上る。

貨物船のこととて、隊員の居住は大体中甲板に仮設してあり、上甲板への出入はハッチの一隅にデパートの階段のようにつくり付けてあったが、あとから聞いたところによれば、後続船は機械室に魚雷命中で一瞬船内暗やみとなり、中甲板に寝ていた人達は余りあわてたので、この階段を下から皆でワッサワッサと持ち上げてしまって、多くの人達は出口を失ってもみ合ったとのこと。幸い船が沈まなかったからよかったものの、もし沈んでいたらと考えると、少々淋しい気がする。

ところで、ちょうど前の日に整備してあった大発を暗夜のもと急速に下して、雷撃を受けた後続船に派遣し、万一に備えて翌朝を待つこととして、いつ潜水艦攻撃を受けるか判らない危険海面を一応離脱した。一度に二隻やられては救助のすべがないからである。

人の気持は変なもので、この二隻の大発、いくら乗っても二百名とは収容できないのに、後続船には乗組員、部隊員含めて六百名以上はいたが、この二隻の大発を見た時には皆本当に安心したということだ。

かくして、雷撃を受けて苦労したが、とにかく一同無事にラバウルまで行き着いた。

その三

上陸後第一に受けた命令は、ガダルカナル失陥後の作戦のため、その手前のムンダ基地整備作業であったが、その中に状況急変して、右は取り消され、ラバウル市街区域の西方十里ばかりのところにあるトベラと称する高原に、新たに飛行場を建設することを命ぜられた。

「短期間に急速新設せよ」とのことであったが、当時のわが方の能力、資材から考えて非常に困難な作業であった。それで幾日かを研究と計画に過したが、なかなか仕事ははかどらない。その中に明日は艦隊司令部で作業進捗状況を視察するとの通知を受けたが、余り出来ていない。困って施設隊長の由比技術大尉に相談したら、元来ユーモラスな青年のことにて、心配御無用とばかり、その夕刻に草刈鎌組と、ブルドーザーとをもって、徹夜で一メートル巾くらいに草刈りと、一応の地ならしとをやり、翌朝司令部の参謀副長等の巡視の際に、とにかくもっともらしい説明をした。

しかし、これでは事実飛行場の完成には長時日を要し申訳ないこととなるので、苦心研究の結果「この機械力と人力とだけではどう算定しても作戦の要求は満せぬ。これを補充するには更に人力を増す以外に早急の解決策なし」との結論に到達、そしてそれは原住民の利用であった。

あの長い伝統を誇る大英帝国の外交の一大鉄則にいうところの、give and take に思いを致し、当時既に余り豊富でもない自分の食糧、物資の一部を原住民の各村々に無償で分配してやった。椰子の実とタロいもと野生の果物くらいに依存している原住民としては悦ぶのも当然であった。かようにして村民達の、理解の上に立てる協力を求めたが、吾人日本人に対しては色の黒いせいか、民族が近しいと思うのか、隊員一同のやさしい人情味に共鳴してか、集るは集るは、大げさに言うと毎日何千の色黒々として、素晴らしいナチュラル・パーマネントへヤーの原地人達が参加して来た。そして、いくら熱帯生活に馴れているとはいいながら、汗水たらしての作業協力ぶりには無条件に頭が下った。そして、何時しかこの人々の上に、心からの平和と幸福とを祈らずにはおられない気持ちにかり立てられたのであった。

その中に仕事は次第に進捗し、遠からずして一段落がつく目途がついたので、彼等の労をねぎらうために、一日原地人のお祭りをやった。これは前もってそのつもりで準備していたのであるが、彼等はこれをシンシンと称し、盆と正月とが一緒に来たような楽しみかたである。

当日ともなれば椰子の葉だの、そのほか名も知れぬ南国の花や葉でいろいろのデコレーションを準備して、

マテ、マテヤー

シユ、シユ、シユー

シユ、シユ、シユー

タカ、タカ、ター

というような、単純なリズムを繰り返す音楽につれ、村々の特色を発揮して踊り狂う。シンシンの夕べ、ふと何んとはなしに、神代神楽を見せられてるような気がして、心遠く歴史の世界、夢の祖先の国に遊ぶような幻覚にとらわれたのも、当時の思い出の一つである。

祭りのあとで、建設作業によく働いて、特に功労のあった者に対する勲章授与式を行った。勲章は機銃弾の古ケースの真鍮と、ジュラルミンの廃材とで作ったメダルである。これを授与された者はメダル・ボーイと称し、毎週の給与日には特別加給をしてやった。その後われわれはよく胸間に燦爛たるメダルをつけた、颯爽たる彼等の雄姿を見かけたものである。

また、できるだけ彼等の便宜を計ってやろうと思い、附近原地人の村々に「わが設営隊の自動車が通過する場合には、要すれば何時でも便乗さすから、遠慮なく利用してよろしい」という旨を通達した。そしてわれわれの自動車には、前方と後方とに白ペンキで大きく、工作の工の字を表示した。彼等はこれを「エッチ・スリープ」と呼んでいた。それは英字のHが横にねているという意味である。

こうやって原地人ともよく了解し合って、その助力のお蔭で仕事は非常にはかどった。

これは後のことだが、終戦の際にも、この方面の原地人の各村には少しも動揺がなく、遠く野越え谷越えて、ここトベラに「お別れのディナーに行くのだ」と集って来る原地人達の姿に接し、言われぬ人情の温味を感得した次第である。

かくして作業は漸次進んだのであるが、その中に隊員一同より、どうしても普通の作業日課以上に残業を許可してもらいたい、そうしなければ、やはり指定期日までにこの飛行場の完成は覚束ないとの再三の進言があった。もちろん戦地部隊であるから、残業をしたからといって給与が増すわけではなく、また余り無理な過労をさせたくなかったが、その熱意黙しがたく、遂にこの自発的の残業を許した。

この間に、あるいは気候風土の変化により、あるいはマラリヤその他の疫病のために、あるいはまた敵の空襲にやられたりして、あたら春秋に富む戦友は一人、二人と欠けて行った。「部隊長、私は死にたくない」と叫んで逝った彼等の姿が、顔が、今もなお瞼に浮ぶ。

かかる苦難の途をともどもに乗り越えて、ここトベラの高原に、ともかくにもコンクリートの立派な滑走路を有する飛行場が完成したのは、昭和十八年の八月三十一日だった。

この落成式に、滑るが如く着陸して来た、当時世界に誇っていたわが零式戦闘機の姿を見た時には、むやみと涙が出てどうしようもなかった。皆泣いて喜んだ。

ありし日の感激のひとこま！

その四

一同の苦心で出来上ったトベラ飛行場も、その年の暮ごろから毎日の空襲に文字通り荒野の原となり、これを万難を排して急速復旧する、また翌日は荒野と化す、また修復する、皆実に営々たる努力であった。

ちょうど十二月三十一日の昼ごろだったと思うが、この附近が大空襲を食った。暑いところのこととて、みな裸で年越し祝いの最中にシュードカン、シュードカンと処々方々ではねるわ、はねるわ。

この時早く彼の時おそく、一同文字通り分秒を争って防空壕に飛びこんだ。壕内のローソクも爆風でたちまち消えて暗黒となる。やがて颱風一過、外に出てみると今までの密林はがらんとして青空が見える。弾片で傷ついた大木が僅かの風のそよぎにでも彼方此方でドタンドタンと凄じい音を立てて倒れ、千古の密林にこだまする。自分は何だか背中が痛がゆいので、傍にいた森田軍医長に見てもらったら、背中一面に血が噴き出してるとのこと。幸いこの時は自分の背中に血を噴いただけで、他にだれも被害はなかった。

またある日のこと、空の彼方に一大編隊の敵機が来襲するあり。何事も体験なればと思い、滑走路の一隅の貧弱な防空壕に入り、大爆撃の実相を間近に見ようと、その入口まで行ったが、ふいと考えが変り、自動車を馳って一目算に避退した直後、大音響とともに飛行場はまた荒野と化す。だれよりも早く例の防空壕の辺に行ってみたら、これまで毎日の空襲に一回も被害のなかったこの附近が、壕はもちろん、何も彼も惨澹たる有様となっていた。

「あの下におれが死んでるんだ、そのおれが今息をしてここに立ってる！」「運命とは？」と、わかったようなわからないような、妙な気持に茫然としてたたずんでいた。
と、気がついてみると、一方すでに隊員も原地人も一丸となって復旧作業に張り切っている。

以上は江成君の手記であるが、これで察せられるように、他の部隊も同様、みな一方ならぬ辛苦をなめて、作戦上重要なる各種の施設作業に努め、戦闘部隊のために縁の下の力持ちを完全に果した。その目に見えぬ絶大の心尽しと骨折りは、本当に有りがたく思うところである。

13　いかもの食い

腹が空くということは、何としても苦しいことである。ラバウルもはじめの中はよかったが、内地との交通困難となるに従って、食糧の心配が次第に増し、食卓は日に日に寂しくなるばかりであった。そして遂には孤立無援となり、自給自足に苦労したのであるが、その詳細は別に書くとして、ここにはいかもの食いのことを少し話そう。

これは腹が空いて仕方がないから、食べられるものは何でも口に入れることになるのだが、中にはそれだけでもなく、元来そういう趣味をもっている人もあったようだ。しかし、だんだん困ってくると、趣味どころではなくなり、皇軍到るところ蛇、とかげ、がまの類ことごとくその影を絶つ有様であった。いわんや最前線のガダルカナルなどでは最初からそうであった。

航空隊の司令にはなかなか勇猛果敢な人が多かった。わが艦上爆撃機隊の司令山本栄大佐の如きもその一人で、元気旺盛、殺しても死なぬような恰好をして、各方面で奮戦力闘されたのであるが、この人、頗るづきのいかもの食いで、蛇でもとかげでも、手当り次第につかまえて食ってしまう。そしてその皮を自分で剝製にして、「これは、たくさん集ったら天皇陛下に献上するんだ」と、大切に保存していた。

十八年の七月から八月にかけて約一ヵ月、私は作戦のために、司令部をブーゲンビル島のブインに進めたことがある。その前から、そこには上阪香苗少将の指揮する航空戦隊が進出しており、山本隊もその麾下にあった。私の到着後、各級指揮官が参集した際に、山本君が早速私に、「長官は前から私に蛇と、とかげを註文しておられますが、近ごろ大分しけつづきですけれども、一生懸命に探してつかまえたらすぐに料理して贈ります」と、笑いながら言った。その翌日、夕食をしている時に従兵が、山本司令からの御馳走ですと、皿に盛った蛇の蒲焼を持って来た。その次の日の夕食にはとかげの蒲焼が届けられた。両方とも有りがたく頂いて賞味したが、蛇は味は悪くはないが、何分肉が堅くて食いにくい、それにひきかえ、とかげの方は味もよく、肉も柔かで、ちょっと鶏に似て結構だった。

海亀は第一次大戦中太平洋を馳駆していた時にも食べたし、ラバウルでも一、二回鋤焼にしたが、これは蛇やとかげよりは上等で、やはり鶏肉まがいの味がしたように思う。それでも気味悪がって食べぬ人もあったが、私は元来食い意地が張っていて、口さえ動いておれば何を食ってもよい性分で、その点では得をしたことである。

鰐はラバウルではじめて試みたが、牛肉に似て、鋤焼にして悪くはない。

蝦蟇は大きな奴がたくさんいたそうだが、私の行ったころには既に減って、余り見かけなかった。これは遂に食べる機会がなかったのは残念だが、気をつけないと毒にあてられることがある。現にある部隊の兵員がこれを食って死んだことがあった。手や足はかまわぬが、胴体のいぼのあるところや頭を食うと中毒を起すおそれがあるので、一般に注意するよう達していたのだが、こんなことになって甚だ残念に思った。それで「以後蝦蟇の手足以外は決して食うべからず」という厳命を下したのであった。

蝸牛も所によってはたくさんいる。これは日本の普通のものとは違って、田螺の大きいような形で、立派に食用になる。繁殖力が非常に大で、これだけはいくら食べても余り減らぬようであったが、いる場所が大体定っていて、どこにでもというわけには行かず、それに下手に養殖するとむやみに殖えて、農作物でも木の葉でも片っぱしから荒すので、かえって困ることがあった。艦隊司令部で動物性蛋白の支給源として、これの増殖の議があり、賛成の意見が可なりあったが、台湾から来ていた技師達が、前記の理由で反対し、結局沙汰止みとなった。

ところで、主食の自給策として最も多くさつま芋を作ったが、芋の大敵は紅殻雀(べにがらすずめ)という芋虫の一種で、はじめて名前を聞いた時には、すずめというから鳥かと思ったところそうではなく、三、四寸もある大きな芋虫で、頭に剣を持った凄い奴である。それがやって来る時には、一時に何千何百という群をなして芋を襲い、音を立ててその葉を食い、見渡す限りの芋畑をたちまちにして坊主にする。爆撃による畑の被害よりも、この虫の被害が遥かに多いこともあり、これが駆除には一方ならず頭を悩ましたものだが、特別の薬品も持たず、結論としては根気よくとるより仕方がないということになって、各隊では日課的に毎早朝、敵の空襲の閑散なころを見計い、一列横隊で畑の中を隅から隅まで探してとる作業を行っていた。そこで私が考えたのは、これほど精力の強い虫だから、必らず栄養分が多いに違いないから、せっかく捕えたものを捨てずに、これを乾燥して粉末にし、うまく加工し少し塩気でもつけて飯に振りかけて食べてはどうか、と思い、食料の研究会の席で話したところ、誰もあまり賛成はしなかった。がしかし、その後ある部隊を視察に行って、幹部と一緒に食事をした際、隊長が食卓の上にある瓶に入れた振りかけのような粉を指して、「これは、あなたの話しにより、あの虫を何とかして食用にしたいと研究しましたが、どうも本物をそのまま振りかけにするのはいやな気持ちがするので、先ず第一着手として、あれの蛹を捕ってそれを振りかけに加工し、近ごろ飯にかけて食っていますが、なかなかうまいからやって御覧なさい」と言われたので、よく真剣にそれまで研究してくれたと、私は非常に喜んで早速試食したが、これなら結構いけると思った。そして、余り気にせず、虫そのものからも作ってみたらどうかと希望したら、それも今やりかけております とのことで、食後に実際やっている模様を見せてもらったことがあった。

いささかいかもの食いの範囲を逸脱するかも知れんが、こんなこともあった。いよいよ自活態勢に入り、長官以下すべて誰でも一人分だけの農耕は必らずやることに定め、私も朝夕作戦の暇をみて畑を耕したり鶏を飼ったりした。そのころ、ある夕方、自分の受持ちの畑で仕事を終って宿舎に帰る途中、塵芥捨場の附近を通った。そこには附近の各部隊から果物の皮とか缶詰の殻とかが塵芥とともに捨てられてあったが、その中でゴソゴソ何か動いている。ヒョッと見ると、一人の工員が夢中でごみ溜の中を漁って、パパイヤの皮か何かを食べているではないか。もちろん普通の人間の食べられるものではなく、余りひどいので、かわいそうというよりも浅ましいような、情ないような気がして、私はその人に「ちょっと待っておれ」と言って、すぐに畑にとって返し、そこに出来ていた作物を持てるだけ抱えてもどり、「これをやるから、そんなことは止めろ」と懇々諭して別れた。それと少し後れて、参謀の小中秀夫君が、同じく畑からの帰りに通りかかり、この様子を見て、同じように自分の作ったものを施して大に訓戒を与えたそうだ。その夜のわれわれの食卓でこれが話題に上り、各隊ともいくら食糧払底でも、まだそのようなことをしなければならぬはずは無いというので、念のためその附近に居住していた工作隊について調査したところ、その通りであって、ただその人は病的にそのようなことをするので隊でも困っていたが、なお一層注意してよく指導しますということですんだ。

14　現地自活

昭和十八年の暮のある日、補給、施設等後方勤務を直接掌っていた、参謀副長の富岡定俊少将が、私の室に来てコッソリと、「私の見当では、このままでゆくと来年の二月ごろには輸送船による内地との交通は大体跡絶えてしまうだろうと思います。それで速かに自活対策を立てなければなりませんが、いつまで持ちこたえればよいか、それについて長官、あなたは一体この戦争がこの先何時まで続くと思われますか」との質問であった。

この質問は私にはちょっと深刻に響いた。と言うのは、自分の心の底にひそんでいた「この戦争はその中に負けることになるのではないか？」という心配（そのために精神の置きどころが少しでも狂ってはならぬと思うが）が、チラッと脳裏をかすめるのを如何ともできなかったからである。実を言うと、私は十七年十月に着任以来、勇敢なる麾下一同の奮闘により、幾度か敵に手痛き損害を与えたことを確認してはいたが、やられても、やられても、すぐまた次から次と補充してくる偉大なる彼の物力を思う時、これで日本はこの戦争に勝てるとの見通しをつけ得たことは一度もなかった。そして既にこのころに及んでは、残念ながらこの形勢を逆転さすことはますます困難で、何とかして好機をつかんで、曲りなりにも相引きの形にならぬものだろうかと、心ひそかに祈っていたような次第で、このままでは早晩参ることは、考えたくはないが、そう判断されざるを得ないようであった。

しかし、私はただ簡単に「そうだな、はっきりわからぬが、この状況だと、まああと二年くらいはかかるだろうなー」と答えたら、富岡君も、「私も大体さよう思いますから、それではまず昭和二十年一杯を目途として、食糧その他の自活態勢の確立について研究しましょう」ということで、二人の話が決った。

かようにして、司令部附の佐野純雄主計中佐を企画主任とし、参謀副長以下関係参謀ともども非常な勉強で、精細な自活計画の研究に着手したのであった。

さてこの計画を、本格的に何時ごろから実施すべきか、これがまた研究を要する問題であった。その理由は、自活作業に着手すれば、当然それだけ陣地構築とか諸訓練とかを犠牲にしなければならぬ。しかしそれは、明日にも敵が上陸作戦を展開して来るかも知れない、極めて差し迫った情勢を目の前にひかえて、本当に苦しいことであった。少しの時間でも訓練や陣地構築にあてたい際である。さりとて一方自活の確立も、これまた時期の遷延を許されない。この矛盾する二つの要求を如何に調節するかということであったが、慎重に考慮の末、陣地及び訓練の第一期作業がほぼ一段落を告げるべく予定されてある、十九年六月から本格的な自活作業を始めることになった。しかしそう言っても、もちろんそれに専念するのではない。依然他の作業も続けられ、それと共に並進するのである。

当初は、まだ一般に自活作業の必要なことが充分に理解されなくて、殊に航空隊、陸戦隊等、絶えずチャンチャン、バラバラやっている戦闘部隊の人達は、「おれ達は戦えばよいのだ。食糧のことは後方勤務の人達が心配してくれるのだ」といった考えが抜けきらず、なかなか本気にならない。これは一応もっともなことで、原則として、おのおのその職責は分たれ、一人で両方受持つことはないのが普通だ。ところが、このラバウルの急迫した特殊の状況においては、これが必要になってきたのであるが、永年の慣習もあり、事態認識の不足もあり、急に頭の大転換ができないのは無理もない。戦闘意識が旺盛であればあるほど、そう思うのが当然であろう。また、命令というものには理解が伴うことが最も大切であるのは、いうまでもないことである。それ故に富岡君はじめ担任の幹部は、このことについても一方ならぬ苦心をされたのであったが、ラバウル三万五千の海軍将兵がよく餓死をまぬかれて任務をつくし得たのは、これら諸君の適切な計画と指導とに負うところ極めて大であったのである。

現地自活作業の中心は、もちろん主食の生産であり、なお外に養鶏、養豚、製塩、漁撈等も含まれ、また食糧のみではなく、時を経るに従い、必要に迫られて、製紙、製布、さては硫酸、火薬から手榴弾、地雷、迫撃砲代用品等の兵器類まで製造されるに至った。

兵器、弾薬については、陸海軍協同して技術関係の委員会を組織し、一体となって互いに智識技能の交換、材料の融通など、実に真剣なる研究を重ねたのであって、その熱心さはまことに有りがたく思った。私も時にはその会議に列席し、終ってから一緒に会食し懇談したこともあった。

もとより、われわれの任務は戦いにあるのだから、前にもちょっと述べたように、自活のことばかりやってはおられぬ。教育訓練と陣地構築と自活作業と、この三つは、同時に並び行われなければならないのであり、「バターか大砲か」なんて呑気なことは言っておられない。バターも作り大砲も磨かなければならなかった。しかし、腹をきめてやればやれるもので、人数に比較すれば狭い地域で地味必ずしも豊かでない場所もあり、人口密度は（富岡君の計算によれば）内地の一・七倍という濃厚さで、しかものべつに空襲がある、といった状況下で、全員必死の努力はこのむつかしい課題を何とかやってのけたのである。

以下順次に、少し詳しいことを述べてみよう。

主食の問題

昭和十七年この地占領以来、海軍はいち早く食糧の可及的現地生産方針を採って、その作業を進めてきた。しかし、十九年の春を境として、この「現地生産」の持つ意義は甚だしく相違した。すなわち、それ以前においては、この生産をもってできるだけ現地の所要を充足し、もって日本内地からの補給を節約しようという意味のものであったが、後期のそれは、全軍の生命を賭けた、絶対絶命の、極めて峻厳な要求に直面したものであった。

十九年春、内地と交通概ね杜絶し、われわれが自活作業を始めたころには、海軍として米麦の貯蔵量は大体一年分足らずであった。しかも一朝敵が攻めかかって来た場合には、われわれは、たとえ徹底的に蹴散らすことはできなくても、少くも半年くらいはこれをくい止めて、あわよくば全戦局を引っくり返してやろうとの意気込みを持っており、いよいよその場合になると、農耕などはしておられぬから、それだけの食糧は、今から戦闘用として手をつけずに貯えておかなければならぬので、できるだけこれを食い減らさないように、速かに自活体制を整えて、むしろ貯蔵の糧食を適当に更新しつつ一層増してゆくように進む必要があった。そこで、まず第一に考えるべきことは、果して何を主食として作るべきかの問題であった。

米をふんだんに食いたいのは山々である。しかし、ラバウルの気候風土で、われわれの置かれた環境下において、この際米を作るのが一番よいのだろうか？　米が不適当ならば何が適当か？　等々。そんなことを書いた本もなければだれも教えてはくれない。そうかと言って「まあ、やって見ろ」でいい加減の計画で着手して、何ヵ月か経た後に、もしそれが間違いであったことが判ったとしたら、すでに糧食の貯えはなくなり、改めてほかのものを作り初めても、それが収獲されるまでに食うものがなくなって、補充の道はつかず、それきり手を上げなければならぬ。真に全軍死活の問題である。だから充分に周密なる検討を要するが、そのために時日の遷延を許さぬ。ここに当事者の並々ならぬ苦心があったのである。

富岡君はかく述懐している。

四万の海軍将兵の中には、農事の技師もおれば栄養学に精通して医学博士もたくさんいたが、さて何をどのくらい植えつければ、われわれが一日に何カロリー摂取できて、また蛋白質は何によってどれくらい補給したらいいか、というような総合的な問題となると、だれもはっきりと答えてくれる者がない。熱帯地の栽培統計等も断片的なものしかない。内地の食品の分析表も、適用してよいのもあれば、あやしいのもある。米を中心とした農政書や栄養学の本も、また金額との換算を基準とした農業の本も、この切羽詰ったラバウルでは何の参考にもならない。しかも、計画を間違えたらそれきりというわけだから、これには全く悩まされた。

まず相当な重労働をする人間が、熱帯で一日ギリギリの量で何カロリー（蛋白質何グラム）を必要とするかという見当と、次にわれわれが確保している地域内で、一人当り何坪の開墾適地があるかという二つの基礎条件から出発して研究を進め、結局一単位面積の土地から一定の期間に、カロリーの一番たくさんとれるものは甘藷(いも)だという結論が出た。この結論を出すまでには、およそ現地で栽培可能の、主食となりそうなもの全部について実験をし、調査をし、推算をし、分析表とも首っ引きで、計算尺を真黒くなるまでひねくりまわして、やっと「いもで餓死から抜けられる」となったのである。

人口密度の問題をいうと、内地の密度の一・七倍くらいで、将兵は大部分地下に住んでいるが、海軍主力のいたラバウル市街地附近には活火山もあり、飛行場も要塞線内に五つもあるので、開墾不能地も内地と同じようなもので、条件はなかなか厳しいものだった。

熱帯地だから陸稲で年に二毛作はできるが、いもは年に三回半くらいは収獲があり、量もはるかに多くて、結局は米の三倍くらいの収獲熱量になって、米は食べたいが、米を追っかけていると行き詰る。いもならカロリーの上からは、充分に自活ができるということになった。タピオカ等も、原住民がやっているように、枝を土に挿しておけばよいので、栽培は楽だが、六、七ヵ月もかかるので急の間に合わぬ。ところがその原住民がみな実に立派な体格をしているので、一体どんな物をどのくらい食べているのだろうかと、彼等の小屋を訪ねて食事を調べてみたら、主食はタピオカでも椰子の実でもなく、タロいも（内地の八ツガシラのようないも）であることを発見したので、まず甘藷主食計画には大きな誤りのないことが推察された。

いま一つ見逃せない、いもの利点は地下に育つことで、これは敵の空爆に対する被害が比較的少いのである。

かような理由で軍配は、いもに上がった。

しからば、戦闘しながら、どのくらいの人間で、どのくらいの開拓をやったらいいかという問題になって来たが、これは結局各部隊約三分の一の人員が農耕専門に働き、約二分の一は本来の戦闘任務に当り、残りが病人とか病後の要注意者となっており、これで人の割り振りは一杯一杯である。全部が農耕をやってゆっくり自活ができたといっても、それは自慢にならず、敵と対峙しながら自活をしようというのだから、そこに人の割り振りに困難がある。

次に一人当りの最低所要農地は如何？　これは主食、副食を合して一人宛百二十五坪あれば充分だという計算になって、この割合で各部隊に人数に応じて開拓地を割り当てたのだが、もちろん短期間にそれだけ開墾できないから、初期には一人最低千八百カロリーで我慢して、いもと現在の手持食糧で食いつないで行けば、半年か八ヵ月くらいで自給体制は整うという見当がつき、上下心を一つにしてこの目的に邁進した。右の計画に基き、即日食糧は司令長官から兵員まで一律に統制し、戦闘の暇を見て、適宜の割り振りによりだれも彼もみな農耕をやる。各部隊は、その陣地や戦闘配置附近に人員に応じて耕地を割当て、長官も参謀長も一ように、まず手始めに三、四十坪を担当して、朝は日出少し前から耕し、日出後一時間くらいまでやり、昼間軍務が終ると夕方また耕しに出る。農耕中に敵機が来れば、附近に設けてあるタコ壺式の穴に飛び込んで、彼が頭上を過ぎるとすぐまた飛び出して耕す。こんな風にしてやるのであるが、土地の都合で、遠方に農地を選ばなければならない所は、農耕員を半月交替くらいで派遣して、そこにニッパ・ハウスを建て、別荘に行くような気持ちでやるというあんばいであった。

なお、ラバウルには椰子のプランテーションは立派なものがあるので、椰子油の見込は充分で、脂肪分についてはあまり気にしなかった。また、パパイヤやバナナも多少はあるので、ビタミン補充には充分だが、主食の補いには見込がない情況であった。

甘いいもを、主食として食べ易くするにはどうしたらよいか、という研究もやり、艦隊主計長の荒木進一主計少将が主任となって、各部隊に衆智を集めて工夫をさせ、それを集めて調理共進会をやったが、油でいためたのやら、米の粒のような形にしたのやら、お菓子のようなのやら、何百種というものを陳列して、多数の人が試食した結果は、多数決で「主食には壺焼とか石焼のような平凡で淡白な味のものが一番よい」ということになった。云々

右のように短時日の間に真剣な研究を重ね、主食は甘藷を主として作ることに一定した。しかし、いもは味が甘すぎて飽きが来やすい。それに米と同量のカロリーを摂取するためには相当量食べなければならぬ。たまに、おやつとしてなら結構だが、毎日三度三度、あの甘いものを、食べなれた米の代りに、いやというほど義務的に食べるのは相当の努力を要する。それで、いも一本槍というわけにもゆかぬので、たまには米とか、タピオカ、タロいも、などを適当に交えて食べるために、これらのものも多少は作ることにした。

米は陸稲で、よく出来る。麦は出来ない。ジャガいもも余りよく出来ない。粟も作って

みたが不適当。玉蜀黍（とうもろこし）はよく育ち、米に劣らぬくらいの栄養分があるというので、これは大に作られた。

生鮮食料

これも、作ってみて、よく出来るものと出来ないものとがある。大根の如きは、種子をまけば生えないことはないが、一般に育ちにくいのみならず、育っても種子は採れず、一代限りである。

南京豆、大豆、小豆、南瓜、西瓜、胡瓜、白瓜、冬瓜などはよく出来て、一般に内地のものより大きくなる。冬瓜と言えば、軍需部の農耕隊で、野菜類を大量に作って各部隊に出荷し、不足を補うことにしていたが、一時冬瓜ばかりを出荷配給したことがあった。それは、内地のものよりはずっと大きく、一見して人間の胴中くらいの、実に見事なものを作り出すけれども、中実は余りうまくもなく、第一水分ばかりで栄養分がないというので甚だ評判が悪く、遂に「自今、冬瓜を栽培出荷せず他のものと変更すべし」という指令が出た。一生懸命に作った軍需部員には気の毒な思いがしたが……。その他オクラのような、現地産のものはもちろん大いに作られた。

ちょっと考えると、熱帯には天然の果樹、野菜等がたくさんあって、そんなに苦労して作らなくても充分間に合うように思われるかも知れぬが、なるほどバナナ、パパイヤその他いろいろ果樹もあり、またタロいもとかタピオカ等もあるから、原住民のみであれば、天然野生のものだけでもまず充分で、裸で遊んでいてもよいのであるが、陸海十万の軍隊が狭い地域に占居するようになっては、とてもそんなものでは追っつかない。なお、われわれは極力原住民に迷惑をかけぬよう注意して、彼等所有の果樹園、畑地等には一切手をつけることを禁じていたし、また、もちろんそれくらいのものは軍の食糧としては九牛の一毛で問題にならず、すべて自分で栽培しなければならぬのであった。

ところが、それ等作物の種子が次第に不足して、生鮮野菜類の取得もなかなか意の如くにならず、われわれ司令部洞窟前の猫額大の地にも、食用になるスペリューフーとか言う野草が植えられてあったような始末である。

日本では昔から戦争と梅干には深い縁がある。ところでラバウルでは、この梅干の代用品として大変いいものが現地で出来た。それはローゼルという草の実を塩漬けにしたもので、梅干そっくりの酸味、紫蘇で染めた通りの鮮紅色の色彩、それにシャリシャリした歯障りなどは、むしろ梅干をしのぐ素晴しいものであった。これは、そのころ中央当局が、何か現地で自給できる梅干の代用品はないかと苦心して探していたとき、台北大学の教授で、兼ねて海軍の嘱託であった田中長三郎博士が、ブラジルからの帰還邦人から聞いて伝えられたもので、当局では早速台湾でその種子を求めて、前線各地に送ったのが、ラバウルにも来ていたのだそうで、そのお蔭を蒙った。なお、この草の茎から採った繊維は、後で述べる製紙の原料にもなった。

煙草と酒

煙草も酒も多少の貯えはあったが、時が経つに従い不足し出した。

ところで、前記の通り、自活作業の初期、一般に戦闘意識旺盛の余り、いも作りや菜っぱ作りには気乗り薄であったころでも、煙草だけは、別に奨励もしないのに、各隊適当に植えていたようだ。私は元来煙草には縁のない方だが、好きな人にはそれほど魅力を持っているものかということがよく判った。

熱帯だから煙草は実によく育つし、死闘の地ラバウルで煙草を栽培しても、別段専売局から叱られる筋合でもなかろうと、ちょうど専門技師の人もいて、艦隊としても栽培隊を設けて試験的に生産し、各隊に分配しようとしたが、ようやく何トンか採収し乾燥中に、あいにく爆撃で吹き飛ばされ、煙草農場も滅茶苦茶になった。そのうちに、食う方にますます真剣にならざるを得なくなって、自然煙草にまで手が届きかねるようになった。愛煙家はいろいろと代用品を研究し、パパイヤの葉を干して粉にして試みたりしたが、一体あの辺の植物には青酸分を含んでいるものが可なり多く、原住民の主食であるタロいも類のなかにも、間違ってうっかり食べると死ぬような非常に有毒なものがあり、パパイヤの葉も幾分青酸分があるので、喫んで頭が痛くなったり、めまいがしたり、人体に害があることが判り、これを禁止した。しかし、そのほか何かと試みて本物の不足を補い、何とか喫煙欲をごまかしていた人達もあった。

酒も、言うまでもなく、ああいう所では嗜好品として欠くべからざるものであるが、概ね自活の目途がつきはじめたころから、手持ちの酒類は払底し出し、各隊では暇を見て酒を造りはじめた。その一番普遍的なものは椰子酒で、いも焼酎も造られた。たまには陸稲から濁酒を造るものもあったようだ。

陸稲は無論のはなし、椰子にしろ、いもにしろ、みな主要な食料であるから、「現在食うや食わずにしていながら、その大切な食料を使って酒を造るとは何事ぞ」と言う議論も一応は成り立つわけだが、この場合にそんな理屈をならべるのは見当違いで、適当なる自制においてこれを許す方針を採った。これは何も私が左利き（現在禁酒）であったからと言うのでは、もちろんないのであって、あんな所では、一面において特に心のゆとりを持つことが要求されるようである。日常労働の後の一服の煙草一杯の酒、それは理屈を超越した醍醐味がある。況や御国をあとに数千里の前線で、一意敵に対して張り切っている親愛なる強者どもには、なろうことならば酒も煙草も充分に満足せしめたかったのである。

スコールの後の明月の宵、幸い敵の空襲も跡絶えた時、戦友相集い、手製の煙草をくゆらしながら、一杯の椰子酒にしばし戦陣の労苦を忘れる。

これも大切な行事の一つであった。

土地の問題

農耕をするには土地を必要とする。殊に地味の豊かなところがほしい。しかるに、海軍主力部隊のいた所は、港を中心とするラバウルの街及びその周辺地区と各飛行場附近で、つまり、ラバウルの港を形成している半島の先の狭い区域に、海軍三万五千の大部分が占居して、海正面に対して陣地を構成し、その防備を担当していた。飛行場はその区域内に一ヵ所、東飛行場と称して港内に臨んだ火山のすぐ下にあり、その他は港の西方、半島地域より離れた陸正面、陸軍が防備を受持っていた方面の広い区域に分在した。

この市街地区は狭いのみならず、山地とか溶岩地帯とかが多く、少しばかりの農耕地は表面火山灰の堆土で、地味が痩せていて、とてもこれだけの土地からの生産では、駐屯部隊の自活を充分に充たすことができない。そこで、いざ鎌倉の時には籠城用の貯蔵食糧に依存して、全員がこの陣地に立て籠ることとして、それまでは西方の広々とした、地味の肥えている適当な場所に、陸軍と協定の上所要の耕作地を選定し、各部隊より適宜耕作部隊員を交代派遣して、専ら生産の仕事に従わせることにした。病人の回復期で、転地療養を可とする者などもここに送って、過労にならぬ程度農耕を手伝いながら、健康増進をはかるようにした。

椰子の実の食料として価値のあることは衆知の通りであるが、ラバウル地方にはドイツ時代からの立派な椰子林が方々にあり、また野生のものも生えていて、大いにわれわれの栄養失調を防いでくれたけれども、これもわが海軍地区には少く、また他のたくさんある場所でも、何しろ陸海全軍の将兵に分配するとなると、そう充分には行き渡らぬ。無統制に勝手に採らしたのでは、たちまちなくなるのみならず、不公平を生ずるので椰子の実の濫採を禁ずるとともに、わが軍の占居する勢力範囲内の椰子林を適当に各隊に割り当てるために、陸海の担任参謀間で、寄々協議して綿密に調べ上げた資料に基いて、公平なる椰子林の分配を行った。他の農耕地についても所要に応じて同様の処置を採った。

自給対策も、皆大いにやれやれだけでは物にならず、まず地主制度から決めてかかる必要があり、担任の当事者達は少からず苦心をしたものである。

漁　業

昼間大ぴらには、なかなかできない。夜間漁撈隊を編成して、敵機の来ない時にやってみたが余りとれない。何度やっても概ね同様。魚はおったはずなのだが。あるいは一年も二年も、連日地軸をゆするような爆撃の響に驚いて、静かな所へ転宅したのかも知れない。こうやって時々出て行って僅かばかり獲って来ても、一度に全員には行き渡らすことはできないから、順番に各部隊に配るので、ようやく一ヵ月に二回くらい口に入る程度で、お話にならず、余り期待されなくなった。

十九年六月十四日の私の日記に「夕食は本日初めて漁獲（湾内にて）せし魚、トベラよりの野菜等山海の珍味？　なり」と書いてあるのを見ると、この日初めて魚が配られたようである。トベラと言うのは軍需部の農園のあった所で、そこから野菜のよいものが届けられたものとみえる。

しかし、こんなこともあった。もっともこれは獲ったのではなくて飛び込んで来たのであるが、ある日爆音に驚いたのか何に戸迷いしたのか、鯨の子供が三疋連れ立って港の奥に向って突進し、海浜に乗り上げてしまった。その辺にいた通信隊の兵員は、思わぬお客様に面食らったが、早速警急呼集で皆つかまえて大喜び。子供でも鯨の子供だから、相当なもので、一番大きいのは全長三メートル四〇小さいので二メートル半もあり、その附近の部隊で一食くらいはお蔭を被ったらしい。引き続いてまた来ないかと、いく分あてにしていたが、そう何度も、柳ではない椰子の下に鯨は来なかった。

豚と鶏

豚もジャングルの蔭で飼っている部隊もあり、艦隊司令部でも数頭飼ってみたが、このように生長期間の長いものは急場の間に合わず、初めから各隊に行き渡るほどの数もなく、それにまた、豚先生は見かけに似合わずきれい好きで、食物によってもどうかすると頓死したりするので、余り殖えもせずさほど一般には普及しなかった。

結局動物蛋白の補給としては鶏で行こうということになった。一人当り三羽ぐらいの割合にまで増せば、毎日卵を一個ぐらい食べられる勘定になるから、そこまで大至急やろうと決めた。ところが、最初に海軍部隊の持っていた鶏は全部で四百羽ほどのもので、これを十万羽にも殖やそうというのだから、こんな大増産は急にはできぬ、と言う専門技術家の意見もあったが、とにかくこれが比較的一番よさそうなので「鶏を一人あて三羽を目標として至急増産すべし」というお布令が出ることになった。

孵卵器を作った所もあったが、大体は自然孵化で殖やした。熱帯では内地と違って、余り季節に関係なく、卵を生んでは鳥屋につく。そして内地の冬のように小屋を暖めてやる必要もない。放って置けばドンドン殖える。それで一年余りで、終戦のころには、一人当り一羽半か二羽くらいにはなっていたように覚えている。

私も、初め今村大将にすすめられて、幕僚達の食卓用を引き受ける決心でやり初め、大いに奮励努力した。最初軍需部から白色レグホンの雄一羽と雌数羽とを分けてもらい、間もなく雌の一羽が鳥屋についたので十個ばかり抱かせて、殆んど全部孵ってスクスク成長し、大いに得意であったが、続いて二回三回とやる中にいつもそうは行かず、十羽孵ってようやく二羽しか育たなかったり、大雨でひよこを流されたりしたこともあった。病気はやはり内地同様、ジフテリヤ、糞づまり、蛔虫などである。ある時相当大きくなった若鳥が一羽、わけが分らずに死んだので、研究心旺盛なるわが俄か養鶏家は、ただちに軍医官立ち会いの下に、自ら執刀して解剖したところ、長き一寸ばかりのほそい白髪のようなものが腸の中に一杯詰っている。なかには腸壁を破って外に出ているものもあるので、試みにピンセットでつっついてみると動くではないか。それで初めて蛔虫だと判ったようなわけである。ジフテリヤのひよこは寒がるから、体温であたためてやるとよいと言われて、四六時中シャツの下へ入れておいたら、ある時面会人があって、真面目な話をしている最中におなかの中でピヨピヨ鳴き出して相手を失笑させたこともあった。

しかし、こんな調子でやっているうちに、何時の間にか三、四十羽に殖えて、時々卵の一つづつくらいは食卓にならべられるようになって本当にうれしかった。ここまで来ると私の素人養鶏もまず成功したと言ってよかろう。

養鶏のついでにちょっと野鶏の話をしよう。

前にも話に出た、花吹山とわれわれが呼んでいた、港の南東の岸に近く、静かに煙を吐いているおとなしい火山があって、その麓の地方には野鶏がたくさん棲んでいた。鶏とは言うが、からすのように木の枝から枝へ飛びまわっている。この鳥は他の場所には見られない。というのは、子孫の繁殖のためであって、それは卵を火山灰の厚く積っている土中に穴を掘って生みつける。そうすると火山の地熱のために卵が自然に孵って鳥になる。こうやって労せずして子供ができるので、ここに居ついて他には行かないのである。この辺の原住民は穴を掘り返して卵を探し出し、われわれに売りに来るが、附近駐屯の部隊員等は自分達で取りに出かけるものもあった。しかし、こんなことでも慣れないととんでもないことになるもので、ある工員が卵掘りに夢中になっていたところ、穴が可なり深いので地面に腹ばいになり、首を自分の掘り返した穴に突っこんでやっている中に、周囲の灰のような所が崩れて首が埋まり、まごまごしている間にそのまま窒息して死んでしまったことがある。

この卵は普通の鶏卵の三倍もあり、殻はうすく黄身が馬鹿に大きくて白身がすくない。いつか、ここの海岸砲台を一晩泊りで視察に行き、防空壕の中でろうそくをともして野鶏の卵の御馳走になったが、私は一つで腹一杯になった。しかし若い参謀の中には一人で五つもペロリと平げた豪傑もいた。

塩の話

砂糖はなくても我慢できぬこともないが、塩は上杉謙信の話にもある通り、生活上どうしてもなくてはならぬ必需品である。もっとも、甘党には砂糖気の欠乏も耐えられぬとみえて、甘蔗(さとうきび)を栽えたり、またある篤志家は作業の暇をみて、その辺の野原に一面に生えている葦をしぼって、その汁から黒砂糖に似た甘いジャム様のものを製造することを研究していた。私も食べてみたが、なかなか結構だった。だが一般に普及するまでには至らなかった。

製塩の方は本格的で、艦隊自給計画において各部隊はその人数の一割二分を割いて製塩に充てることに定め、小部隊で、独立して作業の出来ないものは、附近の大きな部隊に合併するように、その組み合わせまではっきりして指導したのであった。

最初はジャングルの中で木材を燃料にしてやっていたが、煙を出すと敵の爆撃の目標になるので大いに困った。その中にだれかが、幸い火山があるのだから、その火山熱を利用したらどうだろうかということを思いついて、早速試みて成功した。火山の麓の海岸に熱湯の出る場所があり、その附近に穴を掘って、湧き出る熱湯の中にドラム缶を幾つも並べ、これに海水を汲み入れて置けば自然に塩が出来るという寸法である。煙も出ず、敵機が上空から見ても、うまくカムフラージして置けばなかなか判らぬので爆撃の心配も少く、比較的苦労せずして塩が採れることになり、これは大成功であった。

なお、陸軍に相当の塩の貯蔵があり、今村軍司令官が海軍の塩の欠乏を非常に心配されて、特に沢山の塩を分けていただき、大いに助かって感謝した次第である。

味噌、醬油（銚子醬油社員の活動）

ラバウル占領直後の昭和十七年七月、海軍は銚子醬油株式会社を指定して、現地において味噌、醬油その他清涼飲料、菓子に至るまでの製造工場を建設し、自給を行う方針を立てた。

これがため、同社の重役浜口吉兵衛氏も現地を視察し、引き続いて工場長田中島光治氏、現場係加瀬昌利氏以下醸造及び製菓関係員あわせて十二名が、ちょうど私の着任した十月に、すこし後れてラバウルに到着し作業に取りかかった。

一行は不眠不休の努力をもって初期建設の仕事を終り、味噌、醤油等の製造を始めたが、その後十八年四月一日から情勢の変化により、海軍軍需部の直営となった後も、これらの人達は軍需部の生産加工隊員としてこの仕事の中堅となり、連日の空襲下に最後まで献身的活動をせられたのであった。

味噌工場も、初めは市街地の地上建物を使用したが、十九年三月ごろ大空襲のため焼失したため、以後人里離れた森林地帯の谷間に移転し、そこに分工場までもつくるようになり、毎日四、五トンの味噌を各部隊に配給し、陸軍にも一部分配できるまでになったのである。

材料は、最初のころは内地からも送られたが、連絡杜絶の後は現地で調達せねばならず、それがため隊員も百二十名ほどに増されて原料用の農場をつくり、大豆、落花生、甘藷、タピオカ、とうもろこし等の栽培をなし、また食塩がいるので、例の火山利用の方法によってこれをつくり、こうして自ら原料を補給しながら生産を続行した。

一日、私は市街地の南方遠く離れた、広い、海軍軍需部農場地域内の深林中にある、細い坂道を百五十メートルも下りた谷間の流れのほとりに設けられた、三十坪ばかりのバラック建の工場に、田中島君を訪ねて、その労をねぎらい、いろいろ聞いたり見たりした。そのころ、味噌をつくる糀の原料米が次第に受給困難となり、味噌が出来なくなるので、甘藷、タピオカ、とうもろこし等を代用することを研究し、苦心の結果ようやく成功したとかで、田中島君の技術家としての満足と喜びは非常なもので、まことに朗らかに張りきっておられる様子を見て、おのずから微笑を禁じ得なかったことを覚えている。

醤油は、もちろんお手のものであったが、途中で不幸にして資材全部を爆撃でやられたので、椰子の果汁と海水とに粉末醤油若干を加味して代用醤油を作った。

味噌、醤油のほかに、初めのころは菓子類、サイダー、豆腐等も作っていたが、これらの工場も爆砕され、その中に十九年の春ごろから急激に籠城となったので、そう手をひろげるわけに行かなくなり、専ら味噌の製造に集中するようになった。そして終戦まで続けたのであった。

あの急迫した状況下で、将兵がいもや野草の粗食をしながらも、とにかく毎日味噌汁が食べられたということは、保健上、戦力保持上、多大の効験があったので、かかる地味な、目立たない、しかも非常に大事な仕事に対して、田中島工場長以下隊員の黙々としてうまず、また求むるところなき努力には、今なお忘るる能わざる感謝の念を持つものである。

紙と布

どの生産作業も殆んど全く経験のない仕事に、いきなり素手で立向ったのであるから、それはまことに苦闘であった。たとえば農耕にしても耕作そのことに着手する前に、まず鍬を作る仕事から出発しなければならなかったのである。今から考えても、皆がよくまあ、やってくれたものだと思う。

これから述べようとする製紙、製布の話もその一例と言えよう。

滞陣久しきに及び、紙の欠乏が心配になり出した。文書の用紙等も大いに節約しなければならなかったが、それよりもまず、日常のちり紙のようなものが、いよいよ払底してきたので、何とかこれが作れないものかと考えた。ちり紙は、いよいよとなれば健康な者なら草の葉でも用を足せるが、病人、ことに下痢患者にはどうしても必要不可欠の品である。しかし紙を作るなどという仕事は、凡そ軍の要務として考えたこともないものである。士官の中にはだれ一人これを知っている者はなかった。そこで各部隊に照会して、隊員中にだれか経験者はないかと探したところ、幸いに一人見つかった。

それは、横田某という徴傭工員で、高知の人であったが、以前紙を漉いていたという。さらにもう一人、農林技師の人が多少智識を持っていることが判った。

よって、この二人を中心に数名の作業班を編成し、とにかくやれるところまでやってみようと発足した。これが製紙のスタートであった。後に作業隊長に織田行長主計大尉が選ばれ隊員も二十名になり、五十名になり、だんだん拡充されて行って、遂に百名を超すようになった。

さて、第一の課題は、どんな製紙資源が現地にあるかということであった。またそれがどれほど実際に利用できるかということも調査しなければならなかった。ローゼル草とか、オクラとか、あるいはギンゴシカ（茶の代用にしていた灌木）とか、シナノキとか等々、いろんな現地の草木が研究の俎上に上ったが、結局バナナの茎が一番よいということになった。バナナなら土地柄相当あるし、紙質もなかなか上等のものが出来たからである。

第二に糊に非常に苦心した。内地では紙を漉くときトロロアオイという木の根を磨りつぶして、それから糊をとる。この糊がないと紙がうまく漉けないそうだ。横田工員はもちろんそのことを知っていて、材料として集められた根は見たことがあるけれども、その草か木の実物は知らなかったらしい。そこで、現地に果してそんな根のものがあるか、あれこれ草木を掘って物色してみるが、どうもこれというものが見つからないので、半ばあきらめかけていた。ところが、そのころ製紙隊の畑にオクラを食用として栽培していたが、通りかかった他隊のある人がこれを見て、「製紙の原料として植えているのか」と尋ねた。その人は岐阜の人で、トロロアオイを知っていて、それとオクラとを間違えたらしい、われわれは、後に至り、この両者は同科の植物で、非常によく似ていることを知ったのだが、このふとした質問が製紙隊にとっては、まことに思いがけない福音であった。早速オクラの根を採って試してみると、待望していた糊が出来た。その時の関係者一同の喜びはまた格別であったようだ。かくして糊が見つかって、製紙の能率は質的にも量的にも飛躍したのであった。

その三は簀（すのこ）の作製であった。

現地の竹は質が脆弱で日本の竹のような強靱性と耐久力がない。そこで、これを堅牢にするために油で煮ることを試みたら、大変結果がよくて、現地の竹でも間に合うようになった。また、簀を編む糸がなくて困って、信号旗を掲げる紐をほどいて使ったりした。

製紙隊長を命ぜられた織田主計大尉は、非常な情熱をもってこれ等の難問と取組んだ。同君はもと台北大学の政治科を出た人である。本来こうした技術関係の人ではなかったが、研究心の旺盛な努力家であった。そして、またよく横田工員の経験技能を生かし、彼をして存分に技倆を発揮せしめた。横田工員はまた、仕事熱心な職人気質の人で、この二人はまことによいコンビであった。

製紙隊が張りきって働いているから、是非一度見に来て下さいとのことで、私は視察に行った。同隊はラバウルの街から遠く離れた密林の中で仕事をしていた。それは、作業上清冽な水のある近くで、燃料の薪を手近に得られ、そしてまた厳重な敵機の監視を、完全に遮蔽できる場所でなくてはならなかった、等の理由によったものであるが、しかしこうした場所は、また一面、例外なくマラリヤ蚊の巣窟で、昼でも絶えず蚊いぶしを焚いていなければならぬような所であった。そのため隊員の三五%から四〇%が常にマラリヤに悩まされているとの話であったが、しかも意気頗る軒昂で、張り切って作業をしており、殊に生活態度の極めて規律正しい実情を見て、私は非常に感心したことであった。

そのころ生産は、美濃紙大のものが、一日におよそ二千枚ほど出来るようになっていた。紙質も余程進歩して、ちょっと土佐紙を思わせるようなものも出来、これで鼻をかんだり、不浄に使ったりするのはもったいないくらいで、内地からの新聞電報を刷って、各隊に配る用紙などにも使った。ある時、内地から航空便が来て、その帰りに手紙を托するに当って、富岡参謀長（富岡君はそのころ参謀副長から参謀長になっていた）が私に、「長官、これに手紙をお書きになって、大臣や総長に出されたらよろしいでしょう」と言ってくれたので、なるほどと思い、早速現地製の紙に手紙を書いて、その終りに「ラバウルでは、こんな紙も出来るようになりました……」と書いて差し上げたこともあった。

織田君はその後さらに、横田工員等と研究を進めてビーター（叩解機）を作った。これは同君が附近の民家に英語の百科辞典があったのを借りて来て、その挿絵や解説をたよりに考案したのであった。爆撃された工場の跡から、プーレーや歯車類を集めて来て、ドラム缶を利用して造り上げたのである。こういう場合に徴傭工員諸君が、また重要な役割を演じた。というのは、これ等の人々は以前に鍛冶屋であったり、旋盤工であったり、機械工であったり、いろいろな技能を持っていたから、必要に応じて驚くような手腕を発揮したのであった。

ビーターが出来、さらに何処からかディーゼル・エンジンを見つけて来て取付けた。焼料油は爆撃を受けた廃船内を探して、掻き集めて来たという。

こうして、単なる手工業ではなく、機械工場の形を備えるようになり、生産は一日四千枚にも達するに至った。これは美濃型だから半分にして使用すれば八千枚となる。このほか、織田君は乾燥装置なども考案し、逞しい建設力を示した。当初の計画では、一日一万枚が目標であったが、間もなくそれに達するであろうと期待していたところ、その前に終戦になった。

次に被服は、まだ一般にはボロボロになるまでにはなっていなかったが、なかには相当痛んだのを着ている者も出てきた。そのため、十九年五月三十一日艦隊命令で「上衣無し、跣足差支なし」の日常生活が許されたような次第だ。しかし、これも陸軍の今村司令官の御好意により、多量の服や靴を分けて頂き、お蔭を以ていざ合戦という時には、あまり見苦しい恰好でなく、最後を飾ることができると非常に感謝した次第である。

服は、ともかくこれで一応整備したが、手拭とか褌とかの日用品は、紙と同様欠乏して来たので、今度は布を織らなければならぬということになった。

そこで、また経験者を探したところ、やはり大勢の中にはいるもので、家が京都西陣の機屋さんであるという井上敬三上等兵曹ほか数人が見つかった。

まず第一に機織機械を作るのだが、これは大した手数を要しなかった。ただ一つ困ったのは「筬」であった。「おさ」には竹が入用だが、前にも述べたように、現地の竹ではどうにも質が軟弱で役に立たない。初めは剣道の竹刀などを材料にして作っていたが、後に廃飛行機のジュラルミンなど使って、いろいろ苦心研究していた。

糸はギンゴジカという灌木から麻のような繊維が採れて、それを使うことになった。

この隊も、製紙隊に劣らず非常によく勉強してくれて、私が見に行った時は、八台か十台の機械を努力して造った防空壕の中に備えて、作業していた。さらに進んで、それを電力で動かすようにするのだといって、隊長吉田正敏主計大佐は頑張っていた。製織は未だたくさんは出来なかったけれども、手拭地などなかなか立派なものが相当試作されるところまで行っていた。

マッチの製造

マッチも払底して困った。

航空廠で、工員にマッチ工場に勤めた経験者がいて、いろいろ研究の結果その製造に乗り出した。火山地帯のラバウルでは硫黄には不自由しなかったが、燐には困った。ところが照明弾の底部にある黄燐に気がついて、あの不安定な黄燐を用いて結構間に合うマッチを作ることに成功した。

日産何百本程度のもので、軸木は長さ十センチくらいもあり、五ミリ経大の大きなものだった。これを何十本かずつ航空廠から陸海軍各部隊に配給し、非常に感謝されたものだった。

特製ライター（敵爆弾のはらわたの利用）

マッチ以外、各隊では種々の発火用具を考案して使用していた。爆撃を受けて飛行場の附近に残骸を晒しているたくさんの廃機のエンジンからマグネットを取り外し、これに簡単な工作を加えてライターに改造したものは最も多く見かけられた。

ところが思わぬことから、舶来の非常に性能のよいマグネット製のライターが、ラバウル愛煙家の間に登場するようになった。十九年の末ごろであったと思うが、米軍はラバウルに無線誘導爆弾を使用した。恐らくこれは先年新聞やラジオで報道された、あの朝鮮戦線で使用されたという無線誘導弾の前身であって、当時実験を兼ねて使用されたものと思われる。もちろん現在のものはそれとは比較にならぬほど発達したものであろうが、当時われわれがラバウルで目撃したのは、一機の誘導機が空高く飛行し、それによって操縦される、爆薬を一杯に塡めた小型の無人飛行機が低空をグルグルと飛びまわり、やがてどこかに激突し、大爆音を発して爆発するものであった。

はじめてやって来た時は、われわれも判らないので、あわてて防空壕に飛び込んだが、爆弾機はノロノロとスピードが遅く、その上に相当研究して造られてあるわが要所には当らないで、みな山や木にぶつかるので、爆音と爆風の大きな割合には被害は殆んどなく、落下点附近以外には危険が少かったので、後にはみな自分の方に向って来ない限り悠々と見物していた。

その内に、この爆弾機のエンジンのマグネットが、特製ライター用として極めて優秀で性能がよく、小型でスマートであることが判った。それからはこれが飛んで来ると、各隊では足の速い選手が待ちかまえていて、大爆音を発して破裂するや否や駈けつけて、その心臓を手に入れるべく現場に殺到するのである。そして最も早く現場に到着し、運よくこの心臓部を見つけて持ち帰った者は、凱歌をもって隊員に迎えられるのである。しかしせっかく駈けつけても、爆発のショックでどこかへ吹き飛ばされて見つからなかったり、使えないまでに壊れていたりして、選手をがっかりさせることもあった。

持ち帰ったこの心臓部のマグネットは、いとも叮重に取扱われ、直ちに工作を加えられて特製ライターの姿に変り、隊の自慢のたねになるのである。当時米軍ではまさかあの誘導爆弾の心臓部であるマグネットが、われわれの机上に姿を変えて恭しく飾られ、青臭い現地製煙草の火つけ役をしていようとは想像もつかなかったことであろう。

しかし、この爆弾機は十機くらい来た後、間もなく姿を見せなくなり、まだそのお蔭を蒙っていない隊をがっかりさせたのであった。

以上、現地自活の一般の模様を手当り次第に書いたが、これは部隊によって難易さまざまの状況であった。

軍需部の活動

市街地の中枢にある大部隊、例えば艦隊司令部の如きは、艦隊幕僚をはじめ通信、暗号、庶務、その他約千名くらいいたが、それが昼夜種々雑多の作戦要務に忙しく、農耕の時間等は充分にとれない。その上に、与えられた附近市街地の耕地は瘦せて面積の余裕はない。最初私が受持った司令部附近の二、三十坪の土地なども、石ころやら金くづや陶器のかけら類の埋まっている雑草の茂った所で、毎日作戦の隙を見て、朝夕一時間くらいずつ耕して一応畑らしいものにするのに約半月かかり、さらに堆肥を入れ、チャンと畦をつくり上げるのに相当の苦労をした。幕僚連はもっとひどい、これまで広い道路の一部であった、堅くて小石だらけで鍬も碌に立たぬような場所に手をつけて、あんな所がうまく行くだろうかと危んだものだが、毎日少しずつ根気よくやって、一月余りもかかって相当の区域を立派な畑に開墾したのには私も感心した。その中に附近の少し高い所で、今まで陸軍部隊の使用していた土地を譲り受け、長官以下幕僚用の耕地としたので、大分楽になった。こんな具合で、千人の司令部将兵の自活作業はなかなか骨が折れた。

かように、部隊の大小、任務、所在等により、自活態勢もさまざまで一様には行かぬ。そして、どこも皆当面自隊の食って行くことで手一杯なことは同様で、他の分まで手伝う余裕はない。いわんや、さらに進んで、いざ決戦の場合の籠城用糧食を一層増積しようなどということは、しなければならぬことではあるが、さて各隊ともそこまでは手が伸びないのはやむを得ないことであった。

しかし、これに対し、別に佐藤明治郎少将の統轄する第八海軍軍需部が存在していた。軍需部は元来兵器、弾薬、軍需品、糧食等の保管補給を任務とするもので、それぞれ専門の技術家も多くおり、また内地人以外数千の朝鮮、台湾の人々もいた。ただし、いくら本職だからといっても、軍需部の手だけで、艦隊全部の自活食糧の生産を引き受けることは到底出来ない相談だが、この軍需部が全海軍自活の中枢機関として農耕、製塩、漁撈、製油、製紙、味噌製造など、あらゆる作業にわたり各隊と密接なる関係を保って所要の指導に任じ、またその本拠を遠く市街地を離れた適当な所に選んで、広い地味の豊かな土地を使用して、専門的に大規模の生産に従い、各隊自活の不足を補充したのである。

この部隊は前記の如く、各種の人達から編成されている数千人の大部隊であったが、これ等の人々が華々しい前線部隊と異り、地味な、しかも戦力保持上欠くことのできぬ大切な後方の補給作業を黙々として、よくやってくれたのであった。ことに、朝鮮、台湾等から来ていた彼地の人々からなる生産隊の如きも、非常によく働いてくれたことは特筆に値すると思う。しかしまた一方、この多数の混成部隊の統御については、佐藤軍需部長を始め、吉村大佐、佐野主計中佐以下、幹部の人達の人知れぬ苦心があったことは、まことに察するに余りあるものがあった。それに加うるに、各生産品の改良進歩、多量生産、原料の研究調達等に関する技術家幹部達の専門的努力も非常なもので、自活体制確立のため、各部隊活動と並行してなされた軍需部部隊の活動は、その当然の固有任務以上に遠く出で、まことに有り難いものがあった。

民間会社員の協力

ラバウル方面でわれわれと関係のあった重なる民間会社には、前記の銚子醤油株式会社の外に、南興水産株式会社と南洋興発株式会社とがある。

これ等の会社は海軍の進駐とともに、それぞれの事業関係において協力を分担した。そして状況が悪くなってからも、その社員の大部は軍需部員として残留し、終戦までわれわれと苦楽を共にされたのである。

銚子醤油については既に述べた通りである。

南興水産株式会社は当時同じくラバウルに進出して農場をはじめていた南洋拓殖の子会社で、南方海域において鰹、鮪の漁獲、およびその加工を主としていたが、戦域の拡大に伴い、海軍の要望により食糧供給のため、遠くラバウル、カビエン、アンボン、マニラ、ダバオ、ウエーワック、マヌクワリ、ホーランジヤ、マカッサル等に順次進出してその任に当っていた。

ラバウル営業所は昭和十七年八月に設けられ、主任として、松村録郎氏が既設のトラック営業所より製造主任鈴木仲市氏と共に、沖縄の鰹船数隻を引きつれて進出して来たが、漁場はニューアイルランドの北端附近が適していたので、基地をカビエン附近のヌサリックという小島に選び、作業に従事した。そして漁獲物は鮮魚として供給する以外、簡単なる加工品として塩干魚、鰹節の半製品である生利節および荒節、また生利節を椰子油で煮て東亜節と名づけたもの、あるいは塩辛等を作って運び、生糧品に事欠く現地で非常に重宝がられ、喜ばれたものであった。こうして仕事は概ね順調に進み、一時は陸軍にも納入をするようになった。

需要の増すにつれ、事業計画も拡大されることになり、十一月に町井吾六氏が松村氏の後任としてトラックから来られ、遂にそのまま居残ってしまった。（以下同氏の手記により話を進める）

町井主任は漁船漁夫の増加を計るとともに、製氷冷蔵庫の建設に奔走した。

当時ラバウルには濠洲人の残して行った小さな製氷冷蔵庫が一つあったが、その氷は病院だけでもなお足らぬ有様で、一般用には無論廻りかね、また冷蔵庫も収容能力が僅かで、到底多量鮮魚の保管などには間に合わぬ代物であった。

そこで、もっと大きなものを造ることになり、その工事は千葉県勝浦町の土橋政勝という冷凍機を製造する人が請負い、工員四〇名がはるばる来たが、内地よりの機械、機具、資材等が相次ぐ輸送船の遭難でなかなか揃わず、また現地でも、セメント作業の砂利が附近にないので、数里も離れた海岸から運んだり、配管接合の薬品は、遠くパラオから便船を利して辛うじて急用を充したり、一方ならぬ困難をなめた。町井氏は不足資材集めにトラックに出張した帰途、乗った飛行機の僚機が敵機に落されるような事件もあって、危うく助かったが、ラバウルに帰ってみたところ、事務所では電報の間違いで、てっきり死んだものと思い、社員達が通夜をやっているので、驚いたり喜んだりという場面もあった。

こんなわけで一年足らずもかかって遂に目出度く完成した。それは、製氷能力日産一〇トン、冷蔵庫三室、急速冷凍室二室および準備室等を備えた可なり立派なものであった。

これで病院用の氷はもちろん、魚肉、野菜の保存もできて、まことに重宝がられていたが、それも束の間、開業後三ヵ月ばかりたった十八年末の或る日、敵機の大空襲に見舞われ被弾数発、この苦心の結晶も一瞬にして灰燼に帰してしまったのは実に残念で、社員一同しばらく呆然となったのもまことに無理からぬことであった。

この頃から空襲が烈しくなり、操業も意の如くならず、カビエン沖合の漁場ではある日出漁中の鰹漁船が敵機に襲われて大破焼失し、数名の犠牲者を出した事件も起った。しかし、それにも屈せず出来る限りの仕事を続け、ニューギニアのラエへ鮮魚を空輸したり、またショートランド方面へ出漁したこともあった。

十九年の半ばになると、空襲がますます烈しく漁船、漁具をたくさん失い、内地よりの補充は全くつかず、普通の操業はできなくなったので、僅かに火薬を空缶につめて点火して海中に投げこむ、いわゆるハッパ漁法をやる始末であった。

さて、南興水産の社員は戦争の初期には鰹船、鮪船、陸上加工作業員、製氷冷蔵庫建設員、営業所員等四、五百名も居たが、状況が悪くなるにつれ次第に内地に帰還せしめ、最後に町井主任以下約百名が交通杜絶のため残ってしまった。そして正規の漁業もできなくなったので、海軍軍需部員に編入され、数班に別れて、主として製塩作業に従事したのであった。

その残った人達の中に、沖縄出身の仲原荘一郎という人が居たが、元トラック営業所所属の船主でなかなか面白い人物であって、自ら志願して女房子供まで船に乗せて、自ら船長となってラバウルに進出して来た。終戦まで籠城した十万の日本人で、家族を持って居たのは彼一人で、日本の女性も彼の夫人と娘とただ二人、まさに紅二点というところだった。彼は終始船長として配下を統一し、危険を物ともせずして出漁し、しまいにはラバウルを遠く離れた川口に宿営して、ハッパにより漁獲を続けて蛋白食料の供給に努めた。

元来沖縄の漁師は潜水が得意で、ハッパ漁では魚の大半は水底に沈むのであるが、これを得意のもぐりで、残らずかき集めて来るから効果百パーセントである。そんなわけで、この仲原君等沖縄の漁師達を主体とした一隊は、海岸や川口でハッパ漁を続けていた。

　この製塩隊は通称西貿易店という所に居たが、ここは軍需部の農場から作物を、舟艇及びトラックでラバウルに運搬する海陸の中継地であったので、製塩の片手間にはその運搬中継の仕事も受持ったのである。

　隊員の中に神奈川県三崎の漁師で「代さん」と云う初老の人が居たが、算盤の占いが上手であったので、皆明日の命もわからない思いをしている時でもあり、食後の一時などによく占ってもらったものだが、なかなか侮りがたくよく当った。

　こうやって居る中に、毎日毎日の空襲が、ある日珍らしく終日無く、その次の日も無かった、と思ったら終戦になった。

　南洋興発株式会社は、海軍の進出後、昭和十八年の中頃にラバウルに事業所を設け、主として生鮮野菜、代用食品等の栽培、供給を分担し、また椰子園、ココア園の管理経営、椰子油の採取に従事し、それからまた、原住民、第三国人等に対し生活必需品類の販売を行っていた。

　状況切迫し初めたその年の暮から十九年初頭にわたり、六十余名の社員が引き揚げたが、無事内地に帰還したのは僅かに六名に過ぎなかったそうである。便船が無くなって遂にラバウルに残留したのは、事業所長の中村泰三氏以下二十五名で、すべて海軍軍需部の軍属となって、引き続き椰子油の製造に努め、われわれの需要を充してくれたのである。

15　兵器類の製造

大分バター関係のことを書いたから、今度は方面を変えて大砲関係のことについての苦心談に移ろう。

火薬の製造

籠城が長くなってまず心配になりだしたのは、火薬が変質して大砲や機関銃、小銃の弾丸がうまく撃ち出せなくなったり、また撃ち出せても、敵に当った時に炸裂しないようなことになりはせぬかということであった。

弾薬は全部洞窟式の弾薬庫に格納したから、爆撃に対する心配はなくなったが、何しろ熱帯の高温度下で弾薬庫としての冷却の設備もないし、穴の中だから余程通風が良くないと湿気の多いのもやむを得ない。

温度、湿度が適当でないと火薬は変質する。殊に黒色火薬と称する、われわれ中学校の時に教わった、硝石、硫黄、木炭の混合物である火薬が最も変質し易い。弾丸、装薬等各種の火工兵器の所要の部分に装置してあるこの種の火薬が変質すると、弾丸が飛び出さなかったり、炸裂しなかったり、いろいろの故障が起きて大変なことになる。それ故各隊ともその保存法には極力注意し、殊に兵器、軍需品の元締である軍需部では、その保管、貯蔵する多数弾薬類の保存、手入に毎日大童の体であったが、そう充分に人手もなく、気は焦るが仕事ははかどらぬ勝ちで、もし気候の加減で火薬の耐久性の限度を超え、一度悪くなり出すと手に負えなくなる危険が感じられた。

果して昭和十九年の半ば過ぎから、ボツボツ悪くなったものを発見するようになり、試しに何発か撃ってみると、うまく行かぬのがある。陸軍でも同様のことが起っている。これが全部悪くなったら、それこそ大変で、竹槍より外に手がなくなるという騒ぎである。実に深刻な問題となった。殊更技術関係の人達は陸海協同で必死の研究に当った。そして、苦心惨澹遂に黒色火薬を現地で製造し、これを塡めかえて弾丸、装薬を更新することに成功したのである。これについては特別陸軍に負うところ大であった。そのわけは、火薬の原料である硝石、硫黄、木炭の中、硫黄は火山があるから集めることは割合に容易である。木炭は非常に精製を要するが、何度もやってみて、何とか作れるようになった。唯一つのネックは硝石を如何にして手に入れるかであったが、陸軍技術部の船山貞治少将、前山佐四郎大佐等を始め、専門家が智能をしぼった挙句、陸軍の爆弾に充塡してある安瓦薬と称する爆薬を化学的に処理することにより硝石を作り出す方法を案出し、ここにようやく黒色火薬の三原料を揃える目途がついたので、陸軍が大工場を深林地帯に設け、多量生産することになり、海軍も硫黄採取、木炭製造の仕事を手伝い、製品を分けてもらい、弾薬を更新して実験射撃をしたところ、満足なる結果を得たので、まずは愁眉を開いた始末である。

硫酸の製造

硫酸の欠乏で二次電池が駄目になり、通信上に支障を来し、あるいは自動車運転にも困った。そこで航空廠自動車部の川原竹蔵嘱託が主任となり、最初は海水から塩素を採り、それに硫黄の蒸気を通すようなことを試みたが成功せず、そのうちに白金触媒の製造法を研究し、苦心の末、遂に成功した。これにより、自動車も動き、また作戦上最も必要なる通信作業も円滑に行われ、事なきを得た。

貯蔵兵器、資材の活用

今や、飛行機も艦艇も殆んどなくなり、一時はソロモンの檜舞台に活躍した南東方面艦隊の勇士も、いよいよ手足をもがれた河童の陸上りというみじめな姿に急変した。

しかしわれわれは、有為転変の身の上を悲観も楽観もしなかった。ただ、こちらからは残念ながら出掛けられないが、先方からやって来たら目に物見せてやるという闘争意識にのみ燃えていた。

大体、私はそのころよく流行した、玉砕戦法などという言葉が大嫌いであった。私は折

に触れ部下に対して、

玉砕とは何か？　結局負けることではないか。二言目には玉砕玉砕と、はじめから玉砕などを目標にする意気地なしがあるか。玉砕とはむしろ敵に対して用うべき言葉である。われわれは敵を玉砕せしむるのである。寄せ来る敵を片っぱしから悉く玉砕せしむるという気持を死ぬまで持て。

と言い聞かせていたのであるが、さてその寄せ来る敵を海岸にむかえ撃つには、遠く沖にいる敵の輸送船艇を射撃する重砲とともに、近く水際に上陸せんとする敵を撃ちまくる迫撃砲、機関銃、歩兵砲といったような接戦兵器が非常に大事な役目をする。もしそれ敵とジャングル内に対峙するに立ち至らば、いよいよもってこれに頼らざるを得ない。多々益々いくらでもいる。そこで重砲類はとてもつくれないが、接戦兵器の代用品なら作れないことはない。艦艇や飛行機で使うために倉庫に積んであった兵器、資材類で、それらの部隊がつぎつぎ引き揚げて行った後、使い道がなくなったままに死蔵されてあるものがたくさんあるので、少し頭をひねくれば、それらを活用して有効な代用兵器、施設等を作ることができた。

その主なるものを書き上げて見る。

爆弾の利用

航空戦のはなやかであったころに、ラバウルに持ってきて貯えておいた大小多数の爆弾が、運びかえすことができずそのまま残されて洞窟の中に積んである。これを何とか活用しないと宝の持ちぐされになる。

取りあえず、地雷として利用することが考えられた。こんなことは極めて簡単に出来るので、早速あちら、こちらの要所要所に多数の地雷が布設された。

これも地雷に似たようなもので、ラバウルには岩石の切り立ったような海岸が多かったから、敵の上陸しそうなところの崖に、海に向い背面を岩にして、くぼみを作って二五〇キロ爆弾を装置し、離れた所から導火線により爆発させて、向って来る敵の上陸舟艇や人のかたまりに浴せかけようという着想のものである。実験の結果畳一畳敷くらいの岩石が海上五十メートルくらいまで飛び散り、幅は大体七、八十メートルに及んだ。海岸砲というえらい名前がつけられ、所要の海岸に概ね百五十メートル間隔に設備されたが、その後もっと効果的なものが考案されたので自然消滅した。

次に案出されたのは、爆弾をドラム缶の中に入れて山の上から敵中に転がり落すもので、万一敵に上陸を許した場合に、彼の通らなければならぬ山道の切り通しなどの崖の上に、洞窟式の施設をつくり、この中に爆弾入りドラム缶を多数準備しておき、敵部隊の頭の上へ転がり落す。爆弾には崖の高さと、落ちる速度とに応じて適当の長さの火索を装着し、これに点火して落すから、ちょうど敵の隊中に落ちた瞬間にドカンとゆく。これは実験の結果大いに有効と認められ、早速各隊受持ちの要所に設備された。

次に、これは今まで述べたような楠流とは趣きを異にし、本当の爆弾砲を作って山の上に備えつけたのである。

大型一トン爆弾の爆薬を抜き、弾体をうまく改造して花火の筒に似たようなものをつくり、これに小型爆弾の少しく加工したものを仕込み、ポンと撃ち出すのだが、やってみると最初の程は飛ぶことは飛ぶが、精度が悪くて思う所に行かなかったり、落ち方が悪くて爆発しなかったり、いろいろ不都合な点があったけれども、研究改造を重ねて、幾度か実験の後、遂に実用にあたいするものを五、六種類も作り上げた。この実験中、七キロ爆弾発射に際し、航空廠の兵器科長水野泰二技術大尉が軽傷を負ったこともあった。

あの辺の海岸は、どこも近くに可なりの高さの丘陵があるから、その上から打ち出せば、味方に飛行機はなくとも、それと同様に爆弾の雨を敵の上陸軍の頭上に浴せかけることができようというもので、大いに効果が期待されたのである。

これら爆弾の利用については航空廠の創意、工夫に負うところ大であった。

ガソリンの活用及び火炎放射器

大正十二年の震災の時に、私は横須賀の海軍砲術学校に勤務していたが、あの附近の海岸にあった重油槽が破れて、重油が海中に流れて盛んに燃えていたのを見たことがある。今度の戦争でも、艦船がやられた時にそれから流出した油類で、附近一面が火の海になることは珍しくなかった。

私は洞窟内で午睡をしていてヒョットそれを思い出し、それから連想して飛行機用ガソリンの活用を考えた。

ガソリンも航空戦華やかなりしころの貯蔵品が相当たくさんあり、大抵のものは困ると陸軍から融通してもらったものだが、これだけは大いに陸軍に融通した。陸海軍ともこれで多数のトラック、乗用車を運転して交通、運輸が円滑に行われていたのだが、いざ敵御座んなれの場合には、このガソリンを活用して戦闘にも一役立てようというのである。

まず、敵の上陸しそうな海岸近くにある小高い適当な場所に防空壕をつくり、その中にガソリン燃料のドラム缶を必要なだけ隠しておく。そして、そこから小さな鉄管を土中に海岸まで導き、さらに海底五十メートルくらい先まで出して口を開けておく。

さて、いよいよ敵の上陸部隊が押し寄せて、水際附近に蝟集したころ合をはかって、防空壕の中から鉄管にガソリンを流し込むと、それが海底の管口から湧き出て浮き上り、その附近の海面一帯に広がる。その油の中へこちらから機関銃でも小銃でも打ち込むと、たちまち火を取ってボッと燃え上り一面に火の海となり、瞬時にしてボートも人も悉く焼き払う。そして、これは何回でも繰り返すことが出来る。

実験の結果は頗る良好で、一つの口でもって凡そ五十メートルの幅を受持たすのが適当であるとされ、二つならべれば百メートル、四つならべれば二百メートル、と海軍地域海岸の要所には透間もなく設置した。

火炎放射器も、訓練してみると、内地から持って来たものは不完全で故障が出て仕様がないので、航空廠発動機科が主となり改良した。この実験に際し、発動機科の至宝と言われた山口直一工長、下青木友一一等工員の両君が惜しくも犠牲となった。

魚雷砲台

駆逐艦、潜水艦、飛行機等に補給するために用意してあった大小各種の魚雷がたくさん、軍需部の洞窟倉庫のなかに居睡りしている。大は一トン半、三万メートルも走るのがあり、小はせいぜい千メートル足らずしか走らない飛行機用のものもある。しかし、そんな短距離用の小さいものでも、うまく利用すれば結構役に立つ。そこで、この睡れる魚雷をたたき起して敵の睡気をさましてやろうと考えた。

海岸の地形に応じ、おもに海峡に面した岬とか港の入口の両側とか、戦術上適切な、都合のよい所に洞窟式の水雷砲台をつくり、敵艦が陸上砲撃に来たとか、上陸軍輸送船団が近づいたとか、あるいはまた、上陸舟艇がラバウル港の水道を強行突破してわが心臓部に浸入しようとする、とかいったような場合に、砲台と呼応して海岸からひそかに魚雷を発射して、敵を串し刺しにするのである。

このような水雷砲台というものは、むかし東京湾の入口にも設けられてあった。衆知の通り、由来魚雷はその胴体の中につめてある空気とか酸素とかを原動力として、自己の推進器を回転し、巧みに上下左右の舵を取って、水中を定められた方向に突進するように作られてあるから、必ずしも発射管から発射しなくとも、海上に浮べて置いて、原動力である気体の道を開いてやりさえすれば、独りで発進するのであって、日露戦争で吾人の先輩が魚雷を抱いて敵港に泳いで行ったり、また第一次大戦で、伊太利海軍の勇士が、同じく魚雷を抱いてオーストリーの軍港に潜入し、戦闘艦を撃沈したなどの実例はみなこの方法によったのである。だから比較的簡単な原始的施設、方法でも打ち出すことができる。唯ラバウルの場合では、その格納の設備と、さらに完全なる敵の制空権下において隠密に、すばしこく、格納所から水際の発射場まで運搬する装置、ならびにわれわれの手で実施可能なる、簡単で有効な発射の方法などについての研究と工事に一方ならぬ苦心と時日とを要した。

研究主任の近藤吉一中尉はある日、海上に浮べた魚雷に跨って発動する方法を自ら実験中に、魚雷が急に高速力で走り出したために海にすべり落ちて、魚雷の推進器で左脚大腿部を大怪我し、切断するまでには至らなかったが跛になった。またある場所では、せっかく半分ほど工事を進めた時に運悪く空襲の側杖をくらって、すっかり壊され、あらためてやり直したこともあった。しかし、関係員の撓まざる努力によって、予定の大半が完成したところに終戦となった。

陸軍の影佐師団長がこれに非常に関心を持たれ、是非自分の受持の防禦海面にも水雷砲台を作りたいから、魚雷の分配及び施設、取り扱い方について指導を頼むとの熱心な申し入れがあったので、これに応じ海軍から准士官以下数名の指導員を特派して作業に当らせたが、終戦時は既に竣工していたように思う。

代用砲

最後に七糎半砲の代用品までも造り出した。

陸軍にこの弾丸が多量にあったので、これを打ち出す大砲を製造できないかと考えた。もちろん本物の大砲は無理だが、花火の筒のような代用品を造って、千五、六百メートルくらい飛ばせても、接戦兵器として極めて有効である。その筒には陸軍の天幕の鉄製支柱が、中に通っている穴が適当の大きさであり、強度も充分であるので、これを材料として多量生産をする。それから弾丸を旋転させる必要上、弾頭に爆弾の鰭と同様のものを取りつける。この特製弾丸の尻の方を、花火の筒の先に嵌めてドンと打ち出すのである。海軍に水道用の小型鉄管で、ちょうど天幕支柱と同じ太さで、同じくらいの穴が通っているのがたくさんあって、試験の結果強度もまず大丈夫と思われたので、これを提供した。この実験射撃を二、三度見に行ったが、やはり初めはなかなかうまく行かなかったけれども、前山陸軍大佐等関係者一同が非常なる熱情をもって工夫努力され、遂に実用に適するものが得られたので、陸軍用約四百門、海軍用約二百門合計六百門を目途として製造に着手し、作戦上一大威力を加えるものとして、期待されたが、まさにその実現を見んとして終戦となった。

竹槍、手榴弾、対戦車爆薬

竹槍も多少は作ったが、それよりも手榴弾は各人数発ずつ持てるだけの数量を、各部隊で製作せしめた。また戦車に対する挺身攻撃用の爆薬を一キロのものと、五キロのものと二種類、これも各部隊で作ることにした。こんな簡単なものは製法を示せば、あとは各部隊で容易にドンドン作った。

これは兵器ではないが、自動車燃料もそうは続かず、時が経つに従い不安が生じてきたので、民政部の軍属であった山添正男君が代用燃料使用につき造詣あるのを幸い、自ら進んで苦心の末、トラック一台を有り合せの材料で木炭カーに改造することに成功し、続いて二、三台改造した。私も一日その研究している最中に視察に行って、骨折りを労ったことを覚えている。内地では何んでもないことであったかも知れぬが、ラバウルであの際に、図面もなく、器具資材も充分でないのに、唯自分の頭と腕とを頼りに、改造に成功した努力は大変なものであったと思う。

木炭車は航空廠においても研究し、二種類作ってその長所を比較したりした。

日時計と星時計

終戦の年に入ったころから、時計が数少なくなってきて、各隊の協同作戦上にも不便を生ずるおそれがあった。またジャングル戦になると方角が判らなくなるので磁石が必要だが、これとても殆んど皆無になった。それで何かそれ等の代用品が出来ないかとの話が出たことがあったが、松本亀太郎大佐が元来航海専門出身でその道に委しいところから、進んで日時計と星時計との製作を思いついて、必要な計算を始め、一ヵ月ほどかかって、軽便で実用に適するなかなか良いものを考案した。

日時計は太陽の影により、また星時計は星をねらってその高さを計り、それで時刻を知り、方角も判ろうというもので、学理的の細い計算を基礎にして、太陽の高度や星の種類などに応ずるよう所要の誤差修正表その他の附表類までも完備していた。戦塵の中でよくこんな計算までもやってのけたものだと感心した次第である。

海軍工作部の努力

以上兵器類のことについては、工作部が陸軍との協同研究その他いろいろ重要な役割を果している。

占領直後の設置当時には部員は二百名足らずであったが、逐次に増員して約七百名に充員され、艦船兵器の整備及び応急修理、各方面の発電施設の架設、有線電話ケーブル敷設、小舟艇、特に大発の整備等を担任していたところ、籠城作戦となってマラリヤ患者が漸増し、また食糧自給などのため、工作作業能力は半減以下となり、そこへ空襲により工場施設が徹底的にやられてしまった。

しかし、部長浅香武治大佐以下一同少しも怯まず、本拠を他に移し、残存工作機械に、湾内に於て被爆した工作船山彦丸から陸揚げした機械を併せて、約三十台及び発電装置を防空壕内に備えつけ、専ら各部隊の兵器関係応急修理、前進基地との連絡用舟艇の整備等に努め、また先に述べた現地考案の諸兵器の量産に関し、陸軍兵器廠、船舶廠と協同して部品の分担製作、並に技術相互援助に多大の効果を発揮した。

なお、砲弾、爆弾、魚雷等の爆薬を利用して対戦車爆雷を大量生産したが、これは優秀な起爆装置の考案と相まって予期以上の成果を挙げることができた。

16　教育訓練の問題

籠城体制について、自給自足と、陣地構築とそれに加うるにもう一つ重要な問題があった。それは教育訓練のことである。

およそ軍隊で教育訓練の最も大切なことは言わずと知れた話だが、ラバウル海軍の場合は、その要求するところが普通とは違ったものがあった。それは一言にしていえば、海の鯨を陸の獅子に最も早くつくり変えようというのである。そこに可なりの困難があったが、一同獅子奮迅の勉強で、それに本物の猛獅子の懇切なる指導もあり、急速に豹変することができたのは幸いであった。

まず戦闘部隊の編制を、主として敵をむかえうつ陸戦に適合するように建てなおした。海軍受持地域を数地区に分かち、この地区ごとに警備隊を編成配備して、これを籠城戦の主力とした。その細かいことは抜きにして、部隊名と指揮官とを左に摘記する。

官邸山地区部隊（第八十一警備隊、約三千名）木山辰雄少将
市街地区部隊（第八十四警備隊、約千五百名）藤永紫朗少将
中崎地区部隊（第八十五警備隊、約二千五百名）松本亀太郎大佐
北崎地区部隊（第八十六警備隊、約千五百名）横山徳次郎少将、後に丹野慶五郎大佐

丸木地区部隊（第九五八航空隊、約千五百名）飯田麒十郎大佐
遊撃部隊（横須賀鎮守府第八特別陸戦隊、約千三百名）松元秀志大佐
西飛行場地区部隊（第一〇五航空基地隊、約四千五百名）斎藤栄章少将
（註）括弧内は基幹となる部隊の固有名と概略の員数とを示す。

これが大体において、いざという時の第一線部隊である。このほかに、潜水艦基地隊、港務部、通信隊、病院、航空技術廠、軍需部、工作部、施設部、経理部、気象隊、各設営隊、軍法会議、等々の機関があり、この上に艦隊司令部があって総てを統轄した。

なおそのころ、南東方面艦隊の麾下には、ニューアイルランドに田村劉吉少将の指揮する第十四根拠地隊があり、またブーゲンビルのブインには鮫島具重中将の率いる第八艦隊司令部があって、ソロモン群島方面の作戦を担任していたが、昭和十九年の初頭のころから、いづれもみなラバウル同様籠城態勢となり、お互い同志の交通は、時々水上機の隠密飛行による程度のもので、極めて困難なる情況であった。

さて首題の教育訓練の話にかえる。

そもそも、支那事変より引き続く今次の大戦に至るまで、わが海軍陸戦隊は、到るところ赫々たる武勲を立て、その名声嘖々たるものがあったが、あれは元来その目的のために専門的に養成された部隊が主であって、強いのは当然であるとも言える。ところがラバウ

ルのものはそうではなくて、あそこであんな籠城になろうとは初期の景気のよいころには、もちろん予期されず、わが軍進撃の根拠地として艦艇、航空隊等が集まっていたのが、戦況の推移により、はからずも変な具合になって終ったわけで、従ってここに取り残されるべく運命づけられた海軍三万五千の人員中、固有の陸上砲台員その他、陸戦部隊員若干の外は、およそ陸戦とは縁の少ない連中ばかりであった。のみならず、全員の約半数一万六千人は軍属で、この中にはかつて軍隊にいた予後備軍人も多少はいたが、大部分はなんら正式の軍隊教育を受けたことのない人々で、実際にやらしてみると、小銃の照尺の調え方すら満足に知らぬのもかなりいた。またその部隊長たる士官達も、陸戦のことをよくわきまえている人は極めて稀で、殆んど全部が飛行、航海、水雷、気象、機関、といったような専門の出身であって、陸戦にかけてはまず素人と見てよい。このような雑然たる種類の将兵を、爆撃下の戦場で応急的に教育して、短時日に精鋭なる海軍陸戦隊式のものに仕立上げようというのだから、教育するものも、されるものも、ちょっとやそっとの骨折りではない。

海軍における陸戦関係のことは砲術の部門に属していたが、艦隊の砲術関係の参謀であった、土井泰三中佐、渡部正通少佐等は、実に苦心惨澹、一生懸命であった。また幸いなことには、私と当時の参謀長の入船直三郎中将とはともに砲術出身で、かつて私が海軍砲術学校長時代に入船君は教頭であった関係もあり、お互いに遠慮のない仲で、両人ともに陸戦の心得は他の人よりも優れていると自惚れていたが、「よし、こうなったらおれ達も教官になって直接に手伝ってやる」と大いに張り切って、演習毎に何時でも必らず出掛け、盛んに講評し指導したものである。（註　私の参謀長は戦傷、栄転等で三年間に酒巻、中原、草鹿（従弟竜之介）、富岡、入船と頻繁に代った。）

私は、教育のこととか、陣地のことなどで、気に食わぬことがあると、すぐに土井参謀を呼ぶ。殆んど毎朝呼んでは遠慮会釈なしに気のついたことをガミガミ言う。余りやかましく言うので、さすが温厚なる土井君も時々怒ったような顔をしていた。食卓でくつろいで一緒に酒でも飲むことがあると「長官に毎朝やられるので神経衰弱になりそうです」と冗談まじりにこぼしていたが、私は頓着せずに、こうと思ったことは何んでも言った。しかし、彼はそんなことで神経衰弱になるような弱い男ではなかった。ただ余り勉強し過ぎて、一時胸部にちょっとした異状を呈しかけたことがあったので、大いに静養せしめ、私が得意とするお灸をすえたり、心配したが、大したことにならずにすんだ。

その中に、陸軍の助力を依頼しようと言うことになり、私から今村司令官に「海軍の陸戦教育のために、教導部隊として優秀なる一個中隊を借用致したい」旨申し入れたところ、快く承諾されて、特に選抜した中隊を、一時私の区署下に入れることに取り計らわれた。中隊長は鯵坂という大尉で、以下全員実に熱心に、親身になって指導に努められ、約二週間ずつの予定で海軍各部隊を巡回して講習をしてもらったが、お蔭を以て目立って進歩が認められた。

ところで、一方から考えれば、こんなことはこうして調子がつき出すとドンドン進歩するもので、元来陸戦だ海戦だといっても原則は同じで、初めから畑ちがいのむずかしいものだと、勝手にきめてかかるから、ますますむずかしくなるので、何でもないと思えば何でもない。その気持を起さすことが大切である。それで私は時々講評の際などにも、そう言う意味のことを述べて、「われわれは子供の時によく戦さごっこをした。また八幡太郎だ義経だ、賤ケ岳だ桶狭間だ、と絵本や講談で見たり聞いたりしている。これはみな陸戦術ではないか。映画のチャンバラだってやはりそのうちだ。これ等をうまく活用すればよいのだ。それだから、だれでもみな一応陸戦の智識は相当に持っているはずだ。そう余りむずかしく考えずにドンドンやれ……」と、こんな調子で引っ張って行ったが、自活の道が確立し、陣地も次第に整備し、それに腕前に自信がついてきたので、十九年の暮ごろに至り、全軍一層の落ちつきを見せてきた様子が感じられ出した。

かようにして、まず一般基礎的の教育を仕上げつつ、これと雁行して、さらに進んでラバウルの特別の情況に応ずる特別の訓練を行った。

それはどんなことかというと、まず第一に海岸における水際戦闘の演練である。

敵が上陸しようとするのを水際で叩きのめして一歩も上げぬ。これがわれわれのまず最初に採るべき手段である。そのために、われわれは既に述べたような陣地、兵器を海岸到るところ縦横に構えて、いわゆる「待つあるを恃む」の姿勢を整えつつあったが、しかし機に臨み変に応じて、これらを全幅活用して必勝を期するためには、全体としてのチームワークが極めて必要な条件であって、これがうまく行かぬと、せっかくの陣地、兵器も充分な効果を期待することができない。要所要所に配備されてある各種の大砲、機関銃、水際防禦施設、兵器等も、お互によく連絡をとって順序よく発動するのと、しないのとでは非常な違いがあるのは当然のことである。これは一つにかかって教育訓練による。それもただお座なりのやり方では駄目である。その場所場所の海岸の地形に適応した防禦方針が決定され、それに基いて陣地が築かれ、使用兵器が配備されてある、その方針、計画を一兵に至るまでまづよく呑み込ませる。それから適当な想定を与えて演習を実施し、その成績を微細に研究して「この場所で、この場合自分はどうする」というはっきりした結論を与えるように指導しなければ何にもならぬ。

そして、ラバウルの場合は、場所が一定され、戦法としては自分の受持の一海岸に敵の上陸をむかえ撃つということに限定されてあるのだから、その点は比較的簡単で、従ってよく根本方針を了解さして、しかる後は大体同じようなことを、同じ場所で、同じ部隊で何遍でも繰り返し繰り返し演練し、慣れさせるのである。が、その真の了解、会得ということが一度や二度くらいでは決して本物にはならぬ。ことに、大なり小なり一部隊の指揮者たる人々には、砲爆撃下惨澹たる四囲の情況にも動かされない確りしたものを植えつけて置かなければ、本当に実のある戦さはできない。例えば大砲一つ射つにも余程考えてからぬと、望み通りの戦果を得られないことになる。サイパンその他の戦訓によるも、敵は上陸前にまず軍艦で味方の砲台を探り射ちに来る。これに釣られてこちらがウッカリ射ち出すと、すぐに自分の場所を発見され、その次には猛烈なる砲爆撃の的となって、せっかく骨折って造った砲台も、たとえ洞窟式のものであっても、遂にはやられて、充分有効に使わぬ中に無力化されてしまう。それだから敵艦隊が現われたからとて、「敵を見れば必らず戦う」などと簡単に射ち出すことは厳に戒しめなければならぬ。また、たとえ運送船を伴った上陸軍がやって来た場合にも、遠くから射ち出すと彼はそのまま引き返し、こちらを撃ちこわしてからまたやって来るから、何にもならぬ。だから、動きのとれぬところまでウンと引きつけておき、そこで一斉にやらなければならぬ。それまでは、どんなに撃たれても叩かれても、そしてどんなに闘志が動いても、ジット我慢して射たずに待たなければいかぬ。万一それまでに敵の探り射ちのまぐれ当りでやられることがあったとしても、それこそ運命とあきらめる。まことに、言うは易く行うは辛いことであるが、それくらいのしっかりした腹をきめてかからぬと、つい敵の動作に釣り込まれて過早に射ち出してしまう。それではラバウルのわが戦法は成り立たないのであった。

ただ前にも述べた通り、われわれは一定の場所で自分の領分に立て籠って敵を待っているのであるから、同じ種類のことをウント稽古して、どこまでも上手になる便宜はある。よい意味における「馬鹿の一つ覚え」である。そしてこれがこの際における一つの強味であった。

海岸に寄せ来る敵艦船を撃破するために、十五糎砲、十二糎砲等の艦砲が相当数陸揚げされて各所に備えつけられてあった。これらも、こちらに飛行機がいなくなってからは、全部を洞窟式乃至半洞窟式に改造し、その上にうまくカムフラージをして、敵の砲爆に対し相当に防護をしたのである。

これは有力なる武器であったが、その有効なる一発を自信をもって射ち出し得る腕前になるまでには、なみなみならぬ教育訓練を重ねなければならなかった。

それは主として射撃指揮官の養成であった。一つの砲台には二門乃至四門の大砲を適当に据えつけて、これを一人の射撃総指揮官が号令をかけて射つのであるが、ラバウルでは人員の関係上やむを得ず、その指揮官の殆んど全部が、これまで射撃指揮の正規の教育を受けずその実地の経験もない人達であったから、まずこれに対し「いろは」の「い」の字から速成教育を施さなければならなかったのである。そのために、砲術担任の渡部参謀が主任となり、大体毎月一回、戦況上さしつかえのない時機を見定めて、各地に散在している砲台の指揮官を二、三日の予定で金剛洞の艦隊司令部に集合し、机上射撃演習の講習を催した。これには、遠くラバウル港外セントジョージ海峡の真中に横たわるヨーク島など

から も、危険を冒し海峡を渡って参加し、また陸続きでも遠隔の地からも全部集って、日帰りの出来ない者は司令部に宿泊し、熱心に勉強した。そして、回を重ねるに従い、予想以上の進歩を示し、しまいごろには砲煙、爆煙、煙幕等のためによく見えない敵に対し、補助観測を使って有効に間接射撃を行う方法までも会得するようになった。講習員の中にもなかなか数理に長じた人がおり、研究心極めて旺盛で、間接射撃の方法についても、戦陣の間に工夫をこらし、高等数学を利用した現地に適する精巧な指揮要具を考案、製作するなど、大いに新機軸を出した。

これについて滑稽な思い出ばなしがある。

前に述べたように、私も入船参謀長もともに砲術科出身で、かつて戦艦の砲術長や砲術学校の教官も勤めたこともあり、その道の自称権威者であったので、渡部参謀を補佐する意味で、講習ごとに二人とも指導官の役を買って出て、昔取った杵柄ぶりを発揮したものである。それはよいが、射法上のことについて時々二人の間に意見の相違が起る。そうすると二人とも天狗で、かつまた趣味があるので、双方一歩も譲らず、先生同士が口角泡を飛ばして議論をはじめ、生徒達はそっちのけで夢中になって何時までも果しがない。ずいぶん滑稽なはなしである。が二人は真剣で真面目である。生徒達も余り迷惑顔もせず議論に聞き入っていたらしい。

水雷砲台関係も同様に指揮者の教育を必要とした。これには潜水艦基地隊長の牧兼幸大佐が当った。牧大佐は私共の兵学校の先輩で応召で来ておられたのであって、ラバウル海岸の最年長者だったと思うが、矍鑠壮者を凌ぎ、あらゆることに積極的に研究心をもって当られ、一同大いに敬意を表していたのであるが、その部隊の水野弥十郎副長、鈴木井大尉、名倉司大尉等とともに水雷の発射演習室をつくり、発射法の研究演練をはじめられたので、そこへ指揮者を集めて水雷術の講習を実施することにした。

なお、防禦施設の進むに従い、有力なる水雷砲台が逐次設けられるに伴って、その操作に当る特技をもった水雷兵があまり居ないので、これが養成の必要を感じ、同じく牧部隊の小西洋蔵中尉が主任となって、約百二十名の兵員を選抜して、概ね内地の水雷学校の普通科練習生程度を目途として教育を進めた。

いささか余談にわたるが、ついでに是非言っておきたいことは、当時ラバウルには牧大佐のほかに私どもの先輩の山県少介大佐が港務部長として、また横山徳治郎大佐（後に少将）が第八十六警備隊司令としておられた。三氏ともに年を忘れ長老たることも念頭になく、孜々として軍務にいそしまれ、ラバウル海軍の三長老として衆人の愛敬するところであった。惜しむべし後の御両人はいづれも終戦の年のはじめごろに戦歿されたのは、かえすがえすも残念な悲しいことであった。

それから、海軍は水陸両用戦車を六台持っていた。これは戦車としてはさほど有力なものではないが、水陸両用ということが特長である。水際戦でこの特長をうまく生かして使えば、極めて有効であるので、種々研究の上、これを海軍地域の南端ラバウル港の入口を守る一部隊に専属せしめ、逆上陸の戦法を行うべく企図した。

　それはどういうことかと言えば、雲霞の如き敵軍が、損害をかえりみず海岸に取りついて上陸を開始する場合を予想して、その上陸早々第一夜に、われは上陸地点にほど近い入り込んだ狭い湾内の断崖絶壁下の海上の樹林の蔭に、あらかじめ深く伏せてある水陸両用戦車隊を繰り出して、敵の上陸した背後から、海岸へ逆上陸をして、まだ固らぬ敵陣を内側から遮二無二荒しまわる。これに呼応して陸上で対抗している主力部隊も突撃を敢行して、夜戦により一気にやっつけようという捨身の戦法である。この戦法は敵上陸後一昼夜以内、まだ敵の速成の橋頭堡が完備されない中に、彼が上陸最初の混雑に乗じて断行すれば成功の算が大いにある、その実例もあった。しかし、それ以上時機を延ばすと、機械力のある敵は、たちまち守備を堅くして歯が立たなくなるというのがわれわれの常識であった。故に拙速果敢なる機動を必要とするので、情況を簡単にするため、あちらこちらと余り慾を出して二兎も三兎も追うことをせず、予想上陸点の中で、地形上最適と認められる一地区の海岸に専用することとし、平素からその場合のみの準備と訓練を行い、充分に練度を高めることに努めしめ、心殺の一撃を期したのである。

　水際戦闘に関しては概ね以上の要領で研究、訓練を重ねて行った。

さて第二の特別訓練事項は、各員が自分の受持ちの地域の地形に徹底的に慣熟することであった。

われわれは一地に立て籠って敵の来るのをむかえ撃つのであるから、自分の守る地域は自分の庭のようなもので、その地形には充分に明るくなければならぬ。これが守る者の大事な強みである。何処にはどんな小川がある、何処にはどんな穴があると、一木一草までもことごとく頭に入れて、眼をつぶっていてもジャングルの中を歩けるくらいになっておく必要がある。そのために、演習以外にも特に機会を作って、みんなに海軍地域の山野を跋渉せしめ、地形に慣れしめることに努めた。

次にまた、敵がどこかに来た場合には、状況により、他の方面から速に応援に行かなければならぬ。それは、ちょっと考えると、トラックに乗って馳せつければよいようだが、それができれば結構で、恐らくそうは行かぬだろう。何故かとなれば、それまでの敵のやり方から見れば、いよいよ来るとなると、その幾日か前から、上陸地点附近はもちろん、そこに通ずる道路の如きは爆撃に次ぐに爆撃をもってし、野も山も丸坊主にし、道も橋もたたき壊してしまうに違いない。これに対し、航空兵力を持たぬわれわれとしては、何とも手の出しようがない。だから、現在ある立派な道をトラックで一気に兵力移動ができるなどというあまい考えは、机上の空論に過ぎないとみなければならぬ。どうしても徒歩で——それも大部隊がノコノコと爆撃にさらされた所を歩いて行くことは絶対にできないから——谷間とか防空壕とか、あるいは交通壕とかをうまく伝って、目的地まで、隠密にしかも極力速かに行くことを研究しておかなければならぬ。

そこで、かねて艦隊戦策に定められてある、各種の場合に対する応援部署に基き、それを実際にやってみて行動に慣れさせるとともに、予定の道筋は適当であるか？　うまく敵機の眼をくらまして行けるかどうか？　そして大体何時間くらいかかるか？　等々必要な点を充分に実地踏査するため、数千名の大部隊を一地区から他地区に急速移動する大規模の演習を実施してみた。

これは、戦策に規定されてある総ての場合に対して一通り実施したが、実際やってみると、道筋にある洞窟の居住壕や倉庫等を巧みに利用し、次から次と穴の中を潜行して、案外短かい時間で比較的楽に目的地に行けた部隊もあり、そうかと思うとその反対に、場所によってはひどい所を難行してようやくたどりついたのもあり、いろいろな実績を得て非常に有効であった。

例えば、私が一緒について行ったのは、西飛行場地区部隊数千名が市街地区の応援に行くという想定で、市街地の西方遠く離れた高原にある飛行場附近の駐屯地から、市街地の海岸までを、普通の道路によらず、概ねその両地の間を連ねる渓谷を縫って行ったのであった。早朝出発して渓間の道を下り、途中正午ごろに休憩して急いで弁当を使い、また出発しようとする間際に猛烈なスコールがやって来た。今まで水のなかった谷の底の道が、たちまちにして急流と変じ、しばらくはどうにもならぬ。少し上の方に避けて待つ間もなく雨がやむと、またたちまち干上ってもとの道になったので行軍をはじめる。その中に大きな石のゴロゴロしている本当の川原にさしかかり、道が狭いので大部隊が延々一列となり、岩穴を潜ったり水を渡ったり、さきほどの雨でぬかるみになった処で滑ったり、渓谷の間を上ったり、下ったり難関また難関で、人は疲れる時は経つ。どうやらこれを突破して目的地に着いたころは空に十字星が瞬き、遠く敵機の爆音が無気味に聞えていた。

次に第三には、敵の落下傘部隊に対する訓練である。

「ラバウルの地形は相当に山も谷もジャングルもあるから、そう何処にでも降りるわけには行かぬ。落下傘部隊のやって来る所はそんなにたくさんはない。」

というのが最初われわれの考えであった。しかし、よく研究してみると、それは味方の機械力、作業力を基準とした考え方であって、敵の場合には必しもあてはまらぬ。落下傘部隊に関してはいろいろの点において、確かに彼に数日の長があったことは争われぬ。果然、間もなく他の各方面に起った戦訓により、われわれは、「ラバウルの山河概ね何処へでも、敵は降りようと思えば降りられる」と考えるのが至当であって、最初に独り決めしていたような、根底の薄弱な、自己満足的な、甘い考え方は間違いであったことに気づいた。かくして、対落下傘部隊の戦法が一そう深刻に研究され、訓練されることになった。

十万やそこらの人間は、ばらまいてみれば大したものではない。そう何処へでも充分な兵力を常置するわけには行かぬ。これに反し、敵は何処へやって来るかわからぬ。そして、彼等が落下中及び地上に降りてから極くしばらくの間は殆んど無抵抗の状態で、僅かの味方兵力でも片っぱしから撃破できるが、数分経てば有力な部隊に結集する。故に撃ち易い間に撃たんがためには真に分秒を争う決断を要する。敵を見てから対抗兵力を配するようなことではこの目的達成のためには役に立たぬとみなければならぬ。

そこで、この要求に応ずるには、極力陣地による火力の活用を第一とし、人間の移動を第二とし、少数の人間が火力を活用して、短時間に勝運をつかむことを考えるべきである。これがため、各地区ごとに綿密に地形を調査し、これに適応するよう機関銃を主とする速射火器の陣地を完備し、ここに最少限度の守備部隊を配しておいて、これによって降下中及び降下直後の敵兵を即時に射ちまくる。それで射ち漏らされて火力の届かぬ谷間等に逃げ集った敵に対しては、別に予め味方陣地内に待機している軽快な少数の機動部隊をもって、機を失せず疾風迅来的の奇襲を加えて掃蕩する。この方針を決定し、地形の調査、敵機進入路の研究、陣地の選定、機動部隊の配備、出撃路の研究等から始めて、施設の完成に努むるとともに、昼間、夜間、払暁、薄暮など各時機における演練に進みつつあった。

次に第四は夜間斬り込みの稽古である。

由来われわれ日本人の眼玉は、西洋人のものより猫に近いということを聞いたが、ソロモン海域の夜戦でも、初めのころはこちらに大いに歩があったが、中ごろに至り、先方が精巧なる電探装置を使用するようになってから主客ところを変え、猫の眼は遂にかみなりの眼に及ばぬことが立証された。しかし、とにかく彼等は、陸戦においても、猫の眼に近いわれわれが得意の剣法をもってする夜間斬り込みを最も恐れて、鉄条網を張ったり、探照灯を照したり、軍用犬を使用したり、いろいろの手段を尽して極度に警戒するのを常とした。その目をかすめて奇襲しようというのだから、それ相応の準備と訓練がいる。

まず、われわれが着ておる軍服の色が問題になって、実地について実験研究の結果、夜も昼も都合のよい色は紫がかった草色ということになり、みなそれに染めかえることにしたが、その染料の調達についても可なり苦心をしたものである。

この軍服を着て武装した上にカムフラージ用の網を被り、それにまた木の枝や草を挿して土の上にはいつくばっておれば、探照灯で照されても容易にわからぬくらいになる。こんな恰好でひそかに近寄り、いよいよ敵陣地へ五六百メートルのところからは、腹ばいになって一寸一尺と文字通り虫のはうようにしてジリジリにじり寄るのだが、ただ歩くのと違ってこれほどの距離を、武装の上に草木を背負って、しかも少しでも音を立てぬように芋虫の真似をするのは、やってみればわかるが、並大抵ではない。内地でもそのころこんな稽古をしたことを聞いたが、ラバウルの場合でも敵が上陸して来た時に夜襲ということが殊更一つの大きな要件であったので、大いにこの訓練をやったのである。

演習の際の仮設の敵になる方では、本物の敵がやる通りに鉄条網を張り、照明灯を備え、充分の防備をして待ち構える。ただ一つ欠けているのは軍用犬を持っていないことであった。そのころの情報によると、他の戦場において、敵は多くの軍用犬を哨兵の代りに使用し、これがためにわが夜襲部隊は少からず悩まされているとのことであったから、実際に軍用犬の活動を演出して稽古をしたいのだが、それがいないので困った。仕方がないから、人が犬の代りになって所々にしゃがんでいることにしたが、どうも余り実感が出ないようであった。

ところで実際の場合に、その軍用犬に出遇った際にどう処置すべきか？　これがまた問題になった。小銃で撃てば自分の所在を暴露することになる。何とか音も火花も出さずに片づける方法はないかと考えた挙句に、吹矢でやったらどうかということになった。吹矢の先に毒物を塗って吹き殺すのである。それで、単なる吹矢のほかに空気銃式のものやら、発条式のものやら諸種のものが考案され、一部ではその練習を始めていたところもあったようだ。


第五に、対戦車襲撃訓練も盛んにやった。

敵を水際もしくは上陸直後の海浜で撃滅するのを第一義とするが、多勢を恃んでしつこくやって来るのに対しては、遂には一応どこかに拠点をゆるすことを認めざるを得ない。しかし、その程度の事には別に痛痒を感ぜず、上ったら上ったで第二段の構えでまたウンとやっつけてやる。そのために陸上戦闘の陣地も透間なく造り、これが訓練をも励行したのであって、前記の諸訓練はもちろんこの場合にも役立つものであった。

敵の上陸軍の中で一番厄介なものは戦車で、これを撃滅すれば、あとはよほど楽になる。戦車を破壊するには火砲によるのが常道だが、対戦車砲、野砲などはこちらに余りなく、それだけでは常に充分なる効果を期待することはできない。だから、あちらの峠、こちらのジャングルから、わが火砲を物ともせず突進して来る敵戦車に対しては、結局最後の手段として挺身肉迫攻撃をもってこれを破壊するよりほかに手はないという結論になった。

この肉迫攻撃は、その場合に直面した部隊は、だれでもこれを決行することを立前として、隊員すべてを三人一組に編成し、各部隊自作の戦車破壊用大小二種類の爆雷を常に携行し、敵戦車の向って来る峠道の曲り角など、地形を選んで、溝とか岩蔭とか、また多少余裕がある場合には、いそいで自分が一人だけ隠れ得る程度の穴を掘ってそこに隠れ、彼が目前に接近するまで待ち構えていて急に飛び出し、爆破するので、決死の冒険ではあるが、うまくやれば成功の算大いにありと認められた。

その爆破のやり方は、三人組の中の二人が小型、他の一人が大型の触発式爆雷一個ずつを携帯するものとし、最初に小型の者が飛び出してすばしこくベースボールのすべり込みの要領で戦車のすぐ前横に腹ばいになり、車輪の直前に爆雷を置いて、自分は同時にできるだけ遠く離れ両手で耳を覆うて伏せる。（これは爆音でつんぼにならぬためである。）この動作を一瞬にやってのけるのであって、そのために軽い小型の爆雷を持つのである。そうすると、間髪を入れず戦車のキャタピラーは爆雷を踏んで破損しエンコしてしまう。こうしてまず動けなくしておいて、そこへ大型爆雷を持った者が駈け寄って、これを車体上に置くか、できれば指揮塔の穴から内部に投げ入れて戦車も人も爆破するのである。こう書くと長たらしいが、訓練を積んだ者が上手にやれば数秒内の仕事である。

この対戦車爆雷と手榴弾とは全員が携行することに定め、それらの稽古は各部隊で盛んに行われ、全艦隊の競技を盛大に行ったこともある。

ずいぶん長々と、今の世にあまりはやりもせぬ軍事訓練の話をした。ことさら、原爆やミサイル時代とは余りにもかけ離れた竹槍式のことが多くて、寧ろ馬鹿馬鹿しく滑稽に感ぜられる向もあるかとも思う。がしかし、僅か十数年前のラバウル戦において、われわれはこれに対して実に真剣であった。物力の差も、兵器の違いも何のその、ただ現在自分の持っているものを十二分に働かして敵と戦うべく、一心不乱、不退転の努力を致したのである。そして「来たら、やっつけてやるぞ」と、無意識のうちに意識して、みな元気よく張りきって、この原始的な訓練にいそしんでいたのである。

17　医務衛生のはなし

懸軍万里の遠征においては、昔から少なからず疫病に悩まされているが、ラバウルもその例にもれず、戦死よりも病死の方がはるかに多かったことは、まことに残念に思うところである。

殊に後半戦況困難の度を増してきた十九年の初めごろから、栄養の不良と作業の過労と医薬の欠乏とのために、マラリヤその他風土病の患者が急激に増し、将兵の体力の低下が目に見えてひどくなってきた。

到るところ、顔色の青黒い栄養失調で生気のない人達を見るにつけ実に心配で、できる限りの治療をし、また適当の休養をとり得るように作業の配分を研究するよう努めたのであるが、一方常に敵と対峙して、是が非でもこの孤立無援の地を守り抜かなければならぬ重責を有するわれわれは、無理と知りつつ無理をしなければならぬこともあり、私としても、まことに何とも言われぬつらい思いをした次第であるが、また直接医務衛生の衝に当る軍医科員達の苦心努力は、真に惨澹たるものがあり、そのお蔭をもって、とにもかくにもこの病魔という大敵に耐えてきたのである。

以下、艦隊司令部附であった光野孝雄軍医少佐の記録及び宮本明道軍医中佐、湯浅英二、川下醇四郎各軍医少佐等の手記によって、主としてラバウルにおける状況の概要を紹介したいと思う。

昭和十七、十八年のころは、一般の衛生状況極めて良好で、一日平均受療患者の率は六乃至八%程度で、一ヵ月のマラリヤの新患者の発生率は三乃至六%であった。

マラリヤ以外の病気はおもにデング熱であって、この方面に新しく着任した人は、一週間から一ヵ月くらいの間に殆んど百パーセントこれに罹るので、戦闘力を減耗されること相当なものがあった。ただし、この病気は予後が大体良好であり、また一度罹れば免疫性が出来るので、マラリヤのように大きな問題を残すことにはならなかった。

その他の疾患は極めて少く、それは結核性疾患、脚気、感冒等であった。

ところが戦局次第に不利となり、内地との交通も杜絶するに至り、十九年の二月上旬ごろから俄然敵の空襲熾烈となり、二月の如きはこのための戦死者二百五十余名を出したが、かようにして地上建物は全部破壊せられ、兵員達は防空壕の洞窟掘りに日夜激務に服し、過労の結果マラリヤ患者が次第に増し、新患者の発生率が一月には約七%であったのが四月には一三・六%となった。

そして、こんな混雑のうちに、どこもかしこも不潔に放置せられ、そのためにハエの発生が多くなり、急性消化器伝染病が多発するおそれがあったので、応急防疫隊が編成されて、市内地区の便所の清掃、汚物の処理など防疫の指導に当り、毎月一回各部隊の防疫点検を行ったところ、五、六月ごろにはハエもよほど少なくなってきた。
　応急防疫隊の編制は左の通りであった。

隊　長　池上保雄　軍医大佐
隊　附　光野孝雄　軍医大尉
　　　　岡山敏郎　薬剤大尉
　　　　猪狩常彦　軍医大尉
隊　員　衛生兵曹　　二名
　　　　民政部理事生　一名
　　　　船　員　　十名
　　　　原住民　約二十名

　六月には艦隊命令をもって、「治療品対策要領」を制定し、治療品の節用、再生及び被害局限などにより、できるだけ現有品の引き延しをはかるとともに、これまで死蔵していたものの利用を研究し、さらに進んで葡萄糖注射液、石灰、カカオ脂、ヒマシ油、綿などの現地生産、あるいはまた椰子の実、海水の活用、薬用植物の採集及び栽培などを計画実施した。
　そのころ、全般の自給対策として、富岡参謀長を部長とする艦隊の生産本部が組織され、医務関係もその第六分科会として、艦隊軍医長吉田一軍医少将、病院長瀬屑英一軍医少将、衛生研究所主任池上保雄軍医大佐以下多数の人が幹事、委員等になって活潑に研究、実験ならびに指導に当り、後に述べるようないろいろの実績を挙げたのであった。

われわれの最強の病敵は何と言ってもマラリヤであって、これを防ぐには絶大の努力をしたが、残念ながら遂に充分に打ち勝つわけには行かなかった。その主要なる原因は医薬の欠乏であった。

十九年七月中旬に至り、マラリヤ剤の保有量が非常に少くなったが、これが補給のあてもなく、やむを得ず、それまで毎日やっていた全員の予防内服を一時取り止めたところ、たちまちにして患者の発生が増加したので、八月中旬からまた復活したが、そのまま続けて行けば薬はなくなり、病気に罹った患者の治療すらできなくなるので非常に困ったが、たまたまこれより先に、何とかして現地で多少なりとも有効な代用薬を作ることはできないものかと、池上軍医大佐、宮本道明軍医中佐、橋本庸平薬剤大尉等が熱心に研究を始め、前からあった文献類も調べたところ、旧英国薬局法にシマソケイという現地産の樹木の皮の煎汁がマラリヤに対し効果のあることが書いてあったので、衛生研究所で慎重研究し、動物実験、臨床実験などを重ねた結果、多少の効果があることを確認した。しかし、樹皮を剝がせば樹は枯れてしまうから、相当数の木がなければラバウル三万余の海軍全員、さらに陸軍を実施するとすれば、十万の人々の毎日の服用を長期間続けることができない。これを調べる必要を感じ、橋本薬剤大尉が毎日ラバウル周辺のジャングル内を隅から隅まで歩きまわり、一本ずつしるしをつけて丹念に調べあげたところ、幸いにして可なり多くあり、これなら二年くらいは大丈夫だとの報告を得たので、早速これを代用することとし、九月中旬から正規の予防剤の内服を全廃して、代わりにシマソケイ乾燥樹皮の煎汁三グラムを服用することにし、その後さらに五グラムに増加した。

しかし、これではもちろん充分の予防はできないので、やはり患者は次第に増し、翌二十年の二月には新患発生率は平均三六%を超え、なかには全員の五割以上がマラリヤ患者であるような部隊も生じて、作業力にも大きな影響を及ぼすことになり、甚しく窮境に陥ったのであるが、ちょうど三月初めに内地から飛行艇が危険を冒して飛来し、マラリヤ剤の大量補給をしてもらえたのはまことに旱天の慈雨で、これにより再び正規の予防内服を始め、約一週間の後には新患者は殆んど出なくなり、各隊の病人も急に五分の一乃至三十分の一に減り、三五%から三%になったような所もあった。

これで、当分ホッとしたが、後が続かぬので、五月ごろからまた薬を節約し、予防内服を中止したために、再び以前よりひどい状態となり、困難を極めつつ終戦となった次第である。

薬剤の欠乏はこんな有様であったが、元来マラリヤは蚊が元兇であるから、これが発生しないような近代設備が出来れば言うことはないわけだが、戦場で、殊に当時の日本軍の資材、装備ではこれを望むのは無理であった。しかし、これについてもわれわれはできる限りの努力を尽した。

訓練、農耕、陣地構築等の重要作業があったが、同時にマラリヤ対策にも第一、第二、第三の防疫班を編成してこれに当らしめ、毎月マラリヤ防遏週間なるものを制定して予防思想の普及、無数にある爆弾孔、水溜り等の排水、埋没、さらにまた大なる沼沢その他の湿地帯に対しては薬剤の散布、あるいはタップミノーと言う、蚊のボーフラを好んで食べる内地のメダカに似た小魚を放育するなど、あらゆる手段を講じた。

各部隊の居住区域から一キロ以内にあるボーフラ発生源の調査、及びそれ等水溜りの土木工事に対しては、十九年の暮ごろまでに作業人員延べ約一万五千人、作業時間延べ約六万時間を費したが、更に十二月から翌二十年五月まで六ヵ月にわたり、海岸附近の湿地帯及び爆弾孔の無数に散在している飛行場周辺の場所などで、蚊軍発生の根拠地と認められる相当広範囲の地域に対し、作業員延べ約五万人を以て延べ約二十五万時間を費して、可なり徹底的の防疫整地作業を強行した。これらの作業は不断の空襲警報下に行われ、そしてせっかく出来上ったところに爆撃で台無しにされることも再三繰り返えし、まことにひどい苦労を重ねたものである。

こうやってわれわれは、当面の敵である聯合軍以外にマラリヤという頑敵と戦い続けなければならなかった。

マラリヤに次でこの地方の風土病である熱帯潰瘍が少からずわれわれを悩ました。これはちょっとした足の擦り傷などを油断していると、ハエの媒介で菌が入り、化膿してすぐに潰瘍となり、栄養上密接な関係があって、なかなか治らず、悪くすると下肢を切断しなければならぬようになる。ニューアイルランドのカビエンの根拠地隊では、この疾患により下肢を切断した者が百余名に上り、ほかに死亡者百数十名に達した。

この外、アメーバー性赤痢、パラチフス、脚気、結核性疾患等もあったが、前二者に比すれば少なかった。

参考のため総員の平均体重をあげてみると、十九年の初めには五九・五キロであったが、月を逐い減少し、二十年八月終戦時には五五・二キロに下っていた。

結局ラバウルにおける衛生史は、マラリヤ闘争史と言うも過言ではなく、いろいろの病気はマラリヤから誘発されたものが多く、ラバウルからマラリヤを除いたならば、他の病気は極めて少かったであろうと思われる。

かようにして非常な辛苦をなめながら、当面の担当者である軍医科の人々は、必死に予防、治療に従うとともに、さらに研究、調査、実験を進めて見えざる病敵と闘った。その功績は偉大なものがある。

この研究、調査、実験の諸項目を列記すると、左の通り広範囲に及ぶものがある。（括弧内は担任者）

(1)　マラリヤの予防法、治療法について

(2) デング熱について
(3) ヌカカ（糠蚊）について
（以上三項目、宮原教授、小泉教授、岩田嘱託その他）

なお、ここに書き添えておきたいのは、そのころ慶応医大の小泉教授、宮原教授等約十名のお歴々が熱帯風土病研究のために渡来され、軍医科員と一緒になって極めて熱心に研究に従事され、小泉教授の如き老齢の方までも非常に元気にやっておられ、私も時々御一同と会食したり宿舎をお訪ねしたりして御高説を伺っていたが、十八年の終りごろ内地との交通杜絶に先だちて帰還された。
(4) 急性消化器伝染病の予防並に治療法（地上軍医大佐）
(5) 蚊族の習性―産卵―研究（池上）
(6) 葡萄糖注射液、多硫化カルシュームの作製（岡山敏郎薬剤少佐、吉村盛夫軍医中佐）
(7) 現地産有毒、食用、薬用植物図説（橋本庸平薬剤大尉）
約三百種、全四輯に分ち図説す。
(8) 食事中毒並びにその療法（橋本）
(9) ユーカリ樹の植栽成績について（向井田重助技師）
ユーカリの樹は湿気を吸収するので、これを湿地帯に植えると蚊の発生を防ぐのに有効である。このことは初代参謀長の中原義正中将が文献により研究し、わざわざ蘭印の方から種子を取り寄せて栽培したものである。
⑽　薬用炭の作製及び実験（向井田、岡山）
⑾　各井戸の水質検査（岡山）
⑿　水の腐敗実験（岡山）
⒀　現地産各種食品の栄養価測定（岡山）
⒁　多硫化カルシュームの効果実験（甲田義男軍医中佐）
頑癬、汗疱疹などに有効。
⒂　薬用酵母の作製並びに効用実験（池上）
甘藷に特用酵母を作用せしめ作製。脚気治療及び予防に有効。
⒃　A型パラチフス、ゲルトネル氏腸炎菌、腸チフス、混合ワクチンの作製利用（池上、宮本明道軍医中佐）
艦隊の総員に対し二回施行した。
⒄　シマソケイ樹皮の対マラリヤ有効実験（宮本、村尾誠軍医大尉）
⒅　シマソケイ樹皮のアルカロイド抽出、結晶作製（岡山）
⒆　ピクラミン酸ソーダ、パパイヤの葉、アポカポコ（現地産野草）などの対マラリヤ有効実験（宮本、吉村、藤本一秋軍医少佐）
効果なし。

(20) パパイヤの葉の対赤痢アメーバ有効実験（宮本、大泉勉薬剤大尉）
葉中にあるカルパイン（アルカロイド）は相当有効である。

(21) ラバウル・ハマユウ（現地野草）の対赤痢アメーバ有効実験（橋本、大泉、吉村）
多少有効である。

(22) カカオ脂の作製並びに利用（岡山）
軟膏代用。

(23) O・P液（大泉、Plegle 液の頭文字を取る）の熱帯潰瘍に対する有効実験並びに作製（甲田、大泉）
沃度を僅少混入した液を作製。熱帯潰瘍に有効であることを証明利用した。

(24) 石灰並びにヒマシ油の作製利用（加藤武薬剤中佐、岡山）

(25) 多硫化カルシウムのベニガラスズメ（甘藷の害虫）に対する有効実験（池上）
多少有効である。

(26) 椰子果汁の栄養剤（静脈注射）としての活用並びにこれが副作用に関する研究（岡山）

(27) キダチコミカンソー、玉蜀黍（とうもろこし）の利尿作用効果実験（吉村）

(28) 現地生産品（ピクリン酸液、多硫化カルシウム、稀釈海水等）を主とする熱帯潰瘍治療に関する研究（甲田）

(29)　バイバイ果液の熱帯潰瘍に対する効果実験（権藤祐一軍医少佐）
極めて有効である。
(30)　脱脂綿の作製利用（権藤）
(31)　デング熱の予防に関する実験研究（藤本）
(32)　マラリヤ予防に対するアテブリン内服法について（佐藤寛六軍医少佐）
(33)　タップミノー（小魚）の放育及びフェノチアヂン、マラリメツ等によるアノフェレス蚊幼虫撲滅実験
(34)　各地域の対マラリヤ工作の実施並びに成果の検討（湯浅英二軍医少佐、伊藤四郎軍医大尉、長沢三郎軍医大尉、矢部寛軍医少佐、三田明軍医大尉、種田憲次薬剤大尉）以上

最後にお灸が役に立ったはなしを少々つけ加えて、この項を終る。ラバウル華やかなりしころ、ここを基地として日夜奮闘する航空隊搭乗員のために、海軍省医務局で約二十名の按摩、マッサージなどの専門治療師を派遣してよこした。これ等の人々は眼も見える身体健全なる応募者の中から選抜されたのであって、各航空隊に配属して、毎日出動し、任務を果して帰って来る搭乗員を治療して、その疲労を回復するのが役目であった。

約一年の契約であったのが交通杜絶のため遂に内地に帰りおくれ、そのまま踏み止まってしまったが、航空隊が居なくなったために本職の治療も一般に忘れられて、そのころ一

人でも手の欲しかった農耕隊に編入され、慣れない畑仕事に苦労していた。

そんな詳しいことは、私は知らなかったが、ある時肩が凝って困ったので、従兵に誰か按摩の上手な者は居らぬかと言ったところ、本職がおりますと一人連れて来た。その人は長岡という人で、按摩をしてもらいながらいろいろ話をしているうちに、前記のような事情を聞いた。長岡氏は現在東京の中野区で開業して居られるが、既にあのころから東京では先生と呼ばれて、押しも押されもせぬ組合の幹部であったのだが、若い者ばかりを出して幹部が行かぬのはよろしくないと思い、自ら先に立って志願して来られたのだそうで、年配も初老を過ぎ、からだも軍人とは違いきゃしゃな方で、毎日の農耕で大分疲労がひどいように見受けられた。

私は気の毒に思う一方、籠城戦で医薬、治療品等次第に欠乏していた際でもあり、この人達を本職の按摩、鍼、灸、マッサージ等の治療に活用することが、全員の健康保持、増進上極めて有効で、また彼の人々も喜ぶだろうし、人物経済上とくであると考えた。殊に私は灸の礼讃者で、自分の体験から割り出して、これを適当に用うれば、ちょっとしたからだの故障は治るから、この際大いに普及するのがよいと思い、吉田艦隊軍医長にも話をしたところ異存ないので、早速これ等の人々に改めてその任務を与え、適宜各部隊に配属せしめて、もっぱら専門の治療に当らしめた。

そこで、治療師達も大いに張り切って仕事をすることになったが、お灸について困ったことには、長い間にもぐさが無くなろうとしていた。何か代用品はないかと、さまざまの草木について研究したがどうもうまく行かぬ。しまいには建築材料のテックスとか糸屑まで試みたが駄目。そのうちに名前は何というか、内地でもそれに似たのがあるようだが、ある草の葉をようやく見つけ出して、それを乾燥してやってみたら、まづ代用品として使えることが認められた。

ところが今度は、数多くの軍医官の中にはあまりお灸を信じない人もあって、せっかく配属しても充分に利用しない部隊もある由を聞いたので、一日軍医長会報で各部隊の軍医長が集った際に、私は一同に向い、釈迦に説法かも知らぬが、大いにお灸の功徳を説いて、さてそのあとで、「意見のある人は遠慮なく言ってくれ」と、しばらく待っていたが誰も何も言わぬので、「それでは満場一致で可決と認めます」とやったら、その言い方が可笑しかったのか、皆ドッと笑い出してしまったが、それから追々普及するようになったようだ。

この按摩、マッサージ、鍼、灸の効果は相当にあったと思う。私の従兵の一人も脚気になったのを、長岡氏に踵のところに数回灸をすえてもらったら、すっかり治ったことがあったが、終戦後私が収容所で、同所にいた蘭印方面から来た特務士官の老人が、急性脚気で一夜の中に足が立たなくなったのを見たので、私は従兵のお灸のことを思い出し、ウロ覚えの灸点をおろして試みたところ、約二週間で全治して大変喜ばれたことがあった。

18　珍客待てども来らず

窮すれば通ずで、何とかして食ってゆけるようになった。陣地も出来た。腕前も磨き上げて、さあ来い来れ、と待ちかまえているが、さてそうなるとお客様はやって来ない。ラバウルは恐ろしいからいやだと、そっぽを向いて素通りして行ってしまった。これを食いとめることも、追っかけて引き戻すことも、今の落ちぶれた力ではまず無理だ。せめて、中攻の一隊もここにあればまだやってみせるのだがと残念に思うが、最早日本海軍にそれだけの余裕がない。しかし、何とかせぬと折角ととのえた御馳走が腐る。まことに髀肉の歎に堪えぬ次第であった。

奉命南東海陸豪　精鋭拠険闘魂高
鳥啼花笑客不来　空眺膳羞磨宝刀

その中に、連合軍はサイパン、グァム、テニヤンを取り、ペリリュー、モロタイ、アンガウルと続けさまに要地を掠め、十九年の秋深くして台湾、比島の風雲俄かに急をつげ、本土の安危も気づかわれるに至った。

これを、取り残された南陬の前戦から、救援に行くすべもなく、ただ見ているわれわれの身になると、何とも実にたまらない。

そこで、何とか考えをめぐらして、この現有兵力をさらに一層活用して敵の鋒先を今一度ラバウル方面に向わしめて、これを引き受け、本土附近の主作戦のために時日をかせぎ出し、戦局を有利に転向せしめることはできないものだろうか。たとえ、これは無理な注文としても、多少なりとも敵の兵力をこちらに割かしめることができれば、それだけ全般的に有利となるわけで決して無駄ではない。いわゆるゴマメの歯ぎしりかも知れぬが、これは当然われわれのやるべきことであるとして、陸海協議の上左の方策を決定した。

第一、中央に意見具申をして、新聞、ラジオ等その他あらゆる方法により、ラバウルの堅固なる要塞施設は、やがて再開されるわが太平洋進撃の日の一大拠点となりつつあること、而して連合軍が頭初の勢いにも似ず、作戦を変更してこれが攻略を放棄した不甲斐なさなどを巧みに宣伝し、できるだけ自然に彼等の関心を呼び起すこと。

第二、航空隊の引き揚げた後、破損機を修理したものが当時なお戦斗機五、六機と艦上攻撃機二機あり、その外に二、三機の水上偵察機が残留していたが、それ等海軍機をもって行動半径内にある敵の根拠地、飛行基地等を、機を見て敵の虚に乗じ奇襲し、実害を与えると同時に彼をしてこのまま放っておけぬという気を起さしむるよう努むること。

第三、ラバウルの南西方百キロ内外のニューブリテン陸地外周には、濠洲軍約一コ師団がわが陸軍と対峙していたが、これに対しわれより積極的に攻勢に出で、極力圧迫を加えて、敵の増援軍を誘致するに努むること。

第四、当時ラバウルのわが飛行場は時々使用する最大のもの一ヵ所以外は、不断の爆撃にて蜂の巣の如くやられた儘になっていたが、これを余り手をかけずに外面修理したように偽装して、敵をしてわが航空作戦の再開活潑化を予想せしめ、なるべく多くの敵機と爆弾をここに吸収するよう工作すること。

第五、炊事の煙の上るところへ敵は必らず銃爆撃を加えたので、極力炊煙を出さず、また炊事は夜間に行うなどの対策をとっていたが、その炊事場のない、部隊のいないあちらこちらにわざと偽炊煙を上げてなるべく多くの爆弾を落させること。

およそ、これ位のことを考えて十九年十月下旬ごろから始めた。

もちろん、窮余の一策で、相手が馬鹿でない限り大した効果は期待すべくもなかったが、とにかく考えられるだけ考えて、やれるだけやったのである。

但し、第二項の航空戦は、既に前から可なり実施していたことでもあり、これは相当の成果を挙げ、わが後方の主作戦にわずかながらお手伝いすることができて上聞にも達し、お褒めのお言葉を頂いたこともある。このことは後程筆を改めて別に詳しく書くことにする。

19　輸送潜水艦の労苦

潜水部隊が正式に私の指揮下に入ったのは、昭和十八年二月ガダルカナル撤収作戦終了後であって、それまでは小松輝久中将指揮の第六艦隊（註　潜水艦隊）の潜水艦が、ラバウル方面作戦にも参加し、私の方と協同作戦をしていたのである。

この間、わが潜水艦はガダルカナルの争奪戦において、敵航空母艦ワスプの雷沈をはじめ、相当の戦果を挙げつつあったが、一方敵航空兵力の強化するにつれて、ガダルカナル方面わが前線に対する輸送は困難の一途をたどり、運送船による船団輸送は遂に絶望の状態となり、十七年十一月下旬ごろからは専ら駆逐艦、潜水艦に頼らざるを得なくなった。

そして、翌年二月ガダルカナル撤退の後は、敵空軍の活動はますます活潑となり、わが前線補給はいよいよ困難となったので、遂に第六艦隊の潜水艦の一部が、現地担任の私の直接指揮下に入れられ、概ねラバウルを基地として、行動することになった。

これ等の中、小型のロ号潜水艦は主としてソロモン群島及びニューギニア東部海域において、敵増援部隊の攻撃に任じ、その他の大型潜水艦は全部補給輸送に従事した。しかし、その後十月中旬以降いよいよ苦しくなって、小型潜水艦もみな輸送専門に転向しなければならなくなった。

この輸送任務については、最初潜水部隊全員に非常なる不満が湧き起った。それは、人員や食糧を一杯積んで、極力敵に出遇わないように行動し、若し出遇った場合にも満載のために魚雷一発打つことも出来ず避退しなければならぬのだから、戦闘意識に燃えている乗員としては実に情ないことで、そんな、元来潜水艦の固有戦闘任務でもない仕事は真平御免だというのである。一応もっともなことで、同情に堪えない点もあった。しかし、作戦全般から見てまことにやむを得ない切羽詰っての手段であった。

聞くところによれば、十七年十二月下旬にトラックに碇泊していた第六艦隊旗艦香取において、輸送作戦の研究会が開かれた席上、潜水部隊は上下を通じ難色があり、極めて沈痛な空気が漂ったが、列席の聯合艦隊の参謀から「これは聖旨に基く」との発言があり、満場寂として声なく、決然その覚悟をきめたとのことである。

このようにして、この方面の潜水部隊は、極めて重要ではあるが本来の任務から外れた、気の進まぬ面白くない輸送任務に、ややもすれば沈滞せんとする士気を互いに励ましつつ、困難を冒して一意精進したのであった。そして、敵の警戒がますます厳重になり、困難の度を増すに従って、こちらの輸送方法もいろいろ研究して、これに打ち勝つのみならず、輸送量の増加を図ることに努めた。

どんな方法かというと、初めのころは補給物資を艦内に搭載して行って、目的地に着くと陸上部隊から大発艇が受取りに来て、それに積みおろすという普通のやり方であったが、輸送量を増すために米はゴム袋に入れて潜水艦の上甲板に縛りつけることに改良されたところが、ゴム袋は特製のものであったけれども、艦の潜航中に水圧のために浸水するものが多いので、その後ドラム缶に変更した。その中に敵の警戒が厳重になって、揚陸地点に到着しても潜水艦が浮上すると、すぐその附近を監視している敵の快速艇に発見されることがしばしば起ったために、今度は潜航のまま艦内から上甲板のドラム缶の固縛を解いて浮びあがらせる装置を考案し、それを拾い上げる方法をとった。

また、特別製の運貨筒を内地で作って持って来た。これは真珠湾の特殊潜航艇を真似たような、しかし構造はずっと簡単なもので、速力三ノットで約四千メートルくらい走れて、二十トンほどの物資を積むことが出来る。これを潜水艦の上甲板に搭載して行って、目的地附近で一名の搭乗員を移乗させて発進する。その後は自力で揚陸点に突進するのである。

こんな、いろいろの方法で千辛万苦して、十八年の三月中旬ごろから十一月下旬ごろまで八ヵ月の間にラバウルを基地として潜水艦により諸方に補給した糧食、弾薬等の輸送の概況は左の通りである。

使用潜水艦　十六隻
輸送回数　百十八回
成功回数　百十四回
総補給量　約三千七百トン

糧食、弾薬等物資の輸送とともに、時には人員の輸送及び前線からの患者の後送も行われた。以下、少しその実例を挙げてみよう。

イ一七六潜水艦は、三月十九日にニューギニアのラエで揚陸作業中に敵飛行機の急襲を受け、艦橋附近に被害を受け、艦長を始め数名が負傷した。そして急いで潜航した際に、一時陸岸近くに擱坐したが、とにかく作業は強行して無事に帰って来た。

イ五潜水艦は四月中旬に、またイ六潜水艦は五月中旬に、それぞれラエで任務を果しての帰り途に、味方の不時着航空機を捜索発見して、その搭乗員を救った。

イ三八潜水艦は六月中旬にニューギニアのサラモアに行き、運貨筒を発進し、その日、続いて更にラエに物件を揚搭した。

イ一七四潜水艦は、九月九日に新任の第七根拠地隊司令官森国造少将をラエに送り、旧司令官藤田類太郎少将を収容して来たが、これがラエに輸送を実施した最後の潜水艦であって、その後九月十二日にイ一七七潜水艦がラエに行って揚搭しようとしたが、既に敵軍が進入していて、そのまま空しく帰った。

イ一八五潜水艦長であった藤森康男中佐の輸送苦心談を左に受け売りする。

およそ潜水艦輸送は、その企図を敵に感知せしめないことを特に必要とする。そこで、そのやり方としては、大体目的地近くにおいて、黎明三時間前に一度浮上して航走電力を全充電し、黎明一時間前に再び潜没する。それは揚搭地点から約二十乃至三十浬の所とする。それから適当に潜行して日没後三十分ごろに、揚搭地点に浮上し味方と連絡して作業を実施する。このような計画を立てて行ったが、さて、その夕方に浮き上って見ると、予想以上に陸岸に近づいていて、しかも味方の受取舟艇は見当らず、かえって敵の哨戒機が空に認められた。ラッパを吹いて呼んだら、しばらくして沖合から受取舟艇がやって来て、積荷は確実に引き渡した。そこで、直ちにツリムを整えるために試験潜航を行って、再び電力補充のため浮上したところ、月明の海上前方約千メートルに敵の魚雷艇が二隻右と左から突撃して来るのが見えた。大急ぎで潜没して深度八十メートルまで下降して、一時間ぐらいじっとしている中に最早聴音機に魚雷艇のスクリュー音を感知しなくなった。そっと潜望鏡を出して後の方を見ると、味方の舟艇と敵の魚雷艇とが交戦中で、機銃の曳跟弾の盛んに飛び交うのが見えた。

こうして虎口を逃れ去ったが、自分には渇にサイダーを抜いたような、また剣道でヒラリ体をかわしたような感じがした。ラバウルに帰ってみたら陸軍から感謝状が届いていた。

これは二月中旬のことだが、その次にまた三月五日の夜、空襲のために各所に炎々たる火災が起っているラバウルの港を後にして、予定より約四時間遅れて出港した。

出口の海峡で早速敵機の銃撃を受け、夜あけには哨戒機に捕捉され、浮上充電の暇がない。正午には東京から「東経……度、南緯……度を航行中の潜水艦は警戒せよ」との警報を受けた。昼間四度浮き上りかけたが、その都度敵機に制圧され爆弾のお見舞。しかし幸いに被害はなかった。適当に針路を変て、揚搭予定を一日延ばすことにした。八日の黎明にまたまた敵の哨戒機に見つけられ、潜没して逃れたが、九日の夜あけにも同様であった。十日の午前二時ごろに満月の海上を航走中、至近に敵機を認め急速潜航、三時ごろに浮びかけたらやはり敵機がいたのでまた潜航。こんな具合で潜航の電力課電が困難なために、揚搭をさらに一日延期することにして、十日は終日海中にハンギングで暮した。そして、日が暮れてから浮び上ったところ、しばらくして後の方からやって来た敵機のために至近弾を受け、前部電池室に漏水、後部電池室火災、電機計器殆んど破壊。翌日は終日重油を漏らしつつ、敵哨戒機につきまとわれながら、潜航していたが、夜に入ってからいよいよ最後の腹をきめ、乗員一同に好きなものを食べさせてから、対空射撃準備を整え、破損した重油タンクから約三十トンの重油を棄て、真夜中の正子に浮び上った。後甲板に固縛してあった、輸送物件はみな流失していた。しかし幸いにして敵はいなかったので、輸送を断念し、艦体修理のため独断でトラックに向った。(註　その後、無事トラック帰着。)

イ号の大型潜水艦の外に、小型のロ一〇〇型潜水艦は、ソロモンあるいはニューギニアの群島の間の狭い水域における敵艦船の攻撃行動には都合がよいので、初めは主としてその方面に使用されていたが、その後輸送の緊迫を告げるようになり、これに転用されるに至った。その間これらの潜水艦は敵艦船攻撃、偵察、わが損傷艦の乗員救助、そして輸送等、多種多様の任務に文字通り東奔西走し、整備、休養のひまもない有様であった。

次にその主なる話を四つ五つ書き上げる。

ロ一〇八港水艦は、九月下旬以来ニューギニアのヒューオン湾方面で行動中であったが、十月三日ワードフンド岬北方三十浬において、敵の駆逐艦三隻を発見攻撃し、猛烈な爆雷攻撃を受けたが、遂に二隻を撃沈した。

十月中旬、ヒューオン湾方面作戦中のロ一〇六、ロ一〇九の二艦は、しばしば敵の船団及び哨戒艦艇を発見し、潜航近接に努めたが、距離、対勢の関係で遂に一回も有効なる襲撃の機会をつかめなかったのは、まことに残念であった。

たしかこのころであったと思う。ロ号型は艦長も比較的若く経験の少い人もあったので、大いに手柄を立てさせてやりたく思い、彼等が一行動終って帰り、報告に出頭の際に艦隊司令部でその都度研究会を開いて、詳細に行動を検討し、実地の新教訓を味い、今後一層の活躍に資するため、みな忌憚ない意見を闘わし、大いにその労をねぎらうとともに、大いに激励したものである。

ロ一〇〇号潜水艦は、十月下旬ブーゲンビル島方面の情勢に応ずるためブインに対し輸送を命ぜられたが、二十五日午後五時五十分ブイン到着の寸前に触雷、沈没した。

ロ一〇四及びロ一〇五両艦は十月下旬より十一月上旬の間、輸送任務の途中から急に行動変更を命ぜられ、ブーゲンビル島沖海戦に参加し、戦果はなかったが、わが沈没船、不時着機等の乗員を多数救助した。

以上述べたように、ラバウル方面潜水艦の大半は、その本来の戦闘任務を捨てて、余り愉快でもない輸送のために専念し、わが作戦に寄与するところ大であったのであるが、それも、十八年の末ごろからの空襲の激化、次で十九年二月航空部隊のトラック転進となり、遂に三月には潜水部隊も全部トラックへ引き揚げてしまったのであった。

大和田昇少将は、第七潜水戦隊司令官として、私の麾下にあって前記のような困難な作戦を実施せられたのであるが、同君の思い出話を左に披露する。

私（註　大和田君のこと、以下同じ）が第七潜水戦隊司令官としてラバウルに着任したのは昭和十八年十一月末であった。アリューシャン方面の苦しい作戦を行い、キスカ撤収など消極作戦ながら無事任務を全うし、十月までに占守島防衛の施設も略完了し、やれやれこれでというところで、いきなり南方へ転任である。北緯五十度に近い占守島から南緯四度のラバウル——真南へ三千二百浬の大転任であった。

着任当時、麾下にはロ号型潜水艦を根幹とし、イ号大型潜水艦も数隻配属せられ、主として東ニューギニア及びソロモン群島方面要所に孤立する海陸軍部隊に対する弾薬軍需品の補給に従事し、兼ねて敵部隊の来攻阻止に当っていた。

およそ南方の孤島——食糧の自給自足能力なき孤島に籠城し、補給路を遮断されてしまった軍隊ぐらいみじめなものはなかった。もちろん敵の飛行機や哨戒艦艇の警戒も日を逐うて厳重になって来たものの、潜水艦のことだから、コッソリ敵の目をかすめて潜航近接し補給のできないことはないが、艦の数には限りがあり、僅か十数隻乃至二十数隻で、一度に最大百トン内外の物資しか積めない速力ののろい潜水艦が、諸所に散在する多くの基地に、あまねく補給を要望されても、到底思うように手がまわりきらず、ずいぶん辛酸をなめさせられたものである。

しかし、輸送潜水艦の来るのを大旱の雲霓を望む気持で待っている局地の人達には、たとえこちらから予報がなくても、ちゃんと「ああ今日は来るな」という予感があるらしく、受入体制を整えており、直ちに受け渡しができたのである。

そして帰りには病人を乗せて来るのであるが、その患者達は、多くは栄養失調に陥り、二十貫以上もあった大男が十一、二貫にやせ細り、ちょうど骸骨に皮を被せたような、本当に気の毒な姿で、艦の昇降口を自力で上り下りすることもできない有様であって、これを見ては全く同情に堪えず、こうした戦友をどうかして救いたいという慈悲心に励まされつつ、艦員一同苦しい任務に当ってきたのである。

今は日時も艦の名も記憶に残っていないが、たしか十八年の暮ごろかと思う。陸軍の東部ニューギニア部隊が中部に移動を命ぜられ、その補給に関する最後の努力がわが輸送潜水艦によってなされた。

陸軍部隊では一日千秋の思いである。いよいよ今晩待っても来なければ明早朝、軍司令官、師団長等も陸行で、標高四〇〇〇メートル富士山よりも高い、そして道もない山脈の縦走をすることになるので大変だ。おまけに食糧の手持ちが少いときては、相当の年配の上級幹部にこの陸行はまことに危いことで、決死の覚悟をきめておられたところへ、当日夕暮にわが潜水艦が現れたのだからその喜びようたらない。待望の米だ塩だ。これさえあれば行軍は大丈夫と勇気百倍した。そして、年配の幹部と病人とが六、七十人潜水艦に乗って、山脈縦走のかわりに水中を潜航し、その間軍司令官も師団長も老体で川越えの疲労を免れて、陣容建て直しの新しい作戦に専念することができ、また病人は命拾いをして、みな大喜びであった。

地下足袋、脚絆がけで乗って来られた軍司令官のよろこばれ方。そして秘蔵のウイスキーを出して輸送作戦の成功に対し祝意を表し、早速乾盃だ。

その時潜水艦長は、敵機、哨戒艦艇等の厳重な哨戒線を潜航脱出するのに懸命の努力を払っていた最中だったが、せっかくの軍司令官の御厚意を大いに有りがたくお受けして、心中の緊張は色にも出さず、ゆっくり頂載してまた司令塔の人となったのであった。

話は違うがラバウルの第八潜水基地隊の一隅に瀟洒な茶室が設けられてあった。風流司令牧兼幸大佐の趣向である。時折いろいろの集会に利用されていたので、私は潜水艦の出撃前、または帰投任務報告後の慰労などに幹部をこゝへ招いていた。

十九年三月にわれわれ潜水部隊がラバウルからトラックへ後退を命ぜられ、出発する前夜、牧司令は基地隊の広場の草の上に卓を設け、星空を仰ぎながら豆電球の下で陣中茶の催しをして送別会にかえられた。どんぶり茶腕を利用、抹茶をたててすすめられる。昼間の熾烈な空襲の惨禍をよそに、静かに名残を惜しむ夜半の一時。いまもなお思い出の深いものがある。

その当時、潜水艦の若い士官達（現役士官もおれば、大学、高校出身の予備士官で軍医科、主計科等の人も乗っていた）の間で、艦内で暇を見て抹茶をたてることが流行していたらしく、当日の宗匠連もこうした手合だったと思う。

以上、大和田君の思い出話である。

20　鼠輸送、蟻輸送

私がラバウルに赴任の途中トラックに立ち寄り、旗艦大和における作戦の研究会に臨席した時にも、鼠輸送とか蟻輸送とかいう名前が出ていた。

このころ既にガダルカナル等前線に対する補給は、普通の船団輸送がよほど困難になり、何とか他の方法を考えなければならぬ破目になっていた。

そこで、駆逐艦とか潜水艦により、高速力または水中航走を利用して、ちょうど鼠が人の目につかぬように、チョロチョロものを運ぶのに真似て隠密敏速に行動する。あるいはさらに、もっと小さな大発艇、機帆船などを使い、速力はのろいけれども小さいから目立たぬ、その上充分にカムフラージして、蟻が食を貯えるように、少しずつでも根気よく常続的に実施する等の方法が取られることになった。

潜水艦の苦労は前に述べたが、駆逐艦とても同様であった。これは潜水艦とは違い水に潜ることは出来ないかわりに速力はもっと速い。また搭載量も比較的多く、武力も大きいから、敵に発見されても、ある程度強行ができる。基地から急行して、夜陰を利用して目的地に達し、サッと揚げて、サッと帰る。これも初めのころは大体うまくいったが、敵もさる者で、何時までもそうは行かぬ。殊に敵の駆逐艦にレーダー装備が完備してからは、急に困難の度を増し、四隻行って三隻も一時にやられた痛い例もある。こんな有様では、日本海軍の駆逐艦は消耗し尽されるのではないかとまで心配され出した。

かようにして、駆逐艦、潜水艦による輸送も、次第に大発、機帆船による蟻輸送にかわり、そしてラバウルの航空戦力が殆んどなくなった十九年の春以降は、後者が輸送の主体となったのである。

この蟻輸送の着想、計画は、私の着任前から、早くも先を見越して立案されつつあり、中央に意見具申の結果、多数の機帆船が逐次内地から渡航して来た。その最初の三、四十隻の集団が十八年の六月にラバウルに到着した。これらは瀬戸内海その他各方面から徴用され、内地出発の後、フィリッピンからニューギニヤ北岸を島伝いに、数千浬の長途を、危険を冒してはるばる渡って来たのであって、それだけでも並大抵のことではない。それにまた、これから一層危険な任務につこうというのである。船員の中には人生の半ばをずっと過ぎた年配の人達もあった。船主兼船長として内地で運送業を営んでいたのを、そのままやって来たようなのもあった。また親子兄弟で乗り込んでいたのも可なりあった。何れも皆元気旺盛、海国日本の健男子で殉国の精神に燃え立っていたのは、まことに愉快で有りがたく思った。

私はその遠来の労をねぎらい、将来の奮闘を望む意味において、到着後間もなく、一日、船長さん達一同を司令部に招待して歓迎の宴を催し、大いに語り大いに飲んだ。非常に打ち解けて気持ちよかったことが今も印象に残っている。

さて、それからの活動振りは。

せいぜい八ノットくらいの速力で、遠い海路を敵に見つからぬよう島から島へと巧みに忍んで、何日もかかって目的地に物を運ぶのである。からだが小さいことが一つの利点である。それに船体一面に椰子の葉などでカムフラージして、じっとしておれば小さな島としか受取れない。昼の間は島とか陸地の海岸のジャングルの茂みに近く船をもやい姿をやつして休憩し、夜になると出かけて走る。こうして単独で、幾日でも幾日でも、それを続けて行くのである。一度出港すれば味方の基地に着くまでは、安否の消息は司令部にも充分よく判らぬ。こんな調子の蟻輸送で、とにかく前線部隊の命脈が保たれたのであった。長い間には損害も受け戦死者も出て、その後内地からの補充も多少はあったが、次第に減耗して、終戦の時には、最初に来た人達は大分少くなっていたと思う。私の手記の一部にこんなことが書いてある。

「十九年四月三十日。先般子息を戦死（父子及び甥の三人にて機帆船船主兼船長として当方面に昨年六月より従軍し居れり）せしめし船長を招き慰籍す。」

この人の名前が書いてないのが甚だ遺憾である。

身を挺して遥々南洋の苦戦に参加し、狭い小船の中で極めて不自由な生活をしながら、困難な輸送任務を続けて、前線の戦闘部隊のために、黙々として縁の下の力持ちをやって下された、これら機帆船乗員達の尊き心と行いとに対し、私は限りなき敬意と感謝を表するものである。

21　ラバウル海軍航空隊

ラバウル方面の長期戦で、航空戦は、今次大戦の例に漏れず、最も重要な地位を占めていた。そしてあのころよく歌われた如く、ラバウル海軍航空隊は終始実によくやったと思う。

既述の通り、私の着任した昭和十七年十月初旬ごろは、第二回ガダルカナル奪回作戦のはじまる直前で、敵も味方も南部ソロモンのこの小さな島を中心として鎬を削っていた時である。従ってその花形たる航空部隊は、索敵に攻撃に、あるいはまたわが輸送船の護衛に、必死の奮闘を続けつつあった。

敵は、せっかく取った要衝を取り返えされては一大事と、あとからあとから人員、物資を注ぎ込んでくる。それを味方は索敵線を張って、遠くソロモン南方洋上に至るまで隈なく探し求め、発見次第待機中の攻撃部隊を発進せしめて、撃滅しようと構えていたのである。

さてこの索敵ということが第一に大切なことであって、これに手抜かりがあるとひどい目に遇う。索敵機は概ね単機ずつ予め定められてある各索敵線に沿い行動し、敵を発見した場合には巧みにその耳目をくらましつつこれに触接して、絶えず敵情を報告し、機を失せず味方の攻撃部隊を呼び寄せるのであるが、任務に気をとられている中につい敵機の急襲を受けることもあり、あるいは予定以上長時間の行動をとらなければならぬような羽目になり、思わずも燃料が尽きてしまうとか、天候の急変とかいろいろの原因のために行衛不明になり、そのまま帰らぬことがしばしばあった。なかには燃料の尽きるのが判っていても、発見した好餌を後からやって来つつあるわが攻撃部隊に確実に渡さんがために、決死の触接行動を続けて遂に帰らなかったものもある。

攻撃部隊の奮戦力闘に至っては言うまでもなく、敵の輸送部隊に対する攻撃以外、毎日天候の許す限り日課的にガダルカナル敵飛行場の爆撃を敢行し、彼が航空兵力の減殺に余念がなかった。それは、不日決行さるべき奪回作戦に対する第一着手として、現地陸軍がさらに必要とする補充人員、兵器、弾薬、糧食等の輸送実施上最も妨害となる敵航空兵力を、前もって徹底的に撃破しておくことがこの際絶対要件であったからである。

物力甚大なる敵は、たとえ一度や二度殆んど全滅に近い痛手を受けても、いつの間にか補充して、二日もたてばまた盛り返す有様で、こちらと違い、輸送力でも工作力でも格段の差のある敵のことだから少しも油断がならぬ。うっかり、こちらと同じだとの錯覚に陥ることは禁物である。故に、わが輸送船団出発予定期日のかなり前から連日敵の航空基地に手痛い攻撃を加えて、一時グウの音も出ないほどにして、その再起の日時を与えずサッと送り込もうという、きわどい芸当をしなければならぬ。従って、この航空作戦の成否が輸送の成否、ひいては実に奪回作戦成否の重要なる鍵を握るものとしてわれわれは苦心惨澹、成敗をこの一挙にかける意気込みであった。

しかし、これに使用する兵力は必しも充分とは認められなかった。

ラバウルからガダルカナルの敵飛行場までは約六百浬ある。これを単に往復するだけでも当時の飛行機の速力では八時間は優にかかる。まして先方へ行って戦闘をして来るのである。出るから帰るまで極度の緊張の八時間である。これを同一の人間が毎日繰り返すのではたまらぬから、一日行けば少くも二日くらい休むのがまず普通のやり方であるのだが、搭乗員の数が足らぬからそうは出来ないので、二日も三日も続けて行く。

攻撃部隊は、爆撃機隊とこれを掩護する戦闘機隊とから編成されていたが、その戦闘機乗りの人達の中には、実に連続六日の爆撃行をやってのけた豪のものもいた。戦闘機は単坐であるから一人で操縦し見張りをし、戦闘をする。そして敵戦闘機の攻撃に対し終始わが爆撃機隊を掩護する重責を背負っている。この一日だけでも相当な仕事を、毎日休みなしに六日間続けるとはまことに驚くの外ない。

私は、はじめに参謀からこのことを聞いた時に、実に無理だと思った。私だけではない、だれも皆無理だと思っている。しかし、無理でもやらなければならぬということを皆覚悟しているのであった。乗って行く御本人達も素よりその無理を意に介せぬ気魄に満ちていた。私は、事前に部隊長以上を集めて作戦計画の説明をした席上で、「この輸送さえうまく行けばガダルカナルの奪回は必ず成功すると思う。そうすれば、ここにまた戦局の一大好転を見るのであるから、今しばらくの間無理を忍んで奮闘してもらいたい」と、懇々と述べた。もちろん一同は言われるまでもなくよく事態を了解し、欣然としてこの至難の作戦を完遂してくれたのであった。

なお、この敵航空兵力の減殺に関しては、ラバウル航空隊のみならず、トラックから参加した第三戦隊金剛、榛名の二戦艦が十月十三日、夜陰に乗じてガダルカナル飛行場前面まで突入し、三十六糎の特製焼夷弾を無数に打ち込み、一面に火の海と化せしめた、あの痛快なる夜襲も、これがための作戦行動であったことを、ここにつけ加えておく。

ここにまた、輸送船団の掩護戦闘機のことについて研究すべき問題が起きた。

わが船団は、日没後暗くなってからガダルカナル島西端附近にあるわが軍占拠地域の桟橋に着いて、夜の中に極力陸揚げしてしまう計画であった。従って、ガダルカナルの極く近くで日没となるわけだが、わが船団上空掩護の戦闘機は、どうしても日没の十五分前に引き揚げないと、明るい中に遠く後方にあるブーゲンビルの味方飛行場まで帰りつくことができない。そのころの航空技術とわが飛行場の設備では、暗くなると戦闘機の帰着はまず困難とされていた。しかし、太陽が海に没したからといって、すぐ真暗にはならぬ。いわゆる、たそがれ時の明るさが三、四十分は続くから、それを勘定に入れて、大体日没時の十五分前に帰途につけばよいのであるが、その十五分前からたそがれ時にかけての僅か数十分間が問題であった。なぜならば、近くのガダルカナルの飛行場を占領している敵は、そこから飛び出して暗くならぬ中にまた帰るのはわけない。だから、味方の掩護機の帰った後の一時間足らずの隙をねらって来られると、わが輸送船団は目指す港を前にして、みすみす九仭の功を一簣に欠くようなことになりかねない。既に述べた通り、前もって敵の航空兵力を極力たたきはするが、しかし、それだから大丈夫だなどと独りよがりな安心は、もとより許されない。この大切な輸送に対しては、念には念を入れて万全を期すべきである。それではどうすればよいのか？　これも結局ある程度の非常手段をとらねばならぬということになる。

当時の参謀長の酒巻宗孝少将が私に、「やむを得ませぬから直衛戦闘機は大体暗くなるまでつけておいて、そのまま附近の海上に着水し、飛行機は捨て人間は輸送船団を護衛している駆逐艦に収容することに致したいと思います」と提案した。

輸送の万全を期するために、戦闘機数機を捨てることは致し方ないが、ただ着水の装備のない艦上機でもって、しかもたそがれ時の薄くらやみに海上に降りることは、無理にやってやれぬことはないが、下手をすると人を殺すことになるので慎重研究の要があった。がしかし、他に案もなく、暗くなって遠くのわが飛行場まで帰るよりも、この方が安全率が多いという結論で、敢えてこの方法を採用することに一決した。その結果は、着水に際し二名の搭乗員を失い、何とも遺憾に堪えない気がしたことであった。

かかる苦心と努力により、この輸送作戦は美事に成功した。

その日、結果如何にと案じていたわれわれの許へ、現地よりの電報によれば、五隻の高速輸送船は全部無事に到着した。そして桟橋で揚搭作業中、払暁に敵の爆撃を受け、不幸にも一隻火災を起したが、そのころまでには既に各船とも積荷の約八割を揚げることができた。その中に夜が明けて敵機の活動が烈しくなったので、他の四隻はいち早くその場所をはなれ沖合に出て、高速力でグルグル旋回運動をして爆撃を避けつつあることが判った。

そのころの彼我一般爆撃の状況では、こうやっておればまず爆弾が命中する心配はなかったから、昼間はこの回避運動を続け、夜になるのを待って、再び桟橋に横づけして残りの分を揚げればよい。必らずそうするものと思い込んでいたところ、その後届いた電報で、陸軍の輸送指揮官が「八割揚げれば充分だから」との意見で、次の夜を待たずに輸送船を引き帰してしまったことを知った。

私としては、わが航空隊及び水上部隊が、あれほど千辛万苦の末無事に送り届けたのであるから、もっとねばって全部揚げてくれるのが当然であり電報を打とうかとも思ったが、既にドンドン帰りつつあり、電報往復の費消時間を考えると、いまさら引き返しても無駄であるので、そのまま何も言わなかったけれども、少からず不服であった。

ただ私は、事前にこの輸送計画に対し、極力努力はしても、最悪の場合を考えると半分くらいしか揚陸できないこともあると思ったので、あらかじめそのことを当時ラバウルに居られた陸軍の宮崎参謀長に話したところ、「今度の輸送は、それらの点も考えに入れて損害に対する充分の余裕を見積ってあるから、半分揚げることができれば、それで陸上作戦はできます」との答えであったので、八割ならば大丈夫と、心外に思いながらも、その点は一応安心をしたのであった。

その後も、航空隊は連日奮闘を続けたが、十月二十四日を期して行われた第二回ガダルカナル奪回戦は期待に反し、遂に不成功に終ったのは実に千古の恨事であった。

そこで、さらに第三回の攻撃準備として、増援部隊、その他物資の輸送に全力を傾けたが、最早高速輸送船はなくなる、敵機の勢力は強くなる、困難の度は増す一方で、遂に十八年二月初頭ガダルカナルの撤退となり、これより敵の進攻がはじまり、われは防勢に立たざるを得なくなった。

敵の北進に伴い、作戦の主体はいよいよ航空戦となったにもかかわらず、わが人員、機材の損害に対する補充はますます不足し、兵力の関係上思うがままの作戦もできず、残念に感じたことも一再ならずであった。ただ航空隊員のあり余る闘志のみがよく衆敵をかけ悩したことであった。

十八年二月ガダルカナル撤退以後、十九年二月に至る一年間における、わが方飛行機の損失は約七百機に上った。一方敵の艦船、飛行機あるいは基地の施設、物資等に与えた損害もまた莫大なるものであろうことは疑う余地がない。この間殆んど毎日、こちらからも行きあちらからも来る有様で、寧日なく戦い続けた。彼の第一次乃至第六次ブーゲンビル島沖航空戦と称せられるものもその戦蹟の中に数えられている。

それら衆知の戦記を逐一ここに書くのは止めるが、この航空隊の活躍が突如十九年二月、戦勢急変のため、急転直下終止符を打たれるに至ったことは、まことに残念千万の思いがした。

しかし、話はこれからである。私がここに特別くわしく述べたいのは、これまで余り世に知られていないと思う、これから後のラバウルに残留した航空隊員の不撓の力戦である。

昭和十九年二月十七、十八両日にわたるトラック空襲により、わが聯合艦隊直属の航空兵力が大打撃を被ったために、その補充として在ラバウル全機のトラック移動を発令されたことは既述の通りで、早速飛行機は全部空中輸送され、残った搭乗員、整備員等も飛行機及び艦艇にて極力送り還えされたが、今までこの方面に集中していた多数の航空関係員を全部かえすことは、既に後方との交通意の如くにならぬ当時の状況では、到底できなかったので、結局三千五百有余のそれらの人々は、そのまま残留することになった。

ところで、各航空戦隊、航空隊の司令部はすべて飛行機と共に移動することになったのであるが、それらの幹部がみんな行ってしまったのでは、この残った航空関係員をこれから統制してゆく上において非常に困るので、少くもだれか一人残る必要を生じ、その選に当ったのが堀知良中佐であった。

同中佐は偵察航空隊の飛行長として昭和十八年の夏に着任し、爾来奮戦を続け、いままた落日のラバウルに止まって、残留員を以て新しく編成された航空基地隊の副長兼飛行長として、最後迄籠城航空戦の直接の采配を振ったのである。

ここでちょっと、堀君の手記をかりて、この前後のころのラバウルの航空戦の模様をしるして置きたいと思う。

十八年の十一月ごろから、敵大、中型機の昼間大空襲が度々訪れるようになった。また時には敵の機動艦隊も附近の海上に出現して、その艦載機の大群による空襲も受けた。それでも当時はまだラバウルにも相当の航空兵力があり、彼我数百機の戦闘機が入り乱れての激烈な大空中戦が、殆んど連日わが上空に展開され、その都度相当の敵機を撃墜し、可なりの戦果を挙げていた。内地のラジオが毎日のように軍艦マーチ入りで、ラバウル航空隊の大戦果を放送していたのはこのころであった。

このころ空中戦で、敵機の撃墜数はわが機の損害に比し遥かに大きかったことは確かに事実であった。しかし敵の爆撃により蒙ったわが地上の損害は極めて大で、一度大空襲を受けると物資集積所その他各所に大火災が起り、濛々たる黒煙は天に冲し、湾内の輸送船はここかしこに、あるいは傾き、あるいは炎上し、はるばる数千浬の波濤を越え、敵潜水艦の執拗な追跡を逃れて、辛うじて運んで来た貴重な物資を荷揚する暇もなく、徒らに煙と化し、ある時などは、爆薬類を積載した大型輸送船が三日二晩物凄い火炎と爆音を発しながら上空を赤く焦がして燃え続けたことがあった。そして地上の建物も、立派なものから次々とやられ、美しい熱帯樹の並木もだんだん憐れな姿となり、わが対空砲火も空襲の度ごとに目立って衰えて行った。

当時わが方はラバウルの相当前方に電波探知所や見張所を設けていたが、この電探が割合に成績がよく、敵空襲部隊がその基地上空で勢揃いをして出発するころには、これを探知して報告したので、大体一時間くらい前には敵襲を予知できるのが普通であった。そうすると艦隊司令部では黒竜と称する大きな打上煙花で全軍に警報していた。それがちょうど蛸の足のような恰好にひろがるので、われわれはこれを蛸の足と俗称していたが、これが上ると飛行場は文字通り戦場の忙しさとなる。まず攻撃機や偵察機のような空戦能力の弱いものを飛び出させて空中避退さす。故障機や整備中で飛べないものは総て掩体壕に入れる。一方戦闘機隊は一斉にエンジンを発動して次々に離陸し、隊形を整えながらグングン高度をとる。最後の戦闘機を離陸させて地上員はホット一息、防空壕の入口で皆空を見上げている。間もなく豆粒のような敵機の大集団が空の彼方に現れ、たちまち大きくなって来る。わが戦闘機隊はこれに向ってまっしぐらに突進する。敵の護衛戦闘機はこれを防ごうとして、ここかしこに空中戦闘が始まる。一部のわが戦闘機は敵機の網をすり抜けて敵の爆撃機隊に肉迫する。彼の一機、二機煙を吐いて列外に出るもの、遂に火を吐いて物凄い唸りを立てながら墜落するもの、二つ三つくらげのような落下傘がパッパッと開く。それでも大部分の敵爆撃機は隊形を崩さず真直ぐにドンドン近寄って来る。その中にわが高角砲が一斉に火を吐き出す。パッパッと敵機の周囲に高角砲弾が白い玉のように炸裂する。いよいよ敵の大編隊が直上に迫る。われわれは皆防空壕の中に入って耳と目を塞いでしゃがみ込む。シャーという夕立のような音がする。爆弾を投下したのだ。ドカンという百雷の一時に落ちるような音、頰ぺたを叩かれるようなショック、濛々たる土煙り、鼻をつく火薬の臭が一しょくたになって防空壕の中に飛び込んで来る。大地は大地震のようにグラグラ揺れる。やっと爆撃はすんだ。入口から顔を出して見るが、しばらくは土煙りで何も見えない。上空にはまだ空中戦闘を続けている戦闘機の唸り声が聞える。爆撃機隊のゴウゴウたる爆音は大部遠ざかったようだ。やがてわが戦闘機が着陸して来る。避退していた飛行機もポツリポツリ帰って来る。

これが大体そのころのラバウルにおける敵空襲時の一般の様相であった。

時には機動艦隊の艦載機が、周囲の山頂すれすれに奇襲して来たこともあった。ある時の如きは、わが電探による予報がなく、見張所よりの警報により僅か十分間くらいの余裕しか得られず、まだわが戦闘機の半数も離陸していないのに、既に上空は敵機をもって覆われ、空一面真白に見えるほどの落下傘付小型爆弾が降って来た。われわれは防空壕に飛び込む暇もなく、地上にうつ伏した。爆弾が小型であったため、施設の損害は比較的少なかったが、人員の死傷は割合に多かった。しかし戦闘機の離陸が遅れたことはかえって幸いして、飛び上るや直ちに敵機を捕捉し、それに地上砲火の効力とも相まって、この日はたくさん獲物を仕止めて非常な戦果を挙げたのであった。

敵は使用する爆弾もいろいろ変えていた。ある時は小型爆弾を数多く雨の如くばらまくかと思うと、時には大型爆弾を飛行場の滑走路に投下して使えないようにした。この滑走路に大穴をあけられるのは非常に痛手であったが、敵は何か新しい作戦をやる前には、わが航空機の活動を封ずるためよくこの手を用いた。八〇〇キロや一トン爆弾を投下されると、その穴はまるで噴火口のように大きく、一つの穴を埋めるのにトラック約八十台分の土を運ばなくてはならない。そんなのを一〇〇発から一五〇発くらい落されるので全くたまらない。数千人の設営隊員やトラックを総動員して、徹夜で修理してもなかなか追っつかないで、極く必要な所の穴埋めだけがやっと出来て、それ以上にはとても手が及ばず、飛行場のあちらこちらに無数の大きな池が出現した。敵のように強力な機械力があれば修復も楽であろうが、哀しいかな、わが機械力は甚だ貧弱で、殆んどないも同然であった。

やがて敵はわがラバウルの目と鼻の先のグリーン島を占領し、たちまち飛行場を完成してしまった。こうなると電探の測定通報も余裕がなく、敵の空襲を待ち受けることが極めて困難となり、こうして一層わが方の航空兵力は痛めつけられた。

何よりも必要なわが搭乗員と飛行機の補充は、内地の逼迫に伴い思う通りに望めない有様であったが、その中に中央でも非常なる犠牲を払い、約三百機の零式戦闘機をトラックまで運び、ここで装備を完了の上ラバウルに持って来ることとなり、われわれは大いにこれに期待して、一日千秋の思いで待っていたのであったが、ちょうどその時、トラックは彼の大空襲を蒙り、われわれの待った三百の戦闘機は装備を完了して出掛けるばかりの姿のまま、地上に空しく炎上してしまったとのことで、これを聞いてわれわれは地団駄踏んで口惜しがったが如何ともできず、ただ天を仰いで嘆息するのみであった。それのみならず、この後方の危急を救うために、ラバウルに現存する水上機以外の飛行可能の全機は、直ちにトラックに移動することになったのである。

約半年前までは、まだわが航空部隊は積極的に敵基地等の攻撃に出かけ、空中戦闘は大低敵地の上空において展開されていた。それがわが兵力の弱体化とともに、次第にわが方に移り、やがてラバウル上空が空中戦闘の主戦場と化し、概ね防禦戦闘に終始する有様となり、遂に今や全く航空兵力を有せず、手足をもぎとられたような憐れな状態になってしまったのである。湾内にあれほどたくさんいた艦船も、航空兵力の無い所には到底留っていることはできない。次々に引き揚げて行き、残るは大発、小発艇の類や、爆撃によって破壊され擱坐した艦船の赤く銹びた姿のみとなり、港内は急に寂しくなった。

敵はもちろんわが航空兵力の後方移動を間もなく察知し、その数日後より約二ヵ月にわたり、戦闘機を持たないラバウルは、全く目もあてられぬような猛烈な徹底的な爆撃に曝された。地上にある建物という建物、市街中心附近の樹木という樹木は跡方もなく消滅しつくされ、吹き飛ばされてしまった。

この猛爆撃はその後ようやく下火となり、大空襲部隊は時々来る程度になったが、それでも毎日上空には絶えず多少の敵機の姿を見ぬ時はなく、昼間は三乃至四機編隊の戦闘機が、大体二隊ずつグルグル飛んでいて、何か獲物を見つけると、たとえそれが一台の自動車、一隻の小舟であり、時には一人の人間であってさえも、鷹が獲物を得た如くにたちまち襲いかかって、銃撃の雨を浴せかけるのである。また夕方から翌朝までは、一機か二機の中型爆撃機がこれに代り、終夜上空にエンジンの音を響かせ、めくら滅法に爆弾を落してわれわれの安眠防害をやる。この状態は殆んど晴雨の別なく終戦の前日まで続いたのである。

以上堀君の手記によった。

さて、話は元に戻る。

前記のように航空関係員はたくさんラバウルに残ったが、飛行機はその当座一機もない。もっとも、十機足らずの水上機隊だけは引き揚げずに残されて、これがまた大いに働いたのであるが、その話は後に詳しく述べるとして、陸上基地は一時全く空っぽになってしまった。

聯合艦隊からは、内地からの飛行機の補充ができ次第、再び当方に航空隊を配属すると言ってはきたが、私はじめだれも皆、恐らくそれは実現される余地はあるまいと覚悟していたし、また事実そうであった。しかし、今後の籠城作戦のことを考えると、たとえ一機でも二機でもあるのとないのとは非常に違う。また残された航空隊員の気持としては、飛行機を持たぬことは理屈抜きに堪えがたきものがあったと思われる。そこで何とかしてというので、航空廠の残留組の山川義夫大佐以下技術関係者達が、爆撃で破損したわが飛行機の残骸ともいうべきものを集めて、使用可能の部分を巧みに修理したり継ぎ合せたりして、一機、二機とはじめて、遂に戦闘機約十機と、最後には艦上攻撃機までも二機作り上げた。連日空襲下におけるこの努力は正に絶賛に値いする。これらの中には、性能においても強度においても、厳重なる正式の検査規程にはあまり充分でない代物も多少はあったが、この際あまり窮屈なことを言ってはおられなかった。

さて肝心の搭乗員だが、実のところ、その意気は壮であったが、その腕前はこれに伴わない者が多かった。というのは、大体において百戦錬磨の古強者は聯合艦隊に引き揚げて行って、残ったのは比較的戦歴の浅い若武者どもで、なにくそという心持は素より前者に劣らぬが、腕はまだ充分に出来ていないのが大部分であった。そこで、まずこの人々を訓練して、今少し仕立て上げることが先決問題であった。そして、同じく残った極めて少数の先輩を教官として、現地における教育訓練が始められた。

敵機は絶えず上空に飛来する。その隙を見て、夕方とか早朝などに飛び上って短時間の練習をやる。鬼のいぬ間の洗濯である。こんな無理な練習をしながらも、若人達の技倆は次第に向上し、もはや大丈夫となったので、当時僅か数機の戦闘機ではあったが、航空廠が必死の努力の賜物をもって必死の活躍に乗り出したのである。

私の日記によれば、既に三月二日には手始めに敵の戦闘機五機を撃墜している。

この日ラバウルに対する敵の空襲は猛烈で、特にそのころまだ市街地区にあった艦隊司令部周辺に対し盛んに爆弾を落し、附近一帯大損害を受けた。敵はわが方には何もいないと安心しきって傍若無人に暴れている。その隙に乗じわが七機は巧みに敵の目を掠めて接近し、この奇功を奏したのである。

ところが、それから数日間は毎日猛烈な空襲が、わが飛行場方面に指向された。それは恐らく、敵は案に相違して再びわが戦闘機の存在を認めたので、その隠し場所を探り撃ちしたものと思われた。このため十日ばかりは我慢をし、ほとぼりの冷めたころにまた鋭鋒を現わした。

ラバウルの東方直距離にして約百二十浬の洋上にグリーン島という小島があり、ここに海軍の見張所があり、陸軍も小部隊が駐屯していた。しかるに、十九年一月三十一日に敵が上陸したとの報告があったので、わが海軍は直に和田久馬大尉の指揮する陸戦隊一個中隊を、二隻の潜水艦により輸送増援して取り返したのであるが、二月十五日に至り敵は再び大挙して来り、和田中隊長以下奮戦これ努めたが力及ばず、遂に十九日に至り連絡が絶えた。これより先、ラバウルよりも航空機（註　当時は引き揚げ直前にてまだ存在せり）潜水艦により極力救援を計ったが、成功せずして多数の勇士を失ったことは、まことに遺憾千万のことであり、私としても大いに責任を感じた次第である。この無念の島に敵はたちまち飛行場を急設して、いよいよラバウルに対する本格的空襲を強化したのであった。

そこで、今度はこれを急襲して損害を与えかつは戦友の英霊を慰めんと、三月十二日午前二時半、選抜された搭乗員による戦闘機四機は小型爆弾を搭載してグリーン島飛行場の夜間爆撃を企図した。しかし、矢張りまだ夜間飛行に未熟の点もあり三機は途中より引き返し、一機だけ爆撃の目的を達して帰還したような始末で、残念ながら充分の成果は挙げられなかった。一方夜が明けてから、この日もラバウルには例により空襲があったので、これに対しわが七機が飛び上り敵五十機と渡り合い、その二機を撃墜したが、わが方もまた二機が遂に帰って来なかった。

三月二十日早朝、ニューアイルランド島カビエンのわが第一、第二飛行場に敵B二四の来襲あり、続いて駆逐艦を伴う戦艦四隻が現われて艦砲射撃を行い、わが方に兵器その他若干の被害があった。また別に、敵艦数隻が同島のロスク沖に現われ、砲撃とともに揚陸を開始したとの急報があり、これは誤報であることが間もなく判ったが、グリーン島占領後敵のわが方に対する行動が積極化しつつあった際でもあり、一層警戒を厳重にするとともに、わが七機は急速敵を索めて発進し、附近海面に中型航空母艦一隻と大型巡洋艦一隻が、ラバウルの方向に針路南東速力十五ノットで航走しているのを発見し、これを爆撃して至近弾三発を得たが、残念ながら命中弾はなかった。そして、一機は待てども帰らなかった。

三月二十四日には、わが陸軍が、さきにブーゲンビル島のタロキナ附近に上陸し航空基地を完成していた敵に対し、これを撃滅すべく数ヵ月の準備を整え、この朝を期して総攻撃を開始することになった。ところが、わが航空兵力はこの海軍戦闘機が数機あるのみで、到底まともな戦闘はできないが、為し得る限りの協力をしたいと研究の結果、払暁に奇襲を決行するより外に手はないということになった。だがしかし、ラバウルから敵地まで二百五十浬の距離を遠く夜間飛行することは、いまの搭乗員の腕前ではやや覚束ないのであった。とは言え陸軍の要望もあり、この大事に当り多少の無理はしても断行することに決め、夜なかの二時半に六機の戦闘機は爆弾を持って勇しく発進をはじめた。私も見送りに行っていたが、一機が離陸のため滑走中どうしたはづみか横に外れて破損し、そのためさらに他の二機が追突するなどの事故が起り、ようやく三機だけが発進したところ、これまた夜間飛行に未熟なため、目的地に達することができずに空しく帰還し、一機はそのまま行方不明となった。一同大いに気負い込んでいたのに思わぬ不結果となり、非常に残念に思ったことであった。

この損害に鑑み、その後しばらくは訓練に努めるほか戦闘行動はやらなかったが、この間、敵の北部ニューギニアに対する進攻、サイパン来襲等悲報相次ぎ、戦況日に切迫するものがあるので、じっとしておれなくなり、多少なりとも聯合艦隊の主作戦に寄与すべく、六月五日に、当時既に敵が占領して前進基地としていた、ラバウルの北方三百五十浬にあるアドミラルチー群島のロレンゴウ港を、戦闘機二機にて隠密偵察し、航空母艦、戦艦その他多数が出動準備中であることを確認し、その状況を聯合艦隊に報告した。これに対し同長官から「よくやった」と特に賞詞を忝うしたのであった。

引き続いて、十二、十三、十四、十六、十八日とアドミラルチー方面の敵艦船の動静を偵察し、有効なる敵情報告を電報した。これはおよそ正午から午後三時ごろの間に、敵機の上空監視の隙をねらって、敏速に飛び出して敵地に向い、なるべく高高度で敵に覚られぬよう隠密偵察を行い、夕方に帰って敵のおらぬのを見定めて迅速に飛行場に滑り込むのであって、毎日同じ時刻ではまづいから多少変更し、時には午前三時ごろに出発して夜明けに偵察し、朝の中に早く帰ったこともあった。しかし、夜間飛行は前述の通り相当熟練者でも当時は一般にむづかしかったので、これはそう度々はやれない。もともと昼間にしても、このボロ戦闘機で敵の警戒の目をくぐり、かような偵察を行うことは決して容易な業ではない。概ね二機で行くが、途中天候などのために一機だけしか偵察ができなかったり、あるいは敵の攻撃を受けて還らぬことさえあった。ただ、幾分なりとも本土近くの主めたのであった。

作戦に協力したいという一同の燃ゆるが如き念願が、こんな行動を繰り返して倦まざらし

六月から九月に至る間に、遠く北方の主戦場において、サイパン、グアム、テニヤン、ペリリュー、モロタイ、アンガウル等次から次と敵手に落ちるのを聞きながら、なす術もなく、ただ飛行訓練を励行して極力腕を磨ぐほかなかった。

九月十五日、聯合艦隊命令により、久し振りに戦闘機二機をもってアドミラルチーの偵察を行い成功したが、その中の一機は偵察終っての帰り途に、同群島の東方約百六十浬にあるエミロー島——ここにも敵が飛行場を造っていることをわれわれは知っていた——を偵察し、飛行場に敵機が多数ならんでいるのを見てムラムラと出来心でこれを奇襲し、機銃掃射で一嘗めして数機を炎上せしめ、得々として帰って来た。しかし、これは大功な偵察の任務を持った者が、速かに帰って詳細報告をしなければならぬのに、余計なことをやって万一自分がやられたならば、まことに申しわけのないことになる。若気の至りとは言え軍規上最も戒しめなければならぬことで、部隊長、参謀あたりから大目玉を食ったようであった。だが、それはそれとして、いくら落目になっても苦労しても、魂は生きているというピチピチしたこの脱線振りには、何かしら愉快を感ぜしめるものがあった。

十月中旬には、敵がレイテ方面に出現したので、この際敵の動静を探るために、十五日に戦闘機二機をもって、またまたアドミラルチーの偵察を行った。これに対し再び聯合艦

隊司令長官から左の賞詞を電報をもって一般に布告された。

南東方面部隊戦闘機隊が臨機よく戦況に即してアドミラルチーを偵察し敵後方拠点所在兵力を確認して全般作戦に寄与せるは大に可なり。

十月下旬に至り、「18」に書いたように極力敵兵力をラバウルに引きつけるための積極的作戦を計画することになった。と言うても、矢張り僅少の戦闘機をもってアドミラルチー方面の敵基地を襲撃する程度を出てないものであったが、それでも当時のわれわれとしてはなかなか並大抵ではなかった。

まず、その準備として敵情の偵察をしなければならぬ。二回偵察を行ってよく見究めた後、十一月九日を期して戦闘機三機をもってアドミラルチーのハイン飛行場の攻撃を決行した。

その編制は左の通りである。

一番機　指揮官　飛行兵曹長　大久保忠平
　　　　操　縦　二等飛行兵曹　川戸正次郎
二番機　　　　　上等飛行兵曹　新　保　泰
三番機　　　　　二等飛行兵曹　若生　文雄

註　右の中、一番機は偵察、攻撃に便ならしむるために、航空廠の人達が骨を折って、単坐機を複坐に改造したものである。

各機には六十キロ爆弾二発ずつを搭載して、午後一時二十分発進、三時過ぎに目的地上空に達し、飛行場内に大型中型合せて約五十機が並んでいるのを見定めてこれを急襲した。たちまち七、八ヵ所炎上し、約三十機を爆破したものと判断された。これを確認し凱歌を奏して無事に帰って来た。敵は全く油断しきっていたらしく、さほどの抵抗もなく、ただ啞然たる模様であった。

翌十日に大本営から左の祝電が来た。

南東方面艦隊が孤立無援の境遇に屈せず創意工夫を凝して積極的作戦を画策、国軍の全般作戦に寄与しつつあるは大いに可なり特に十一月九日ハイン飛行場を奇襲し偉功を奏したるを慶祝す。

また永野軍令部総長から、

本日南東方面部隊零戦三機のアドミラルチー偵察攻撃に関する戦況を奏上せるところ大元帥陛下には御満足の態に拝せられ御嘉賞の御言葉を賜わりたり。

との伝達があって、全軍の士気いよいよ天を衝くものがあった。

十二月二十日、聯合艦隊よりの要望により、アドミラルチーの偵察を企図したが、天候不良のため途中より引き返し、翌二十一日に再び戦闘機一機を発進したが、敵機八機が待ち構えていたので、目的を達することができずに帰った。なお、このころ連日にわたり敵機がわが各飛行場を執拗に爆撃するので、それやこれやを考えると、先日のハイン飛行場攻撃により、敵は大分警戒し出した如くに思われた。しかし、こうやって彼れが関心を一層こちらに向けることがわが作戦の目的であった。

かくして年あらたまり、正月早々フィリッピン方面の風雲ますます急となったので、極力これに策応するため、一月九日アドミラルチー偵察のために一機を出したところ、敵の攻撃を受けたのか消息をたち、遂にそのまま帰らなかった。そこで翌十日にまた一機行って、これは偵察に成功し無事帰りはしたが、敵十六機と交戦して斬り抜けている。

十二日に三たび偵察に向った一機は、これまた行方不明となった。

一方、このころに至り、ニューブリテン南岸の敵はジリジリとわが陸正面に迫り、既にラバウルの南方約八十キロのズンゲンという所まで来ていた。しかし、それ以上急激に決戦に出る力もなく、またその意志もないらしく、ただ遠巻きに対峙しているのであったが、これに対しわが陸軍は、例の積極作戦の一環として攻勢に転じ圧迫を加えつつあった。しかるところ、三月十日過ぎに、たまたまわが遊撃部隊が三方面より敵の包囲を受け、一時苦戦に陥ったので、応援のため十四日夕刻戦闘機一機をもってズンゲンの敵兵舎を急襲した。これがため幸いにして態勢を盛り返すことができた。

とかくする中に、航空廠の飽くなき勉強により、艦上攻撃機二機が完成し、これまで戦闘機のみのところへ一威力を加えることになった。三人乗りで魚雷を抱いて行けるから、これを以て敵港在泊の艦船を奇襲する計画を立てた。

ところが、その搭乗員である。普通は三人一組の固有編制があるが、この場合ラバウルには艦上攻撃機を専門とする搭乗員は殆んどおらず甚だ困った。やむを得ず操作その他において比較的類似している水上偵察機の搭乗員などから選抜補充して、ともかく二組を編成した。その一組だけは経験のある古強者がいたが、他の一組は選抜された若武者揃いであった。これで毎日訓練を励行し、ようやくにしてまずこれなら二機編隊で敵地に突入可能であるという自信を得るところまで漕ぎつけた。

そこでいよいよ実施の段取りとなり、四月二十二日にアドミラルチーの綿密なる偵察を行い、しばらく御無沙汰していた港の実況を確めた。この日は複坐に改造した戦闘機に、最も老練なる操縦の新保上等兵曹と偵察の大久保少尉が乗って、午後二時快晴の現地上空七千メートルから偵察して、小型特設航空母艦二隻、戦艦または巡洋艦二隻、小型巡洋艦三隻、駆逐艦五隻、輸送船十隻が碇泊しているのを確認して帰って来た。

明日にも決行したいのだが、折悪しく肝心の攻撃機が一機不具合の個所を生じたので、その修理完成を待ち、二十七日に月明を利用して夜間攻撃を行うことに決定し、その日の昼間に戦闘機が攻撃前の偵察に向ったが、雲のために敵情を見きわめることができず、一日延期して、四月二十八日、まさにわれらが待望の日は来たのであった。

この日午後、戦闘機一機が再び偵察に向い、概ね二十二日と同様の敵情であることを確めて日暮れ近くに帰って来た。

予め出動準備を整えて待っていた、大久保少尉を指揮官とする左記編制の艦上攻撃機隊は、この偵察報告を得て午後八時十分、星の瞬き初める空に向って勇躍発進した。

一番機　操縦　少　尉　高橋徳弥
　　　　偵察　少　尉　大久保忠平　指揮官
　　　　電信　上等飛行兵曹　寺尾繁夫
二番機　操縦　上等飛行兵曹　永井二郎
　　　　偵察　一等飛行兵曹　坂本尚雄
　　　　電信　二等飛行兵曹　三輪田信男

この日私も飛行場にこれを見送った後、航空部隊本部で一同とともに攻撃隊よりの電報を今か今かと待ち構えていたのであったが、午後十一時十五分ごろ一番機より「敵航空母艦撃沈」の快報あり歓声隊内に挙った。しかし間もなくまた一番機より「二番機消息不明」の電報があり、二番機よりはその後何等の連絡がないのでその安否が気遣われ、ひたすら無事帰還を待ちわびていたが、そのうちに明方近く一番機が帰り、その報告は、

「敵は、まさか孤城落日のラバウルから魚雷を持って夜襲に来るとは思っていなかったとみえまして、何等の警戒もなく、港も艦も電灯を煌々とつけていて、殊に航空母艦は飛行甲板の灯火でよく判別がついたので、一番機はこれに向い突進して魚雷を発射し、しばら

くしてそれが命中して水煙の立つと同時に甲板上の電灯は悉く一瞬にして消え、程なく艦尾に白いうずまきが起ったのを認めて引き揚げて来ました。」そしてまた二番機についでは、「一番機に続いて航空母艦の隣りにいた戦艦らしきものに突進するのを認めましたが、その後判らなくなり、帰還途上しばらく待合わせましたけれども遂に会合しませんでした。」とのことで、あるいは遅れて帰るかも知れぬと待ちに待ったが、とうとう姿を現わさなかった。これは若い方の組であったが、大いに喜び勇んで行ったのに、かえすがえすも残念なことであった。

さりながら、当時のラバウルの状況下において、あのボロ飛行機をもって苦心惨憺これだけのことをやり遂げたのは、本当によくやってくれたという気がした。

高橋徳弥少尉の如きは以前の空戦で負傷しビッコを引いていて、片足が短かく操縦に不都合を感じたので、短い方の足に継ぎ木を縛りつけて出陣した。もって彼等の満々たる闘志を窺うことができる。

敵もこの夜襲は深く印象に残ったものか、終戦後アメリカの戦史調査団一行がラバウルに来た時に、団長の某代将が調査場に出頭した私の顔を見るなり何より先に、「終戦の年の四月に日本軍の飛行機がアドミラルチーを夜襲したことがあるが、あれはだれの命令により、どこの飛行機が来たのですか?」と訊ねたから、「それは私の命令により、ラバウルの海軍航行隊がやったのです。どうです、あなたの方は航空母艦一隻沈められたでしょう」と反問したところ、彼は何食わぬ顔で、「いやあれは航空母艦ではなく浮船渠でした」との答えであった。しかし、その浮船渠がずっと前から二個存在したことはこちらではよく承知しており、二十二日及び当日と二回の偵察の際にもそれとは別に航空母艦が二隻いることを確認して来ているので、私はどうも先方の答えを変に思った。私の思いなしか、平気を粧ってはいるが、何かしら複雑なる表情が認められたような気がした。終戦帰還の後、内地で当時の指揮官大久保少尉に会ったところ、同君は左の通りに言っていた。

「私も調査団一行が来た時に、同じような問答をしました。しかし、私は真珠湾以来歴戦の経歴を持っており、あの情況において、この眼で浮船渠と航空母艦とを見違えるほど未熟者ではなかったということを、今でも確信しております。」

　私も大久保君のこの言葉を信ずるものである。

　その後八月ごろに至り、ブーゲンビルの第八艦隊方面の戦勢が極めて危急の状態となったので、何とかして極力援助の手を差し伸べたく思ったが、他に方策もなく、微力ながら残されたるこの唯一の航空奇襲戦法をもって敵勢を減殺し、せめてもの寄与を致したいと思い、同艦隊とも連絡の上、十七八日ごろに全力をもってタロキナの敵根拠地を襲撃する計画を立てその準備をしていたが、これを実現するに至らずして終戦の幕は下りたのであった。

さて、今まで述べた陸上基地航空隊の話とともに、水上機隊の功績もまた見逃すことができない。

これはその性能上大編隊をもって敵と渡り合うような派手なものではないが、主として哨戒、偵察、輸送あるいは船団輸送の上空直衛など、言わば縁の下の力持的の地味な任務に黙々として尽瘁し、その挙げたる戦果はまたまことに大きいものがある。

まず飛行艇隊は、最初よりこの方面に進出して活躍していたが、私の着任したころには寺井邦三大佐の指揮する大型飛行艇隊がソロモン群島北部のショートランド及びレガタ等を基地として、基地航空部隊の中攻機とともに日々遠距離の洋上哨戒に当り、また十八年一月には二十、二十二、二十六日の三回にわたりソロモン群島の南東約三百浬にある敵の前進基地たるエスピリサント島を夜間爆撃し、大火災を起さしめて後方補給を攪乱するなど、大いに働いていた。この寺井大佐の優れたる指揮振りは、当時私も認めていたのであったが、その中に四月ごろになって敵の空襲次第に烈しく水上基地における飛行艇の安全保持が困難となったために、残念ながら引き揚ぐるのやむなきに至った。

水上飛行機隊も早くよりソロモン方面にあって哨戒、輸送、連絡等の戦務に当り、またガダルカナル方面への輸送船団の上空直衛にもしばしば配置され、よく艦上戦闘機にも劣らぬ働きをして輸送部隊の評判も非常によかった。

水上機は大きな浮舟をつけており、構造、性能上から優速軽快なる陸上戦闘機などとの太刀打ちは一般に困難なることは衆知の通りであるが、それにも拘わらず船団直衛のわが水上機は、時々来襲する敵陸上機と渡り合いその数機を撃墜するなど、零戦同様の立派な戦果を挙げ、よくその任務を尽したのである。

あるいはまた戦況の進むに伴い、敵の高速魚雷艇が夜間ラバウル附近にも盛んに出没して、わが大発、小発、機帆船等の小舟艇による輸送線を脅すにおよび、これに対し水上機隊はその得意とする粘り気を発揮し、しばしば悪天候を冒して縦横の活躍をなし、さらにまた時としては単機、二機などで敵基地を夜間爆撃したこともあった。

その後機材補給等の不如意のために次第に縮小されたが、十九年二月に陸上基地隊が引き揚げて行った際にも、水上機隊のみはそのまま居残り、飯田麒十郎大佐、山田竜人大佐各司令指揮の下に前記陸上基地隊の再建組と歩調をあわせて、最後まで奮闘を続けに続けたのである。

以下私と佐薙大佐の手記等により、十九年初頭以来籠城作戦中における水上機隊の実施したことの大要を述べてみたい。

一月二日、ニューブリテン西端ツルブの敵陣地を夜間爆撃した。

一月四日夜、ニューブリテンのピリル島附近において敵魚雷艇二隻の東航するを発見して、これを銃撃した。

一月六日夜、ラバウル近海において敵魚雷艇一隻を撃沈。

一月八日夜、雨を衝いてツルブ及びマーカス方面の敵基地を爆撃し、大型大発艇一隻を撃沈した。

一月九日夜、不良の天候を冒してアラウエル島を襲撃し、その足にて遠くニューブリテンとニューギニアとの間のダンピール海峡附近まで哨戒し、敵魚雷艇二隻を発見して銃爆撃した。

一月十六日夜、ピリル島爆撃。

二月二日夜、ラバウル東方のグリーン島の敵上陸軍を爆撃。

二月八日夜、ソロモン群島チョイセル島附近を哨戒中敵魚雷艇二隻を発見攻撃し、一隻を轟沈し一隻に相当の損害を与えた。

二月九日夜、二回にわたりツルブの敵飛行場を爆撃した。

二月十四日夜、ニューブリテン島南方海上において敵魚雷艇一隻撃沈。

二月十六日夜、ブーゲンビル島方面にて敵魚雷艇一隻撃沈。

二月十七日夜半、敵の巡洋艦二隻駆逐艦三隻が潜入し来りラバウル陸上を砲撃したのに対し、これを追撃したが、天候不良のために惜しくもこれを逸した。

二月二十七日夜、ブーゲンビル方面にて魚雷艇一隻撃沈。

二月二十八日夜、昨夜に引き続き今夜もまた一隻を撃沈した。

三月十一日夜、ブーゲンビルのタロキナ敵陣地奪回の陸軍作戦に呼応し、同海面を索敵哨戒し敵魚雷艇二隻を撃沈し一隻を撃破した。

五月八日夜、しばらくぶりにてニューアイルランド東方海面において敵魚雷艇一隻を轟沈す。

このころより敵魚雷艇の夜間ラバウル周辺海面への出没頻繁となり、わが水上機はこれが掃蕩に毎夜の如く出掛けた。

五月十四日夜、ラバウル湾口にあるヨーク島附近にて敵魚雷艇一隻を発見攻撃し、撃沈ほぼ確実と認められた。

五月十五日夜、ラバウル附近にて敵魚雷艇一隻撃沈。

五月三十日夜、ラバウル北東の海面にて敵魚雷艇一隻を大破せしめた。

六月十一日夜、敵魚雷艇二隻撃破。

八月四日午前零時、水上偵察機一機連絡のためトラックに向い出発し、無事その任務を果した。

八月二十八日夜、第八艦隊と連絡のためブインに向け出発した水上偵察機一機途中より消息不明となり、遂に帰らず。

十月三日夜、水上偵察機一機ブインより連絡のため第八艦隊の木阪首席参謀搭乗ラバウルに飛来す。

十一月六日、水上偵察機一機をもって、この度軍令部第一部長に栄転の富岡少将をトラックまで送る。午前一時三十分出発し八時三十分無事到着。

十一月二十四日夜、ブインとラバウル間の連絡飛行実施。

十一月二十五日夜、先日富岡少将を送った水上機トラックより暗号書その他内地よりの託送品を搭載して帰る。

十二月二十三日夜、ブイン・ラバウル間連絡飛行実施。

十二月三十一日午後二時、トラックを出発してラバウルに向った水上偵察機には、暗号書、士官名簿、航海暦、潮汐表、グラインダー、治療品、海軍公報その他の書類、薬品類、陸軍宛物件、書類等を搭載していたのであったが、午後六時十分以後通信連絡を断ち、そのまま行方不明となった。

二十年二月二十六日、一機輸送連絡のためトラックに行き、二十八日帰着。

四月二十六日、一機輸送連絡のため午前零時四十分発、六時四十五分トラック着、二十八日午後二時二十五分トラック発八時四十五分帰着。

五月二十五日夜、一機薬品を搭載してブインに行き、帰りに高橋義雄第八艦隊参謀を乗せて翌朝帰着。

七月中二回ブーゲンビル方面への輸送に従事した。

以上当時の手記より主なる出来事を抜萃して、水上機隊活動の大体の模様を紹介したのであるが、このように日毎の烈しい敵の空爆に対して昼間は飛行機を隠しおき、夜間しばしば悪天候を冒して一機、二機の小数をもって連綿不断の努力を続けて飽くことを知らなかった苦心のほどは、知る人ぞ知るである。

由来水上機隊の地味な敢闘精神は、わが海軍においても特に伝統的なものであったが、苦境のラバウルにおいてよくその精華が発揮されたものと思う。

最後にどうしても言わなければならぬのは、航空廠の献身的努力である。

昭和十八年、まだラバウルが重要視されていたころに、第百八海軍航空廠が編成され、佐藤源蔵中将が廠長として本部をここにおき、その他南東方面の要地数ヵ所に支部を設けて航空機の組立、修理等の仕事を担任していたが、十九年二月の非運に際会し、最早ラバウルにおける作業も余りなくなったので、今後の必要度を増すサイパンに本廠を移動し、ラバウルには山川義夫大佐を長とする支廠が残されたのである。

山川君はその少し前に着任したばかりであったが、それについて同君の人柄を知るに足る一佳話がある。

同大佐はそれまで東京の航空本部にいたが、十八年十二月の異動で南西方面艦隊即ち蘭領印度の方へ行くことに予定されていたところ、これを知った同君は「自分としては、まだ比較的平穏な蘭印方面よりも、現に悪戦苦闘をしているラバウル方面で是非働き度い」

との切なる希望で、遂にその念願がかなえられたが、当時既にラバウルは見捨てざるを得ない状況に立ち至っており、往けばまず帰る望みはないことを承知の上で特に志願をしたのであったから、出発に際してはまことに悲壮なる送別の宴が催されたそうである。

かようにして作業部長として勇躍死地に飛び込んで来た山川君は、今度もまた自ら支廠長として残留せんことを熱望し、再三私及び参謀長のところへ来て「是非残すよう取計って下さい」との心からなる願いに私も感激し、人事局に電報して希望通り支廠長として残すことに発令してもらったのであった。

残留員二千百余名中軍人は五十九名に過ぎず、その他は全部工員であった。そして、幹部は副長満原徳次少佐、飛行機科長遠藤光衛技術大尉、発動機科長赤木将光技術大尉、兵器科長水野泰二技術大尉、補給科長藤原市造少佐、自動車課長川原竹蔵嘱託、会計科長神谷正一主計大尉、医務科長橋本壮軍医大尉等をはじめ若手の腕利きが多かったので、その活躍は目覚しいものがあり、普通使えないような破損機をみごとに修理して、一時は全然空に帰したわが飛行場に、僅か五、六機にしろ再び実物を揃えることに成功しあるいはまた、使用目的に応ずるために、単坐の戦闘機を複坐に改造するが如き技術上困難なる作業を敢えてなし遂げるなど、肝胆を砕いて不休の努力を尽したのであって、航空隊の将兵が如何に闘志に満ちていても、この航空廠員の技術的貢献がなかったならば、いわゆるラバウル海軍航空隊が前記のような強靱なる戦いを、最後まで続けることはできなかったであろう。

その他、代用兵器類の考案、必需品の現地自給にまでも積極的に乗り出し、大に寄与するところがあったことは既述の通りである。

なおここに一言して置かねばならぬのは、工員部隊の統御についての幹部連の腹である。その例として左に藤原補給科長の逸話をあげる。これは山川君から聞いたことである。

航空廠部隊の中でも補給科は兵器の保管、出納、運搬等を受持っており、従って他科とは異り特殊な工業技術を身につけた者は少なく、戦争のために徴用された人達が多かった。それで気風も荒いし仕事振りも土方風のところが多分にあり、よくイザコザがあったそうだ。藤原少佐もはじめの程は大分手を焼いた模様だが、それが何時の間にか荒くれ男が温和な科長の前に猫のようにおとなしくなり、彼の一挙手一投足に全身を捧げて働らき出したから妙なものである。その最初の動機は次の通りであった。

田の浦という海岸附近の航空廠の爆弾集積所に落された敵の爆弾の一発が、不発のまま残った。恐る恐る近づいて見ると時限爆弾である。藤原少佐は、「だれかあれを処分するものはないか」と言ったけれども、何時爆発するか判らぬこの時限爆弾を進んで処分しようとする勇士は、さすがの荒くれ男の中にもいなかった。と言って、そのままにして置いてその中にこれが爆発すれば、二五〇キロ、一〇〇キロ、三〇キロ等そこのわが集積所に山と積まれた爆弾は次々と誘爆して、どんな惨事を起すかは判りきっている。

だれも出ないので、藤原君は単身つとそこに行き、皆がアッと声を立てる間に両腕にその爆弾をしっかり抱えて海岸に進み行き、水中に投げ捨てた。しかも、顔色一つ変えず、また少しも変った様子もなく、至極当然という風にやってのけたのである。

こんな簡単なことが部下の脳裡に余程の感銘を与えたものとみえ、それから後に次々と起った同様の危害除去の作業には、一同先を争って従事するようになった。そして何時の間にか補給科全員が藤原科長を中心に真に一致して敵邀撃のための大事な兵器を守り抜き、しまいにはこれら兵器を格納するために、地下延々一キロ以上の洞窟を五つも六つも作って全爆弾を収納した。私もこの洞窟格納庫を視察したことがあるが、トラックが出入できる大きな立派なものであった。

嗚呼ラバウル海軍航空隊!

それが盛んであったころには、わが海軍基地航空部隊の精鋭悉く集り、各飛行場ところ狭きまでに布置されていたのであったが、終戦時においては僅かにつぎはぎの攻撃機一機、戦闘機二機、そして水上機二機という、実に見る影もない寥々たるものに成り果てていた。さりながら、その満々たる闘魂はなおかつ依然として変らぬものを持ち続けていたのであった。

これはまた、ひとり航空隊のみならず、ラバウル全員の姿でもあった。

22　終戦の憾み

終戦の直前に、私は対岸のニューアイルランド島の海軍部隊を視察に行っていた。これは、作戦上同島における陸海軍兵力配備の変更について、今村軍司令官から協議があったので、慰問を兼ね実情を親しく視察し、現地部隊長の意見も聞いてみたいと思い、出かけて行ったのである。

そのころ、私は近い中に終戦になるかも知れないなどということは夢にも思っていなかった。後方との交通連絡は殆んど絶え、新しい暗号書その他の書類も到着が遅れがちで届かぬこともあり、従って内地の政情等詳しいことは何もわからなかった。もちろん戦局日に非なるものあるは充分承知で、これに対してはまことに憂慮に堪えず、何とか有利な解決が早くつくように衷心祈っていたが、こんな取り残された出先の戦場にある者が余計な心配は無益有害で、われわれはただ敵に対し戦うべく、与えられた当面の任務に邁進するあるのみと私は考えていた。況や七月三十一日にはわが南東方面艦隊に対して左の通りの優渥なる聖旨、令旨の伝達があり、八月一日に各部隊長を金剛洞の艦隊司令部に集めて伝達式を行ったような次第で、まだまだ大いにやるつもりであった。

聖旨（侍従武官長より伝達）
南東方面艦隊司令長官以下一同が至難なる状況下不屈不撓克く自戦自活の道を講じ鋭意任務達成に邁進しつつあるは深く満足に思ふ　戦局今や真に重大なり各自愈必勝の信念を堅持し自愛健闘其の重責を全うする様申し伝へよ

令旨（皇后宮太夫より伝達）
南東方面艦隊司令長官以下一同が益苛烈なる情況に処しあらゆる困難を排して克くその任務を果しつつあるは洵に苦労に思ふ殊に君国のため職務に殪れたる者に対しては気の毒に堪へず　皇国今や危急存亡の秋各自一層自愛して奉公を励むやう尚傷病者は厚く労はり遣はせ

戦場辛苦武人常　一意唯当討虎狼
優詔如海全隊奮　南東旗旆嚮旭光

このように全艦隊の士気愈々旺盛なるものがあった。

さて私は、この伝達式を行った八月一日の夜、闇にまぎれてセントジョージ海峡を渡り、対岸のニューアイルランド島に渡った。海峡には敵の飛行機、潜水艦、哨戒艇等が出没するので昼間はとても渡航ができない有様であった。随行者は、参謀渡部正通少佐、副官西山喜一郎主計大尉、司令部付光野孝雄軍医少佐、とそれに従兵の西倉忠、五十嵐哲男の両兵曹の五名であった。

約四時間余りを費して真夜中に対岸の上陸場に着いたところ、そこに駐屯して運輸作業に従事している少数の人達が待ちかまえていて、親切にも歓迎の小宴を催してくれて思わぬ御馳走になった。しかしそれも暫らくで切り上げて、それから自動車で二、三時間走り、夜明けごろに最初の目的地であるナマタナイの第八十九警備隊本部に到着して、司令武田恒心大佐以下幹部に面会した。

この部隊はかつてわが軍がガダルカナル撤退の後、ソロモン前線の防衛地域であったムンダ方面に派遣されて善戦し、その勇名をたたえられたもので、その後ニューアイルランドの守備に転じてからも、万事について武田司令の指揮振りがまことに水際立ち、全員の努力見るべきものがあり、常々艦隊司令部内でも非常に評判がよかった。またこの島は占領以来海軍民政部の尽力で牛、豚、山羊などが飼育増産されていたが、到着するとすぐに新鮮なる山羊の乳をたらふく呑まされ、たいへんうまかった。

ニューアイルランドの陸軍最高司令部はこの地にあり、指揮官伊藤武夫中将にもお会いしたが頗る豪放快活なる武人で、ことに大の左利とて初対面から互に旧知の如く、何を措いても先ずは健康を祝して盃を挙げたのであった。

それから後、午前中は部隊の現状申告を聴き所要の打ち合せを済ませ、午後は一休みしてその日の夕暮時に北に向い出発した。

話が前後するが、ニューアイルランド島はラバウルの存在するニューブリテン島の北東において北西から南東に約二百哩にわたり横たわっている細長い島で、幅は南東部の広いところで漸く三十哩その他は狭いところでは五哩ほどしかない。その北端に位置するカビエン港にこの島の海軍最高指揮官たる田村劉吉少将の第十四根拠地隊司令部があり、島の中部より稍南東に寄ったナマタイに田村少将麾下の武田部隊が駐屯し、その他所々に小部隊を配備して陸軍と協同作戦をしていたのである。

この方面の戦況がまだ左程烈しくなかった昭和十七、八年ころには、カビエンとナマタナイとの約百三、四十キロの間は、坦々たる自動車道路が通じていて日帰りで往復できたのだが、このころになると敵の不断の爆撃のために道は散々に破壊され、ことに橋という橋はことごとくやられ、その上昼間は敵機が絶えず鵜の目鷹の目で哨戒しているので、交通状態は甚しく悪く、途中宿泊する部隊所在地の関係もあり、どうしても片道三泊を要することになっていた。

こんなわけで、昼は休んで夜走ったが、それについて陸軍から一方ならぬお世話になり、自動車も適当なものを提供され、また途中の宿泊も一ヵ所は海軍であったが他の二ヵ所は陸軍の聯隊及び大隊本部に泊めてもらい非常な歓待を受けた。

夕方星の輝きはじめるころに出発して、早い時は正午ころ、遅くても午前二時ごろまでには次の宿泊地に着く予定であったが、途中で川を渡るのに意外に手間取ったり、自動車に故障が生じたり、いろいろの事故のために夜明け近くになったこともある。

そして、到るところでようやくたどりつくと、待ちかまえていてすぐに一杯出されるので、その心からなるもてなしを有りがたく頂戴したものだが、しまいに少々腹を痛めたのは不覚であった。しかし少しくらい腹を痛めてもその好意を受けずにはすまない気持ちがした。海軍の農園が途中道路からちょっと入った山中にあり、そこにも一泊して視察したく思ったが、時間の関係で立ち寄ることを止めたところ、わざわざ街道まで皆出て来て、木の蔭に天幕を張って休憩所をつくり、バナナやパパイヤや芋とか、いろいろの生産物をたくさん用意して待っていてくれたので、車を停めてしばらく休息して御馳走になりながら愉快に話し合い、健闘を祈って別れたこともあった。

こんな旅をして、四日目の夜に最終の目的地カビエンに安着し、久方振りで田村少将と会って久濶を叙した。

ここには二日滞在して各部隊を視察し、また部隊長を集めて会議を開き、それからまた例によって御馳走にもなって大いに懇談した。カビエンの海岸には、かたつむりが道路上までもたくさん這うているくらいで、これのつけ焼も食卓に上った。その他名前は忘れたが、草の葉につく一種の油虫で、これはこの地方の名物？　というのでその佃煮をすすめられ、大いに賞味したことを覚えている。御馳走と言っても、こういう現地産のものが多いのである。

帰路も同様にして八月十日の夜再びナマタナイの武田部隊に戻り、十一日と十二日の昼間に附近の各部隊や陣地を視察し、また陸軍の伊藤部隊長をもお訪ねしたり、兵員達が心づくしの演芸会も見せてもらったりした。そして十二日の夜に出発してラバウルとの海峡の中程にあるヨーク島に渡り、ここの海軍重砲隊を視察して十三日夜ラバウルに帰ることに予定していた。

ところが、十二日の昼に入船参謀長から「重大要件ができたから至急帰隊されたき」旨の急報が届いたので、何かわからぬが多分作戦上の重要なる指令が中央からあったのではないか、ぐらいに考えて、とにかく予定を変更しその夜直ちにラバウルに帰った。

夜中に上陸場に着いたところ、艦隊先任参謀の佐薙毅大佐が迎えに来ていて、私の自動車には二人だけ乗って帰る途中、同参謀がこっそりと私に耳打して「大臣から長官宛に、日本が聯合国側に対して、国体を変更しない条件においてポツダム宣言を受諾する旨の申入れをしたということは事実である云々。という意味の親展電報が来ております」と報告した。

私は一瞬ハッとしたが「まだ聯合国側から如何なる回答があったかという通知はないにしても、しかしもうこのような申入れをしたからには、所詮無条件降服は免れないと判断されるから、われわれとしては、明日にも公報が来た場合にまごつかずに、適確なる処置をとれるよう直ちにその対策についての諸般の研究を内密にはじめなければならぬ」と、二人でささやきながら、一面無限の感慨にひたっている中に何時しか金剛洞の艦隊司令部に帰っていた。

しかしまだ一般には厳秘に保っておかなければならぬので、関係幕僚のみに知らせて、極めて秘かに研究、準備を進めていたが十四日に公報が中央から発せられた。

万事休す！

八月十五日午後六時、遠近の各部隊の長を全部金剛洞に集合し、終戦の旨を伝え、謹みて御詔勅を奉読した。

私は感極って幾度か読めなくなった。列席者も皆泣いた。何とも言われぬ悲痛な心気が漲った。

求諸己

降投屈辱憾無禁　回顧世情惆慨深

古聖有言求是己　重来捲土根斯心

述懐

昨春期死激争時　今夏余生敗戦姿

承詔必欽唯忍苦　忠誠一貫護皇基

私はつくづく思った。

大正の中期から昭和にかけてのわが国の世相を回顧するとき、日本は早かれ晩かれ一度はこんな目に遇うべく運命づけられていた。そして将来この運命を切り開いて捲土重来再び立ち上るためには唯謙虚なる反省あるのみと。

そしてまた、たとえ世の中が如何ように変ろうとも天子様を尊ぶ心だけは変ってはならぬと。

これは現在でも、もちろんそう信じている。


終戦に際して心配したのは、多数の人達の中には、開闢以来未曽有の出来事のために非常なショックを受けて、一時に昂奮し、あるいはまた落胆し精神に異状を来して無軌道的な行為をする者が続出しはしないかということであったが、各部隊長の適切なる指導と各員の節制とにより、大体において別断昂奮もせず、さればとて虚脱状態にもならず、全軍これまで通りに概ね常の心を保ち得たことは誠に幸いであったと思う。

十月ころの内地放送によればラバウル方面からの帰還は、まだ四年くらい先とのはなしであるので、その覚悟で自活態勢をますます強化し、なおその間ただぼんやりしているよりも、できるだけ兵員を教育して国家再建のための素養を高めようと、陸海軍一体となり、委員組織によりまず教科書の編纂を企て、概ね当時の中学三年程度を標準として倫理、数学、物理、化学、歴史、法制、経済、英語、詩歌等の教科書を作って各部隊に配付するところまで行ったのであるが、その中に案外帰国が早められ、大体二十一年三月頃から復員輸送がはじまり、三ヵ月くらいで一通り完了することが予想されるに至った。しかし、われわれ将官は重病人を除き、最後に総ての処理が片付くまで全員残るように取計ってもらいたい旨を、今村大将が代表して占領軍司令官イーサー少将に申し込んだ。これは当然のことだが、先方はいろいろの都合で必ずしも最後まで残すとは限らないように推察されたので、もしそういうことになると帰還事務の統制上に不都合を生ずるから、念のために申し込んだのだが、なかなか返事がない。二度申し込んでようやく承諾されたようなわけである。

終戦後濠洲軍の進駐とともに、その命令によりわが方十万の陸海軍将兵は約一万名ずつの集団に別れて散在し、また将官（陸軍二十一名海軍十一名）のみは別に一つの小さなキャンプをつくってそこに集結させられていたが、いよいよ各集団の復員輸送がはじまる少し前ごろに、私は許可を得て各集団のキャンプに分在している海軍部隊を順次に訪問して別れを告げた。どこでも非常に悦んで御馳走をしたり、演芸を見せたりして名残りを惜んでくれた。

骨をラバウルの青山に埋めるつもりで、共に奮闘した人々と別れるのは本当につらかった。到るところで総員を集めて私は改めて、今日までの労苦を深く謝し、さらに今後更生一番日本再建に勇往邁進せんことをくれぐれも望んで餞別の言葉とした。

あれから最早十年以上を経て、世の中もずいぶん変ったが、今でもしばしば昔の戦友達

に会う機会がある。そしてよく、

「ラバウルの時のことを思えば、今日どんな苦労もなんでもありません。あの時の気持を失わず、日本再建につくす覚悟です。」

との言葉を聞く。

願くは、当年生死苦楽を共にしたわれわれは、皆どこどこまでもこの心操を保ってお互に切嗟琢磨して行きたいものである。

身をすててともに勇みしそのころを
しみじみおもふきのふけふかな

（終）

解説——戦場の生活を克明に綴った記録

戸髙一成

著者草鹿任一は海軍兵学校37期で、井上成美、小澤治三郎などが同期生である。昭和14年11月に教育局長、次いで16年4月に海軍兵学校長になり、太平洋戦争開戦を迎えた。経歴的には第一航空戦隊司令官や、支那方面艦隊参謀長などの経験もあるが、どちらかと言えば闘将であるよりは温厚で教育者的な性格であった。昭和16年4月からの海軍兵学校の校長時代には、生徒の水泳訓練の時などは草鹿自身も褌一つで通船に乗り、泳ぐ生徒を近くから見守っていた。生徒は同期生同士の会話では校長を任ちゃん、と呼び、決して校長閣下とは呼ばなかった。とは、兵学校72期の深田秀明氏の思い出である。

本書は、著者が戦後に纏めた回想録であるが、無数に出た戦争体験記の中にあって、一種特異な記録となっている。主な舞台は、著者が昭和17年12月から終戦後に至るまで、第十一航空艦隊長官、次いで南東方面艦隊司令長官兼第十一航空艦隊長官として過ごしたラバウルであり、南方航空戦の最前線基地であり、激烈な航空戦を戦った経験をもっていた。しかしながら、筆者の視線は激しかった戦闘ばかりではなく、日本を遠く離れた南方の基地における日常と、共に戦った友人や部下の記録に向けられている。

ここで本書を読む上での背景として、当時のラバウルの状況を説明しておきたい。

ラバウルは太平洋戦争の最前線の一つであり、戦時中から頻繁に国内で紹介された地名であり、恐らく、戦時中にラバウルを知らない日本人は居なかったのではないかとさえ思えるほどの有名な地名であった。しかし、多くの国民は、ラバウルを南洋の大航空基地と知るのみで、その戦略的な位置、投入された兵力、そして現実にはどのような場所であったかを知ることは、あまりなかったと言って良い。ラバウルは、ニューギニアの南端東方のニューブリテン島の北、東に面した大きなラバウル湾を囲む一帯で、湾の入り口には花吹山と名付けられた活火山が常時噴煙をたなびかせていた。

日本海軍がこのラバウルに注目したのは開戦前のことで、対米衝突の際の研究をしていた海軍は、南方の資源地帯を攻略する作戦上、充分な能力を持った航空基地の必要を感じていた。また、南方最大の海軍基地であるトラック島への航空支援のためにも航空基地が必要であり、いろいろな条件から、ラバウルを候補地としていた。そこで海軍は、昭和16年の8月中旬、参謀本部陸軍部に対して、対米戦争となり、南方作戦が実施された場合を想定して、「ラバウルを攻略したい、協力してほしい」と申し入れたが、当時の陸軍側の作戦正面はあくまでも対ソ連作戦であり、ソロモン、ニューギニアなど全く作戦検討の対象にもなっていなかった。当然南方島嶼での戦闘を前提とした研究教育なども なく、アメリカ軍との戦闘を想定した研究もなかった。このような状況であったので、当然兵用地誌の準備もなかった。後の話になるが陸軍がガダルカナルでの奪回作戦を行った時でさえ、正確な地図がなく現地部隊は偵察機が撮影した僅かな航空写真を頼りにジャングルを進んだのである。一方海軍でさえガダルカナルの海図を作成したのは、ガダルカナル撤退後であったのだから驚くほかない。

従って、海軍の要望に対して大本営の塚田攻参謀次長は、陸軍の作戦地域を大きく離れたニューギニア方面への兵力の抽出には全く関心を示すことなく、即座に、「そんなところに捨て子にする兵力はない」と強く拒絶していた。陸軍にとって南洋の孤島への兵力進出などは、文字通り兵隊を捨て子にするようなものであり、ラバウルなどは日本陸軍にはおよそ縁のない遠隔の土地という認識だったのである。

しかし、結局のところ陸軍はマレー作戦などの南方作戦にはどうしても海軍航空兵力の支援が必要だったために、言わば交換条件としてラバウル攻略とその後の警備に陸軍から兵力を出すことを認めることとなった。そして開戦直後にラバウルは攻略されて、海軍最大の航空基地が整備されることとなったのである。

このラバウルに関しては、アメリカ海軍も注目しており、昭和16年11月上旬米国は、仮想敵国を色分けした作戦、いわゆる「レインボー作戦」の中の対日作戦を想定したオレンジ作戦を修正し、フィリピン防衛の方針などを明確にした。11月12日海軍作戦部長スタークス大将は、英国軍令部長に「英連邦部隊の東方地域配備計画をさらに拡大し、ラバウル、トレス海峡および日本の南洋委任統治領を米国艦隊が攻撃するために必要な南太平洋の英連邦地域の基地にも部隊を配備すること」を要求したが、これは、太平洋南東方面の英連邦地域を、対日作戦のために、米国艦隊が利用出来るようにするという計画だった。

つまり、ラバウルは日米両軍双方にとって、戦略上のキーになる地域だったのである。

さて、ラバウルの説明が長くなったが、この南方作戦の中心であったラバウルでの作戦のために、陸上攻撃機を主力とする第十一航空艦隊司令長官であった草鹿長官は、昭和17年12月24日、新たに編成された南東方面艦隊初代の司令長官として親補され、第十一航空艦隊司令長官は兼務とされた。南東方面艦隊と言っても、事実上艦艇を持たず、18年2月になって、ようやく僅かな数の小型の呂号潜水艦を保有するようになったが、これも最前線の基地への物資輸送が任務というありさまであり、いわゆる艦隊というイメージからは遠いものであった。

当時海軍はラバウルの前進基地的な意味の飛行場を探していたところ、大型飛行艇による長距離偵察部隊の基地を置いていたツラギの対岸にあたるガダルカナルに、一見飛行場に適していると思われる平坦地を発見し、ここに飛行場を建設していた。そして、飛行場の完成間近となった17年8月7日、突然米軍の奇襲攻撃を受けて完成直前の飛行場を奪われてしまったのである。これから始まった、ガダルカナルの争奪をめぐる戦いは、第一次ソロモン海戦のような勝利もあったが、結局輸送能力が弱体であった日本側の一方的な敗北で終末期を迎え、大本営ではガダルカナル撤退を一週間後の12月31日に決定するに至った。草鹿長官がラバウルに着任したのはこのような時期であり、まさに太平洋戦争の大きな転換期であった。

ここで草鹿長官に与えられた任務は、現実的にはガダルカナル撤退後のラバウル防備と航空戦の継続が主任務であった。日本軍としては、艦隊泊地としてのトラック、航空機基地としてのラバウルは、絶対に確保しなければならない重要基地だったのである。

本書の中心は、太平洋戦争で最も重大な時期となった昭和18年から終戦後までの草鹿任一長官の回想である。この間の航空戦は激しいものがあったが、前記のように記述の多くは、戦闘にかかわる事柄よりも、ラバウルでの生活に主眼が置かれた記録となっている。

このような中、山本五十六連合艦隊司令長官がトラック島の連合艦隊旗艦戦艦武蔵からラバウルに司令部を進めて直接指揮を執った「い」号作戦終了後の、山本長官機の遭難戦死に関わる調査の実情は、現地司令長官の証言として貴重な記録となっている。

この「い」号作戦に連合艦隊司令長官がわざわざ直接指揮に行くことは当時から疑問が

持たれていたのである。筆者のかつての上司であった土肥一夫氏は、当時連合艦隊の航海参謀であったが、山本長官は「い」号作戦のためにラバウルに行くことが決まった時に、トラック島泊地の戦艦武蔵で、「米海軍のニミッツ提督はハワイで全般指揮をしているのに、何で私がラバウルまで行かなければならないのかね」とやや不満気に言っていた、と話していた。

この山本長官のラバウル行の理由の一つに、日本海軍の指揮権の継承を定めた軍令承行令があり、小澤長官よりも先任である草鹿長官の下での作戦が実施しにくい面があったのである。このために山本五十六長官が直接指揮を執る形で、小澤長官が作戦指導を行いやすいようにした側面もあったのである。このようなやや不自然な「い」号作戦は、大きな戦果を報告したが、実際にはほとんど戦果がないうえに貴重な空母の飛行機部隊は大損害を受けてしまい、更に山本五十六司令長官と幕僚のほとんどを失うという惨憺たる結果になったのである。

次いで、ややランダムに書き記されたラバウル体験記であるが、本書の大きな特色となっているのは、ラバウルが戦略的に放棄され、全ての海軍航空兵力のラバウルからトラックへの引き上げが決定された19年2月17日以降の、事実上の籠城戦に入ってからと、米軍もラバウル攻略を不要と判断して以降、ほぼ補給がなくなった後のラバウルの自活生活記ということになる。

実のところガダルカナルを巡る戦いの結果、日本軍の補給能力は破綻してしまい、昭和18年の暮れには早くも補給の見通しが立たない事態になっていたのである。参謀副長富岡定俊は、草鹿に早晩補給が絶える可能性があるので、自活の準備が必要である、との報告をしている。以後草鹿は速やかに食料や生活必需品の生産にむけた研究を行い、遂には味噌醤油に至るまで、ほとんどの生活必需品の生産に成功している。また、食料などばかりではなく、大量に放棄された損傷飛行機の部品を集めて、零戦や九七艦攻など作戦に耐える飛行機を組み立てて実際に戦果を挙げたこともある。このアイデアに満ちた自活生活の記録は、何度読んでも興味深い記録となっている。

このような中、昭和20年8月12日、草鹿長官は主席参謀の佐薙毅から、ポツダム宣言受諾の親展電報を受けたことを知らされる。そして15日、草鹿長官は麾下部隊の長をすべて集めて終戦を伝えご詔勅を奉読した。「私は感極まって幾度か読めなくなった。列席者も皆泣いた」草鹿任一司令長官のラバウルの戦いの終焉の瞬間であった。

本書は、太平洋戦争の、極めて特異な戦場での実態を記録した書物として長く残るべき一冊と言える。

底本書影　1976年　光和堂刊

刊記

一、本書は、一九七六（昭和五一）年に光和堂から刊行された草鹿任一著『ラバウル戦線異状なし――我等かく生きかく戦えり』を底本とした。初版は一九五八（昭和三三）年。

一、明らかに誤植と思われる語句は訂正した。難読と思われる語句にはルビを付した。

一、本文中に今日では不適切と思われる表現もあるが、発表当時の時代背景と作品の文化的価値に鑑みて底本のままとした。

中公文庫

ラバウル戦線異状なし
——現地司令長官の回想

2021年10月25日　初版発行

著　者　草鹿任一

発行者　松田陽三

発行所　中央公論新社
〒100-8152　東京都千代田区大手町1-7-1
電話　販売 03-5299-1730　編集 03-5299-1890
URL http://www.chuko.co.jp/

DTP　嵐下英治
印　刷　三晃印刷
製　本　小泉製本

Published by CHUOKORON-SHINSHA, INC.
Printed in Japan　ISBN978-4-12-207126-1 C1195

中公文庫既刊より

あ-89-1
海軍基本戦術
秋山真之
戸高一成 編
丁字戦法、乙字戦法の全容が明らかに！ 日本海海戦を勝利に導いた名参謀による幻の戦術論が甦る。本巻は同海戦の戦例を引いた最も名高い戦術論を収録。
206764-6

あ-89-2
海軍応用戦術／海軍戦務
秋山真之
戸高一成 編
海軍の近代化の基礎を築いた名参謀による組織論。巨大組織を効率的に運用するためのマニュアルが明らかに。前巻に続き「応用戦術」の他「海軍戦務」を収録。
206776-9

い-131-1
真珠湾までの経緯　海軍軍務局大佐が語る開戦の真相
石川信吾
太平洋戦争へのシナリオを描いたとされる海軍軍人が語る日米開戦秘話。日独伊三国同盟を支持し対米強硬を貫いた背景を検証。初文庫化。〈解説〉戸高一成
206795-0

し-31-5
海軍随筆
獅子文六
海軍兵学校や予科練などを訪れ、生徒や士官の人柄に触れ、共感をこめて歴史を繙く「海軍」秘話の数々。小説『海軍』につづく渾身の随筆集。〈解説〉川村　湊
206000-5

と-32-1
最後の帝国海軍　軍令部総長の証言
豊田副武（そえむ）
山本五十六戦死後に連合艦隊司令長官をつとめ、最後の軍令部総長として沖縄作戦を命令した海軍大将が残した手記、67年ぶりの復刊。〈解説〉戸高一成
206436-2

と-35-1
開戦と終戦　帝国海軍作戦部長の手記
富岡定俊
作戦課長として対米開戦に立ち会い、作戦部長として戦艦大和水上特攻に関わった軍人が、日本海軍の作戦立案や組織の有り様を語る。〈解説〉戸高一成
206613-7

の-2-3
海軍日記　最下級兵の記録
野口冨士男
どこまでも誠実に精緻に綴られた、横須賀海兵団で過ごした一九四四年九月から終戦までの日々。戦争に行くはずのなかった「弱兵」の記録。〈解説〉平山周吉
207080-6

ほ-1-1
陸軍省軍務局と日米開戦
保阪正康
選択は一つ——大陸撤兵か対米英戦争か。東条内閣成立から開戦に至る二カ月間を、陸軍の政治的中枢である軍務局首脳の動向を通して克明に追求する。
201625-5

い-61-2
最終戦争論
石原莞爾
戦争術発達の極点に絶対平和が到来する。戦史研究と日蓮信仰を背景にした石原莞爾の特異な予見は、日本を満州事変へと駆り立てた。〈解説〉松本健一
203898-1

い-61-3
戦争史大観
石原莞爾
使命感過多なナショナリストの魂と冷徹なリアリストの眼をもつ石原莞爾。真骨頂を示す軍事学論・戦争史観・思索史的自叙伝を収録。〈解説〉佐高信
204013-7

チ-2-1
第二次大戦回顧録 抄
チャーチル
毎日新聞社 編訳
ノーベル文学賞に輝くチャーチル畢生の大著のエッセンスをこの一冊に凝縮。連合国最高首脳が自ら綴った、第二次世界大戦の真実。〈解説〉田原総一朗
203864-6

マ-13-1
マッカーサー大戦回顧録
マッカーサー
津島一夫 訳
日米開戦、屈辱的なフィリピン撤退、反攻、そして日本占領へ。「青い目の将軍」として君臨した一軍人が回想する「日本」と戦った十年間。〈解説〉増田弘
205977-1

ハ-16-1
ハル回顧録
コーデル・ハル
宮地健次郎 訳
日本に対米開戦を決意させたハル・ノートで知られ、「国際連合の父」としてノーベル平和賞を受賞した外交官が綴る国際政治の舞台裏。〈解説〉須藤眞志
206045-6

ク-6-1
戦争論（上）
クラウゼヴィッツ
清水多吉 訳
プロイセンの名参謀としてナポレオンを撃破した比類なき戦略家クラウゼヴィッツ。その思想の精華たる本書は、戦略・組織論の永遠のバイブルである。
203939-1

ク-6-2
戦争論（下）
クラウゼヴィッツ
清水多吉 訳
フリードリッヒ大王とナポレオンという二人の名将の戦史研究から戦争の本質を解明し体系的な理論化をなしとげた近代戦略思想の聖典。〈解説〉是本信義
203954-4

各書目の下段の数字はISBNコードです。978－4－12が省略してあります。

サ-8-1
人民の戦争・人民の軍隊 ヴェトナム人民軍の戦略・戦術
グエン・ザップ
眞保潤一郎
三宅蕗子 訳
対仏インドシナ戦争勝利を決定づけたディエン・ビエン・フーの戦い。なぜベトナム人民軍は勝利できたのか。名指揮官が回顧する。〈解説〉古田元夫
206026-5

シ-10-1
戦争概論
ジョミニ
佐藤徳太郎 訳
19世紀を代表する戦略家として、クラウゼヴィッツと並び称されるフランスのジョミニ。ナポレオンに絶賛された名参謀による軍事戦略論のエッセンス。
203955-1

て-2-3
ぼくが戦争に行くとき 反時代的な即興論文
寺山修司
寺山修司が混とんとする日本と対峙した随想集。現代社会にも警笛を鳴らす叫びでもある。個性ある文体で社会を論じた。待望の初文庫化！〈解説〉宇野亞喜良
206922-0

と-28-1
夢声戦争日記 抄 敗戦の記
徳川夢声
活動写真弁士を皮切りに漫談家、俳優としてテレビ・ラジオで活躍したマルチ人間、徳川夢声が太平洋戦争中に綴った貴重な日録。〈解説〉水木しげる
203921-6

の-3-13
戦争童話集
野坂昭如
戦後を放浪しつづける著者が、戦争の悲惨な極限に生まれえた非現実の愛とその終わりを「八月十五日」に集約して描く、万人のための、鎮魂の童話集。
204165-3

ハ-12-1
改訂版 ヨーロッパ史における戦争
マイケル・ハワード
奥村房夫
奥村大作 訳
中世から現代にいたるまでのヨーロッパの戦争を、社会・経済・技術の発展との相関関係においても概観した名著の増補改訂版。〈解説〉石津朋之
205318-2

は-68-1
大東亜戦争肯定論
林房雄
戦争を賛美する暴論か？　敗戦恐怖症を克服する叡智の書か？「中央公論」誌上発表から半世紀、当時の論壇を震撼させた禁断の論考の真価を問う。〈解説〉保阪正康
206040-1

マ-10-5
戦争の世界史（上） 技術と軍隊と社会
W・H・マクニール
高橋均 訳
軍事技術は人間社会にどのような影響を及ぼしてきたのか。大家が長年あたためてきた野心作。上巻は古代文明から仏革命と英産業革命が及ぼした影響まで。
205897-2

マ-10-6
戦争の世界史(下) 技術と軍隊と社会
W・H・マクニール
高橋　均 訳
軍事技術の発展はやがて制御しきれない破壊力を生み、人類は怯えながら軍備を競う。下巻は戦争の産業化から冷戦時代、現代の難局と未来を予測する結論まで。
205898-9

キ-6-1
戦略の歴史(上)
ジョン・キーガン
遠藤利國 訳
先史時代から現代まで、人類の戦争における武器と戦術の変遷と、戦闘集団が所属する文化との相関関係を分析。異色の軍事史家による戦争の世界史。
206082-1

キ-6-2
戦略の歴史(下)
ジョン・キーガン
遠藤利國 訳
石・肉・鉄・火という文明の主要な構成要件別に「兵器と戦術」の変遷を詳述。戦争の制約・要塞・軍団・兵站などについても分析した画期的な文明と戦争論。
206083-8

モ-10-1
抗日遊撃戦争論
毛　沢東
小野信爾／藤田敬一
吉田富夫 訳
中国共産党を勝利へと導いた「言葉の力」とは？ 毛沢東が民衆暴動、抗日戦争、そしてプロレタリア文学について語った論文三編を収録。〈解説〉吉田富夫
206032-6

や-1-2
安岡章太郎 戦争小説集成
安岡章太郎
軍隊生活の滑稽と悲惨を巧みに描いた長篇「遁走」ほか、短篇五編を含む文庫オリジナル作品集。巻末に開高健との対談「戦争文学と暴力をめぐって」を併録。
206596-3

ま-53-1
月白(つきしろ)の道 戦争散文集
丸山　豊
ビルマ戦線から奇跡的に生還した軍医詩人が綴る〝白骨街道〟泥濘二〇〇〇キロの敗走。詩情香る戦記文学の白眉。谷川雁、野呂邦暢、川崎洋らの寄稿を収録。
207091-2

す-26-1
私の昭和史(上) 二・二六事件異聞
末松太平
陸軍「青年将校グループ」の中心人物であった著者が、実体験のみを客観的に綴った貴重な記録。上巻は大岸頼好との出会いから相沢事件の直前までを収録。
205761-6

す-26-2
私の昭和史(下) 二・二六事件異聞
末松太平
二・二六事件の、結果だけでなく全過程を把握する手だてとなる昭和史第一級資料。下巻は相沢事件前後から裁判の判決、大岸頼好との別れまでを収録。
205762-3

各書目の下段の数字はISBNコードです。978－4－12が省略してあります。

い-123-1
獄中手記
磯部浅一
「陛下何という御失政でありますか」。貧富の格差に憤り国家改造を目指して蹶起した二・二六事件の主謀者が綴った叫び。未刊行史料収録。〈解説〉筒井清忠
206230-6

は-57-3
神やぶれたまはず 昭和二十年八月十五日正午
長谷川三千子
玉音放送を拝したラジオの前の人びとは、一瞬の静寂のうちに、何を聞きとったのだろうか。忘却された奇蹟を掘り起こす精神史の試み。〈解説〉桶谷秀昭
206266-5

ほ-1-18
昭和史の大河を往く5 最強師団の宿命
保阪正康
屯田兵を母体とし、日露戦争から太平洋戦争まで、常に危険な地域へ派兵されてきた旭川第七師団の歴史を俯瞰し、大本営参謀本部の戦略の欠如を明らかにする。
205994-8

し-45-2
昭和の動乱（上）
重光葵
重光葵元外相が巣鴨獄中で書いた、貴重な昭和の外交記録である。上巻は満州事変から宇垣内閣が流産するまでの経緯を世界的視野に立って描く。
203918-6

し-45-3
昭和の動乱（下）
重光葵
重光葵元外相は巣鴨に於いて新たに取材をし、この記録を書いた。下巻は終戦工作からポツダム宣言受諾、降伏文書調印に至るまでを描く。〈解説〉牛村圭
203919-3

し-45-1
外交回想録
重光葵
駐ソ・駐英大使等として第二次大戦への日本参戦を阻止するべく心血を注ぐが果たせず。日米開戦直前まで約三十年の貴重な日本外交の記録。〈解説〉筒井清忠
205515-5

い-10-2
外交官の一生
石射猪太郎
日中戦争勃発時、東亜局長として軍部の専横に抗し、戦争終結への道を求め続けた著者が自らの日記をもとに綴った第一級の外交記録。〈解説〉加藤陽子
206160-6

し-5-2
外交五十年
幣原喜重郎
戦前、「幣原外交」とよばれる国際協調政策を推進した外交官であり、戦後、新憲法に軍備放棄を盛り込むことを進言した総理が綴る外交秘史。〈解説〉筒井清忠
206109-5

と-2-2
時代の一面 東郷茂徳 大戦外交の手記
東郷 茂徳
開戦・終戦時に外務大臣を二度務め、開戦阻止や戦争終結に尽力。両大戦にわたり直接見聞、関与した事件・諸問題等について克明に綴る第一級の外交記録。〈解説〉東郷茂彦
207090-5

ま-2-3
回顧録（上）
牧野 伸顕
重臣として近代日本を支えた著者による、政治・外交の表裏にわたる貴重な証言。上巻は幼年時代より、イタリア、ウィーン勤務まで。〈巻末エッセイ〉吉田健一
206589-5

ま-2-4
回顧録（下）
牧野 伸顕
文相、枢密顧問官、農商務相、外相などを歴任し、パリ講和会議にのぞむ。オーラル・ヒストリーの白眉。年譜・人名索引つき。〈巻末エッセイ〉小泉信三、中谷宇吉郎
206590-1

か-80-1
兵器と戦術の世界史
金子 常規
古今東西の陸上戦の勝敗を決めた「兵器と戦術」の役割と発展を、豊富な図解・注解と詳細なデータにより検証する名著を初文庫化。〈解説〉惠谷 治
205857-6

か-80-2
兵器と戦術の日本史
金子 常規
古代から現代までの戦争を、殺傷力・移動力・防護力の三要素に分類して捉えた兵器の戦闘力と運用する戦術の観点から豊富な図解で分析。〈解説〉惠谷 治
205927-6

か-80-3
図解詳説 幕末・戊辰戦争
金子 常規
外国船との戦闘から長州征伐、鳥羽・伏見、奥羽・会津、五稜郭までの攻略陣形図を総覧、兵員・装備・軍制の観点から史上最大級の内乱を軍事学的に分析。
206388-4

な-52-4
文豪と酒 酒をめぐる珠玉の作品集
長山 靖生 編
漱石、鷗外、荷風、安吾、太宰、谷崎ら16人の作家と白秋、中也、朔太郎ら9人の詩人の作品を厳選。酒に託された憧憬や哀愁がときめく魅惑のアンソロジー。
206575-8

な-52-5
文豪と東京 明治・大正・昭和の帝都を映す作品集
長山 靖生 編
繁栄か退廃か？ 栄達か挫折か？ 漱石、鷗外、鏡花、荷風、芥川、谷崎、乱歩、太宰などが描いた珠玉の作品を通して移り変わる首都の多面的な魅力を俯瞰。
206660-1

各書目の下段の数字はＩＳＢＮコードです。978-4-12が省略してあります。

な-52-6
文豪と食　食べ物にまつわる珠玉の作品集
長山靖生 編
子規が柿を食した時に聞こえたのは東大寺の鐘だった？　潔癖症の鏡花は豆腐を豆府に！　漱石、露伴、荷風、谷崎、芥川、久作、太宰など食道楽に収まらぬ偏愛的味覚。
206791-2

な-52-7
文豪と女　憧憬・嫉妬・熱情が渦巻く短編集
長山靖生 編
無垢な少女から妖艶な熟女まで。鷗外、花袋、荷風、漱石、谷崎、安吾、太宰らが憧れ翻弄された女性を描く。主人公の生きざまから近代日本の「女の一生」がみえる。
206935-0

あ-66-1
舌　天皇の料理番が語る奇食珍味
秋山徳蔵
半世紀以上を天皇の料理番として活躍した著者が「舌は味覚の器であり愛情の触覚」と悟った極意をもって秘食強精からイカモノ談義までを大いに語る。
205101-0

あ-66-2
味　天皇の料理番が語る昭和
秋山徳蔵
半世紀にわたって昭和天皇の台所を預かり、日常の食事と無数の宮中饗宴の料理を司った「天皇の料理番」が自ら綴った一代記。〈解説〉小泉武夫
206066-1

い-134-1
リデルハート　戦略家の生涯とリベラルな戦争観
石津朋之
平和を欲するなら戦争を理解せよ。「間接アプローチ戦略」「西側流の戦争方法」など戦略論の礎を築いた二十世紀最大の戦略家、初の評伝。
206867-4

み-11-3
ラバウル従軍後記　トペトロとの50年
水木しげる
漫画界の鬼才、水木しげるが戦時中ラバウルで出会った現地人トペトロ。彼は「鬼太郎」だった……。死が分かつまでの50年の交流をカラー画で綴る。
204058-8

い-130-1
幽囚回顧録
今村均
部下と命運を共にしたいと南方の刑務所に戻った「聖将」が、理不尽な裁判に抵抗しながら、太平洋戦争を顧みる。巻末に伊藤正徳によるエッセイを収録。
206690-8

か-93-1
動乱の蔭に　川島芳子自伝
川島芳子
清朝の王女として生まれ、祖国再興に身を捧げる。初恋の思い出や女性を捨てた経緯を語る。伝説の「男装の麗人」による半生記を初文庫化。〈解説〉寺尾紗穂
207109-4